编委会：

刘柠　吴强　王晓渔　成庆

独立阅读·天下

波士顿情书

罗四鸻　著

Love Letters from Boston

ZHEJIANG UNIVERSITY PRESS
浙江大学出版社

图书在版编目（CIP）数据

波士顿情书／罗四鸰著．—杭州：浙江大学出版社，
2013.5

ISBN 978-7-308-11544-5

Ⅰ.①波… Ⅱ.①罗… Ⅲ.①随笔－作品集－中国－
当代 Ⅳ.①I267.1

中国版本图书馆CIP数据核字（2013）第107062号

波士顿情书

罗四鸰 著

责任编辑	赵 琼
文字编辑	周元君
装帧设计	蔡立国
营销编辑	李嘉慧
出版发行	浙江大学出版社
	（杭州天目山路148号 邮政编码310007）
	（网址：http://www.zjupress.com）
制 作	北京百川东汇文化传播有限公司
印 刷	北京中科印刷有限公司
开 本	635mm×965mm 1/16
印 张	16.5
字 数	199千
版 印 次	2013年7月第1版 2013年7月第1次印刷
书 号	ISBN 978-7-308-11544-5
定 价	38.00元

一只猪所幻想的自由

　　楚门生活在一个桃花岛上，平凡且快乐。一天，天空落下一台摄像机，于是，他渐渐发现了自己生活的真相。原来他只不过是一场真人秀的主角，从他出生起，每天就有 5000 台摄像机对准他，向全世界同步直播他的生活，这已有 30 年了。他身边所有的一切，父亲、母亲、女友、妻子、邻居、同事，乃至匆匆而过的路人，以及他上学、工作、家庭、婚姻、父亲的死亡、女友的失踪都是安排好的，整个桃花岛不过是一个巨大的摄影棚，而他只不过是一个被操纵的木偶。所有的真实都是虚假的。于是，楚门开始逃离这个被安排的世界。

　　不知从什么时候开始，我发现自己也生活在一个"楚门的世界"中。在看电影《楚门的世界》的那段时期，我正迷恋法兰克福学派那帮聪明绝顶却冷峻忧郁的德国老头们，以及一个大概永远无法看懂的法国老头拉康。诚如《拉康选集》[1] 译者褚孝泉所说，阅读拉康是一个挑战。这种挑战不仅来自拉康（或是译者）诡谲隐秘、难以卒读的文字，更来自拉康对

[1]　拉康，《拉康选集》，上海三联书店，2001 年。这是国内迄今为止唯一翻译成中文的拉康著作，虽然学者马元龙指出该译著有颇多错误，我却依然对译者长达七年"字典不离手，冷汗不离身"的艰苦翻译历程表示尊敬与感谢。

人的自我的分析与论断，这种对人心智的挑战，也可用褚孝泉话说，到了容忍的极限，"是一个极品"。我曾很努力地读那本 650 页的《拉康文集》，想和楚门一样，以便发现人的真相与生活的真相。

　　若要理解拉康的了不起，从西方主体性理论发展历史来看，或许是一条最简便的途径。首先需要提到康德的"哥白尼革命"，在此之前，西方传统哲学认为人的主体围绕着客体转，而康德则用理性为道德与知识立法，认为只有客体／认识对象进入主体，符合主体的先验认识能力才存在，人的自我自此成为了思考的对象，于是便有了笛卡尔那句著名的"我思故我在"。于是便有了弗洛伊德对人类理性背后充斥着生物本能的无意识的"发现"，这个发现对"传统理性的颠覆不啻于达尔文的进化论给自诩出身高贵的人类所造成的打击"。而拉康最了不起的地方，便是打着"回到弗洛伊德"的旗号，对弗洛伊德进行了颠覆，彻底否定了理性的存在，宣布了"人"的死亡，残酷地指出人的本质与真相——"自我即他者"。在拉康看来，根本不存在纯粹的独立的自我，自我借助于他者而诞生、而存在，真正的"我"存在于我不思之处。人这个主体只不过是一具空心人／镜像人／症候人，永远只是在欲望着他者的欲望。

　　不过，若要我说出拉康是如何对弗洛伊德进行颠覆，如何论证出"自我即他者"的，绝对是一件吃力不讨好的事情。即便是他的好友海德格尔，在《拉康文集》出版后，给朋友的信中依然说道："我现在还不能在这些显然是巴洛克式的文章中读出哪怕是一丁点儿的意思来。"而福柯则抱怨说："在这个隐晦的语言中完全没法找出个头绪来。"为此，我只能说说自己也许对，也许很不对的感受。这本几乎看不懂的《拉康文集》，仿若就是那架从天而降的摄像机，让我和楚门一样，发觉自己的生活不对劲，还有那么几次我仿佛体会到了拉康所说的人的本质，于是我发现自己也生活在一个"楚门的世界"中：所有的选择都是封闭的，所有的真实都是虚假的。而我，只不过在演一出出生、活着、死去的漫长悲剧，与楚门一样，我甚至连导演都不知道是谁；不同的是，我连一位观众都没有。于是有那么几天，不知为何，我总是想起"薛定谔的猫"。因为在拉康看来，人实际上只不过是文化、意识形态的创造物，是一个非理性毫无先验性的主体，存在于与其他主体相关联的、不断变动的拓扑网络中，人的生命时时刻刻都犹如那只密室中的猫，似乎有着所有存在的可能，但实际上，在密室被打开的那一瞬间，只能被迫从所有的可能中，选择/被选择一种方式的存在。更为恐惧的是，它最后的存在状态与生死，其实不是其选择/被选择所决定的，而是由那只打开密室的手所决定的。猫在密室中的所有选择（即便不是随机性的），都无法突破那间有着各种残忍装置的密室，并且毫无意义。

要接受这样的真相与这样的命运，非常残忍。不过，拉康也指出，对自我的认识与寻找是镜像前的幼儿与猴子的本质区别所在，人的一生就是一个不断争取其主体性、维护其主体性的征程，就是一个不断寻找自己的征程！可是，人虽然似乎有着无限的自由，但实际上人的自由并没有超过薛定谔密室里的那只猫。于是我会忍不住想，倘若，那只可怜的猫其实是一只长着獠牙在野外拱食的猪，它有可能找到自己吗？电影中，楚门的方法是逃离。在一次又一次的失败之后，终于有一天，他成功了。他驾驶着小船，逃离了桃花岛，逃离了那个不真实的世界，逃离了那场30年之久的真人秀，在大海上独自与风暴、雷电、巨浪搏斗。终于，风平浪静，太阳重新升起，然而，承载他走向真相、走向自己的小船，却撞破了蓝天。原来，那些电闪雷鸣、狂风大浪、蓝天白云，都只不过是一个布景，所有的一切依然是导演安排的。这次，在那巨大而美丽的布景前，楚门崩溃了。

对于人类的这种命运，拉康本人似乎也无可奈何。在《拉康文集》出版后，拉康不止一次说过："我想说我不抱任何希望……尤其不抱被人理解的任何希望。"此话，既可看作是对书而言，更可看作是对人的本质而言。1981年9月9日，拉康因病逝世。在人生的尽头，他淡淡扔下一句话："我将成为一个他者。"或许，在这里我们只能指望拉康所否定的理性依然存在，指望理性所带来的主体能动性依然存在。而理性，用布尔迪厄的话来说——不是一个一蹴而就的实体，而是在不断斗争、质疑和反思过程中寻找和塑造的，就是"将智性的悲观和行动的乐观相结合"。

崩溃的楚门站在大海蓝天的布景前，愤怒地谴责自己从未见过面、却安排主导了他生活 30 年的天才导演克里斯托弗。如上帝一般创造了楚门的世界的导演克里斯托弗，站在天空控制室中告诉了楚门事情的经过，并试图挽留他："外面的世界和我为你创造的这个世界，一样地虚假，一样地谎言，一样地欺骗"，"只有在桃花岛，你才能安全、幸福"。

楚门不为所动，他在布景墙上发现一扇门和一个"EXIT"按钮。他按下按钮，跨出门，踏进无知的未来的世界。我不知道楚门是否能找到真相、找到自己，我也不知道一只理性而快乐的猪是否能摆脱猫的命运而寻找到它的自由，寻找到它自己。可我却依然希望对它说，像楚门一样，跨出门去，然后真实地活下去，哪怕是戴着猫的面具。

来波士顿完全是一个至今依然觉得意外的决定。这本书主要是我在波士顿生活期间所写的一些文章随笔。"出发吧，情书们"一辑可以说是写给自己的，也可以说是写给任何一位喜欢的朋友的，或是任何一位陌生人。其他两辑文章拉拉杂杂，间杂几篇读书期间的文章，还希望拿到这本书的读者莫怪。

很感谢公园街教堂与 PSIF，正是看到公园街教堂的介绍，我才最终决定来波士顿的，感谢 PSIF 的朋友们两年多对我的宽容与关心。很感谢《独立阅读》的朋友，回首五年多一起走过的读书岁月，不知不觉中你们已经成为我生命的一部分。最后感谢我的家人和我的父亲，你们是我所有的虚荣。

对了，楚门音译自英文 Trueman，意译是"真实的人"。我很喜欢这个名字。

罗四鸽

2013 年 3 月于波士顿

目录

出发吧，情书们

到美国去！到美国去?　　　　　　　　　3

没有城管，但有牧师　　　　　　　　　18

忘了它吧，这是唐人街　　　　　　　　32

与美国"毒奶粉"的一次遭遇战　　　　49

这里发生了一些事情　　　　　　　　　57

走，到西街去　　　　　　　　　　　　73

今夜有雨，一起裸奔　　　　　　　　　86

看呀，一些事

谁敢拿走我的枪　　　　　　　　　　　97

罗斯福总统是怎么变成素食者的　　　106

哈佛图书馆员"大屠杀"的悲与喜　　116

来自叙利亚的歌　　　　　　　　　　　124

最早的"微博"和怀特的预言　　　　129

服从的犯罪　　　　　　　　　　　　　134

薄暮中的格萨尔王　　　　　　　　　　144

一点常识　　　　　　　　　　　　　　156

瞧呀，一些人

罗塞特：美国自由出版的"守望者"　　　　　　165

帕斯提奥的双重魔咒　　　　　　177

寻找孔飞力　　　　　　185

一位美国外交官眼中的蒋介石　　　　　　193

玛丽·科尔文：对权力说出真相　　　　　　199

迪克·克拉克："最老的少年"　　　　　　203

"格调"之外的保罗·福塞尔　　　　　　208

戈尔·维达尔：最后一位"奥古斯都"　　　　　　212

希尔顿·克雷默：信念的捍卫者　　　　　　216

大丈夫、小偷与间谍

　　——1906—1908 年在中国西部的外国探险家　　　　　　219

抛开塞林格，洗钵盂去

　　——从西方早期禅读塞林格的中短篇小说　　　　　　231

后记　谁能告诉他们有那么一片自由与幸福　　　　　　239

出发吧，情书们

到美国去！到美国去？

X，我一直想和你说玛丽和玛吉的故事。

一

"我一下飞机踏上美国的土地就发誓，哪怕是在这里洗厕所，我也不会回去。"玛丽笑着对我说这句话的时候，正坐在她那位于莱克星顿（Lexington）的别墅里的厨房餐桌前喝茶。

X，听到玛丽这句话，我不由得再次想起了查建英的小说《到美国去，到美国去》中的伍珍。我不知道你是否读过这篇上世纪80年代的小说，我也是很晚才读到这篇小说的。在满是黄昏的图书馆的过期杂志上读到这篇小说之时，街上3岁的小屁孩都随时会吼几句："千万里，千万里，我追寻着你……"所以，这位为了留在美国而不择手段全力奋斗的伍珍的美国故事，并不怎么吸引我，反而让我觉得有些夸张了，倒是伍珍的中国经历让我难以忘怀：这位北京二十七中的女生，总是起早忙晚于做各种上进事——出板报，做好事，学毛选，写心得和大批判稿子，每个寒暑假统统献给街道居委会或是割麦子；中学毕业后主动插队到陕北农村，积极主动学习传达各种文件，撑着干苦重的农活，无缘无故地去老乡家里坐板凳讲大道理；五年后终于成了一名工农兵大学生，大学毕业后又回到小县城成了一名小干事。

X，虽然我没有经历过那个年代，但这种崇高的悲剧常常令我喘不过气来，总有一种莫名的恐惧包围着我，以至于看完伍珍的故事后，我觉得作者查建英对于伍珍过于刻薄尖酸，虽然我也并不认可伍珍过于实用主义的哲学，可是，如果一个女人连穿衣服的自由都没有，怎么可能用一种道德去苛求她呢？

小说中，已经成为一名小干事过着死水般生活的伍珍，有一次模仿省城来的新大学生的衣服，给自己裁剪了一条绛红色的连衣裙，可是这条让伍珍重新找回自信的裙子只穿了三天，便不得不从此搁置在衣柜中。因为组织找她谈话了，伍珍没有勇气面对无数无言而又含义丰富的目光。后来，这条绛红色的连衣裙被伍珍穿出国来。

正是这条绛红色的裙子，让我把玛丽和伍珍第一次联系起来。一天，玛丽从舞蹈班学习回来，穿戴得非常优雅漂亮，我不由得赞了一句。玛丽非常高兴，怔了一会儿说："你知道吗？那个时候，我们可不能乱穿衣服，我这个人又喜欢穿点漂亮衣服，就冲着这些漂亮衣服，我也要来美国。"

玛丽的这句话不由让我想起了伍珍的那条连衣裙，想起了伍珍，这时，我才猛然发现，玛丽的经历和伍珍颇为相似，不过，在我看来，玛丽的故事比小说中的伍珍更精彩。

玛丽可以说出身名门世家。记得第一次见面，玛丽问我是哪一个学校的，我说某某大学的。玛丽说："我有一个叔叔，是你们学校的教授，不过估计你不知道，那是很早的事情了。"

我好奇地问："你说下名字？"

"某某某。"玛丽说了她叔叔的名字，我一听，立即叫了起来："我知道！我知道！"

于是，我吧啦吧啦说了一段他叔叔的故事。X，这或许就是缘分吧。连玛丽后来都这么说，我和她认识是一种缘分。因为有一段时间，为了写论文，我曾刻意查过玛丽叔叔的资料。她的叔叔可以说是一位颇有影响的现代文人、翻译家，曾留学日本、德国、法国，巴金、老舍都写过专门的文章纪念他。因此当我得意洋洋地说了一大串她叔叔的故事后，玛丽惊讶极了，因为有些事情连她自己都不知道："虽然当时我住在我叔叔家，不过，那会儿我只有两三岁，很多事情都不记得了。"

X，其实，我后来才明白玛丽不太清楚她叔叔的事情的真正原因。玛丽不仅是对她叔叔，甚至对她父亲的生平与经历，也是模模糊糊的。玛丽的父亲也是 20 世纪 20 年代的留法学生，只不过，她的父亲是学农业的。新中国成立后，她父亲是四川某大学的校长，后来，由于一些原因，被划成"右派"，"文革"中去世。然而，父亲那些年具体在哪里，是怎么度过的，又是怎么死的，玛丽几乎一无所知："我家里人从不和我们说父亲的事情，生怕对我们有什么影响。如今，这些事情只有我母亲清楚，可惜她前几年去世了，现在恐怕再也没有人知道了。"

伍珍的父亲勉强也是一个"右派"，父亲的这个污点，让伍珍在填表或是总结时，总是要啰里啰唆地写上一大篇，让要强的她"上进"起来总是比一般人辛苦百倍，我不知道年轻时候的玛丽是否也要像伍珍那样不停地交代父亲的问题，不知道她是否也比常人辛苦百倍，因为玛丽从未说过她的"右派"父亲对她的生活造成的影响。但几乎可以想见的是，与那个时代的人的命运一样，玛丽没有逃脱上山下乡的命运。

我曾希望玛丽能详细和我讲讲她当知青时候的故事，但玛丽似乎不太愿意回忆往事。只是有一次，我偶然向她提起，我曾去过藏区三次，并很想去拉萨工作一段时间，玛丽听后，沉默许久。许多天后，她突然对我说，你要去那种地方，真的要小心，我就是从那里出来的。但玛丽似乎不愿提及那时的生活，因此我也只知道她在黑水插过队，还在汶川教过书。上世纪80年代初，玛丽奇迹般地被聘为南方特区某大学的老师，玛丽什么都不要了，立马跑去了南方特区。"那位给我档案放我走的领导，据说后来还受了处分，说怎么能让一个需要劳教的人就这么逃跑了呢，还说要抓我回去坐牢呢！"说完，玛丽仰头哈哈大笑，似乎依然为当年这一成功之举感到得意。

看着爽朗的玛丽，我很难把眼前这位漂亮、优雅，说着一口流利英语的女士和穿着肥大灰黑棉裤，白天在麦田里像牲口一般干活，晚上在煤油灯下读毛选传达各种文件精神的女知青伍珍们联系起来。在知道玛丽的故事之前，我想当然地以为玛丽一家是早期移民国外的，逃脱了那个时代的厄运。显然，玛丽一家没有，这或许是她不太愿意提及她的中国故事的原因吧。不过，玛丽很喜欢说她的美国故事。

X，你能猜猜玛丽来美国时的年龄吗？呵呵，这可是一件非常需要胆量的事，因为我也私下猜过，可怎么也不敢往这个数字猜——42。是的，玛丽来美国的时候已经42岁了，玛丽毫不忌讳这一点，甚至这几乎是她最为骄傲的事情之一了。

"我觉得我这种人很适合在美国，一到美国，我就觉得自己起码年轻了10岁！"玛丽不止一次这么对我说，在拿到加州某大学的录取通知书之后，玛丽卖掉了她所有的东西，"我绝不会回头的，哪怕在美国洗厕所，我也要留在这里！"

从这一点上看，玛丽非常像伍珍，倔强而不甘心于命运的安排。不过，有着四川麻辣性格的玛丽虽然与伍珍一样，走过一段艰辛的路程，但玛丽与伍珍不一样的是，玛丽做到了真正的自强。

刚到美国时，玛丽做的第一份工作是照顾一位90多岁的老太太，因为这位老太太的丈夫刚刚去世，老太太陷入悲痛之中。玛丽没有说她是如何照顾这位老太太的，只告诉我一件有趣的事情。来美国不到一个月，她就考取了驾照。上午拿到驾照，下午她就不得不独自驾车送这位老太太去医院急救。"我当时自己吓得要命，但没办法，救人呀。现在想起，若是出事了多可怕！哈哈！"之后，为了生活，玛丽还在唐人街洗过碗，学过中医针灸和按摩，做过保姆，大凡上世纪80年代中国留学生做过的事情，玛丽都做过吧！

玛丽讲起她刚到美国的事情，总是神采飞扬，骄傲极了。她说，她在加州一所大学学了一年美国文学，然后发现，自己一个中国人和美国人去竞争讲美国文学，这怎么可能呢？于是，她和伍珍一样，想着转学转专业。不过，聪明的玛丽没有像伍珍那样选择臭了大街的商学，而是颇有先见之明地选择了计算机专业。

"那个时候，电脑还是使用 DOS 操作系统，不像现在的。那时我是一个插班生，别的同学都已经上到第二阶段的课程，我还在补第一阶段的课。不过，到第三阶段，我就可以辅导别的同学了。"玛丽一边喝着她的下午茶，一边神气地说："我觉得每一个人都有适合他的事情，要不停地找，我来美国后，也试着做过很多事情，最后我发现，我对电脑有天分，不管多难的软件，我一看就明白！"

正是这个专业，让玛丽毕业后顺利找到了一份很好的工作，顺利申请到了绿卡。来美国 10 年后，她成了美国公民。接着，她找到了自己的幸福而且结婚了。

如今，玛丽已经退休，现在她最大的兴趣就是跳舞，"你知道吗，我读大学时候可喜欢跳舞了，现在我又重新开始学跳舞。"说着，玛丽走了几步恰恰恰，仰头开怀大笑。

二

玛吉是我在唐人街税课班的同学，记得第一天上课自我介绍时，坐在我旁边的她"刷"地一下站起了："大家好！我叫玛吉，我刚失业了，所以我来上上税课，希望有机会找一个合适的工作。"

失业、下岗，这让我对玛吉充满好奇，总是想在她身上找出中国下岗女工的痕迹，或是唐人街里整日在厨房刷碗或是端盘子的打工者形象，当然，这只是我的一厢情愿，并且错得一塌糊涂。

上课的时候，玛吉非常认真，用红蓝两种圆珠笔在课本上画重点，笔记写得工工整整，遇到不认识的单词或是不理解的问题立马举手问老师，那副认真的模样让我忍俊不禁，却又不敢过于放肆，笑声只能在肚皮里荡漾。不过，和玛吉真正熟悉起来差不多是两个月之后。X，你知道的，来到波士顿之后，我几乎整日整日无所事事地到处乱逛，对于这个税课，我也是有一搭没一搭地上着。有一次，我连续两周没去上课，等我再去的时候，同学们都很惊讶，以为我再也不会去上课了呢。似乎在我没去上课的时候，班上的同学议论过我的情况，对于我一个人无缘无故地跑到波士顿都感到奇怪。玛吉问得最为直接："你来这里干什么？"

"就是来玩呀。"我说。在回答过许多遍这个问题后，我几乎有些不自信了，开始怀疑自己在撒谎。

"那你想留在美国吗？"玛吉又问。

"我？"突然面对这个问题，我有些惊惑，真不知如何回答，无论是肯定还是否定，似乎都过于虚伪。好在玛吉又问："那你有男朋友吗？"

这个问题虽然让我很是尴尬，好在答案非常简单，我使劲摇头："没有！"然后，我用尴尬害羞加疑惑不解的眼光无辜地看着玛吉。

玛吉却毫不在意，依然单刀直入："那我给你介绍一个男朋友吧！"

我一下愣住了。不过，X，你知道吗？有那么一瞬间，我在想，X，是不是你要出现了呢？

玛吉依然快人快语，说："我有一个朋友，最近说想找女朋友，你把你电话给我，我和他说下你的情况，然后一起见个面吧！"

我抓过一张纸，把我的名字和电话留给了玛吉。

交换完联系方式，玛吉看着我，然后对我说："你到时把头发弄整齐一些，用吹风机吹吹，有吹风机吗？"

"嗯，有的。"我使劲点头，心里头热乎乎的。许多天之后，我问玛吉，你为什么这么好？玛吉哈哈大笑："出门靠朋友，在外都不容易！"

我没再说什么，跟在玛吉后面，走在杂乱的唐人街头，很高兴在这里有了第一位朋友。

X，你一定很好奇，我相亲了没有？嘿嘿，实不相瞒，我和玛吉的朋友确实见面了。不过，玛吉的热心远远超出了我的承受能力。第二个周末上课，她给我介绍了她朋友的情况，然后再三叮嘱我一些见面注意事项，比如我需要用心打理下我的头发，比如不要总穿着那没形的黑色大套头衫，比如不要问对方经济情况等。最为重要的是，我是不是心诚？这下我怔住了！我懦懦地说："玛吉，你知道什么是剩女吗？我在国内就是典型的剩女。"

这下，我终于把玛吉也镇住了一回："什么是剩女？"

我想了一会儿说："就是啥都没有的嫁不出去的大龄女。"

玛吉哈哈大笑：在美国可没这么一说，女人没有剩下的。这话这么耳熟，我想起，我对玛丽提及我是一个典型剩女时，玛丽也像玛吉这般哈哈大笑，说：美国可没有剩女，每一个人都自信得要死。

X，对此我只能长叹。我知道，我在这个时候必须表现出自信，自信自己是一只天鹅，就像玛丽说的，你看那大街上，也不管自己的身材，啥都敢穿！

可是，即便是百炼钢，也会化为绕指柔的。不知何时开始，我认定自己打小肯定是一只小蝌蚪，而不是丑小鸭。小蝌蚪小时候还挺可爱，长大了就成了一个大嘴巴的东西了。但玛吉在意的似乎不是这个，她严肃地看着我，很认真对我说："我这位朋友年龄大了，想找一个人过日子，而不是贪图他的绿卡或是钱的。"

X，知道吗？那一刻简直天旋地转，电视剧里的镜头不停在我脑海中闪现。我彻底有些懵了。我突然不知道自己在干什么，突然很瞧不起自己。虽然我很喜欢玛吉的这种直接，但那一刻，我那颗貌似现代实质古典的自尊心很受打击。好在，我即便没懵，也是一副懵懵的样子。玛吉也没再说什么，只是一再叮嘱我，见面的时候要注意形象和说话。

没几天，我果然就接到玛吉的电话，让我赶紧到地铁站，她开车来接我。

当时，我正在 Target 超市找箱子。来波士顿时带来的两个大袋子彻底破了，我不得不赶紧买一个箱子，因为不久我要搬家了。玛吉的电话和她的人一样，非常干脆利落，让我半个小时后到地铁站等她，我一看时间，刚好够我使出吃奶的劲头踏自行车赶去。因此，当我在地铁站停车场找到玛吉和她的男朋友时，我的头发不仅没有变得整齐，反而比任何时候都像狮子头，根根发怒，直冲云霄。

若是我真能像一头狮子那般泰然霸气，我可能会好受一些，实际上，我变得无比木讷呆板，傻里傻气。尤其是在莱克星顿小镇上的一个餐馆与玛吉的朋友见面后，我更是感觉自己像一只因嘴馋而被困在笼子里的大硕鼠，坐在狭窄的座位里，如坐针毡，忐忑不安，我想我的脸上肯定布满了羞愧与懊恼。玛吉和她的男朋友越是想方设法找话题，甚至是毫不客气地打趣撮合我和她的朋友，我便越发像只大硕鼠，直到最后想到既然没法从笼子里出去，不如享受下笼子里的美餐，我才安定下来。说实话，我对那杯加酒的冰激凌怀念至今。

好在玛吉的朋友对我兴趣也不大。我想，他是对的。当然，我们找到了一个非常好的理由来谢绝玛吉的好意。那就是我们语言不通。这个说起来，颇有几分滑稽，一开始对我来说几乎无法想象，两个中国人竟然会语言不通，无法交流。但这确实是真的。

不过，其实想想，在唐人街这并不稀罕。唐人街里的中国移民多是广东人，广东话是最通行的语言。在唐人街闲逛时，我看到贴出来的招聘启事，会讲广东话常常列为第一条件。也就是说，你在这里不会讲国语不要紧，不会讲广东话，想在唐人街洗碗都难。而玛吉的这位朋友正是广东人，自幼到了香港，然后来了美国，干着中国人在美国做得最多的职业——开餐馆。因此，他既不怎么会说英语，更不会说国语，在他的生活中，有广东话就足够了。而我呢，只能把普通话说得尽量不带口音，因此，你可以想见，我们几乎无法用语言进行交流。吃完饭回去的路上，他问我，上海怎么样？我足足听了五遍，才勉强听懂，好不容易听懂了，我又不知道如何回答，愚蠢地歪着脑袋想了半天说：上海很大。而就这四个字让他明白，我又不得不重复了好几遍。

所以，X，你可以尽情地笑话这次相亲，有时想起来，我自己都觉得挺滑稽的。然而后来听说了王师傅的故事，我才知道自己真是做了一件傻事。王师傅是一家装修公司的老板，但没有身份。起初，他和妻子假离婚，然后让妻子与别人假结婚，谁知后来妻子与别人弄假成真，王师傅最后只好以非法身份留下来打工，虽然据说每月有近万美元的收入，然而却始终不能见光。后来，我同屋的一位女留学生告诉我，在她们校园里竟然公然贴出假结婚的广告，甚至还有人问我要不要用三五万美元假结婚拿绿卡，这时，我才意识到原来我这样的人的生活也有可能变得和电视剧一样精彩。看样子，瓜田李下，还真不能纳履整冠，以至于后来我甚至都不敢再厚颜无耻地到处寒碜自己，说自己是一个有中国特色的典型剩女了。

不过，我真的很感谢玛吉。那天，他们还一起去了我的住处，得知我要换房子，正在找箱子，玛吉很是义气地说，包在她身上。过了两天，正下着小雨，玛吉和她的男朋友突然开车来到我那里，给我送来一堆大大小小的纸箱子搬家，还细心地送了一大卷封箱子用的宽胶带，并嘱咐搬家的时候告诉她，她开车过来帮我搬。她甚至送了我一大箱手纸，估计可以绕波士顿大半圈的手纸，她说："这是我一个在宾馆上班的朋友给的，都是顾客用了一点点的，你不要去买了，能省就省，用完了去我家拿！"

我当然用不完这些手纸，因为我在波士顿第一时间买得最多的也是手纸。不过，在圣诞节的前几天，我真的去了玛吉家做客。这让我那颗虽然古典却也不失现代的心受到了更为严重的一次打击。

X，或许你怎么也猜不到，玛吉是一位单身妈妈。她有两个孩子，因为大的孩子要读书了，为了让儿子能进好的学校，玛吉在莱克星顿买了一栋房子，因为那里有一所全美排名第五的学校。严格说起来，玛吉的房子不是她所说的"apartment"，当然也不是"house"，应该勉强可以说是连体别墅吧，一排排下来，那个社区有几百栋这样的房子，所有的房子都是上中下三层，最底下是地下室，一层是起居室和厨房，二层是卧室和洗漱间，窗外竟然是梦想中大片大片可以打滚跳跃、赏心悦目的草坪，间隔着几株披挂金黄的老树，用爱丽丝梦游仙境形容我的感觉也只是稍微夸张了一点点。

不过，让我自尊心遭受到前所未有的重创的是玛吉接下来的话。玛吉说，她的房子是金融危机之后买的，当时房价已经掉到三分之一了，所以只花了 33 万美元。我立即将玛吉的房子地段对照上海地段，发现玛吉创造了一个神话——一个下岗女工单身妈妈竟然住在汤臣一品段位的房子里！一瞬间，我的胃里像开了个杂货店，酸甜苦辣咸，啥滋味都有。为了不让自己心理失衡到崩溃，乃至向罪恶的资本主义社会投降，我赶紧改变对照方式：若是在上海，按玛吉的实力，无非比我那刚失去的小破屋多一个大房间而已，哼哼。

尽管如此，我依然忍不住用狼似的眼光瞪着玛吉，卑鄙而阴暗地盘算起玛吉的财政：玛吉是 12 年前作为亲属移民来到波士顿的，期间只是在餐馆做工，金融危机之前在一家房地产公司上班。公司倒闭后便失业在家。一个下岗女工、一位两个孩子的单身妈妈，竟然如此轻松实现了加我爹妈的胆子以及我爹妈的爹妈的胆子给我都不敢去想的房子梦想。唉！玛吉一句话便轻松地摧毁了我家里人所有的胆，以及我残余的自尊心。

我用近乎绿色的目光表达完我的艳羡之后，玛吉依然是爽朗大笑："争取留在美国吧，这里活着确实更轻松！"

我抬头望着天空，真美。X，我真希望能在那里看见你。

三

X，或许你会说，并不是去美国的每一位中国人都会有玛丽和玛吉这样的美好故事的。确实，其实玛丽和玛吉只是通过读书与亲属移民到美国的两种成功典型而已，我的房东 W 先生以见多识广的老移民身份不止一次和我说，像这样的人十之一二而已，大多数人辛苦异常而生活也只是如此而已，还有十之一二的人，或是沉溺赌博吸毒或是遭遇车祸惨剧而消失不见。W 先生是一位有趣的上海人，茶余饭后遇上，他的故事总能说到下一次茶凉饭消，如看到天气冷了他一定会嘱咐你戴好帽子出门，前几年有一个访问学者偏不信邪，光着脑袋出门，结果不到十米就倒下了，因为脑袋的血管一下受不了零下几十度的温度爆炸了，幸亏抢救及时才捡回一条命。若是小院子门没关好，W先生会警告一定要关好铁栅栏，要是把路人的衣服勾破了，责任可是在你。若是不小心把自行车靠在邻居墙上，W先生就会提出严重警告，若是把墙上的漆划破了，你小心收到法院传单。有一次，一个学生在他院子里晒被子，结果被邻居拍照了，然后收到法院传单，罚了几千美元。如果是在倒垃圾，他会孜孜不倦地教海我如何给垃圾分类，何时将垃圾拖到街边然后又拖回去，电视这样的垃圾千万不要捡回家，否则你得送到政府指定的回收站或是丢进垃圾桶，然后罚款50美元。

我告诉他我在学校学的专业是文学，他立即感叹，学文学的人难呀，哈金未成名前，便租住在他的房子里，哈金的成名作《等待》就是在他房子三楼的一个小房间里写成的。为此，我特意"蹬蹬"跑到他的三楼崇拜了一下哈金曾在上面写小说的桌子，然后下楼告诉他，我决定租他一楼的房子。于是他又继续感叹，在美国当作家难啊，尤其是女的，比如前几年有一个女作家，写得离婚了，没饭吃了，活活把自己写崩溃了，便开车到海边开枪自杀了，就在这波士顿呢。

我告诉他我要搬到蓝线一带去住了，他立即表示反对，因为他认识的一个学生，和朋友一起去那里的街道走了一回，结果便中弹，幸亏抢救及时才捡回一条命，至今警察都不知道那子弹是从哪里飞出来射中他的。更惨的还有一位女生，去那里租房子，结果被一对禽兽父子绑在地下室，日夜受蹂躏。我告诉他我要去参加一个聚会，W先生立即婉转地告诉我，千万小心啊。因为曾经这里有一位很乖很乖的女学生，架不住朋友的劝诱，终于出去"鬼混"了一次。结果，不到一个星期，那位女学生问W先生，她脸上的疱疹是什么东西。"什么东西，性病！是一种罕见的性病，只有美国才有药。可是这个女学生架不住面子回国了，国内可没有药，结果不到一个月就死了。"X，你知道吗？当时我望着义愤填膺的 W 先生，想到"鬼混"这个词，羞愧极了，内心不断检讨自己即将参加的教堂的聚会和自己 30 多年来的道德修行。过后，我又觉得 W 先生未免太夸大其词了。一次，W 先生对正在收拾东西准备搬去蓝线附近住的我说："下午四五点的时候尽量少出门，尤其别去地铁和街上，那时候最危险！"

"为什么呀？"我奇怪地问。

"你要去的那个地方乱，下午正是学生放学的时候，最乱！"W 用老美国通的语气说道："有些学生无聊，就在屋子里玩枪，拿着路上的行人当靶子，中了弹都不知道哪里来的。要是看到长到漂亮的，四五个人直接拉进屋子里……"

我实在有些忍不住，对 W 先生说："你别老吓唬我，弄得我老心跳加速呢！"

W 先生听了，大受委屈："我哪里是吓唬你，你们时间待长就知道了。"自此，W 再也没有和我说过这种事情，当然也没有机会和我说了。其实，要说他夸大其词确实有些冤枉他。X，想必你一定听说过姚宇的故事吧。这位 23 岁的东北姑娘，来纽约才两个多月，一天晚上从超市买菜回家，在路上与一位 28 岁墨西哥裔男子克鲁斯（Carlos Cruz）发生肢体碰撞进而口角争执，结果这位可怜的女学生被这位男子拖进一个巷子强暴，并被铁棒重击脑部多达 50 多次。姚宇死了。她的父亲为此卧病不起，她的母亲在法庭上看到凶手便昏厥过去。据说姚宇的家庭并不富裕，父母都是下岗职工，全家人靠一个小吃摊维持生计，为了她来美国，她的父母与亲戚凑了 20 多万，虽然她是以留学生身份来到美国的，但实际上，她并没有去上学，而是在一家指甲店打工。然而，她的美国梦，她全家人的美国梦甚至还没有开始便破碎了。2010年 12 月 10 日，姚宇去世后的一年零七个月，此案再次开庭审理，克鲁斯拟认罪以换取将一级谋杀改为入狱最少22年的二级谋杀，据说远在中国的姚宇的母亲知道消息后，泣不成声："她不该死啊！"

X，其实这些还只是阳光底下的事情，那些没有身份、躲藏在生活底层的人的故事，更是让我感觉在看唐人街版的《教父》。走在纽约唐人街上，Y先生以老唐人街的身份告诉我，这条街上，十有八九的人是没有身份的。据说，有许多福建人偷渡过来，几乎形成一条产业链。偷渡来的福建人一眼便能认出来，他们最显著的特征是穿一件温州人做的廉价皮夹克，因为偷渡过程中，要从东南亚、香港转到北美阿根廷、玻利维亚、墨西哥等地，有时路上要走几个月甚至半年，只能随身带一个很小的包，所以皮夹克可以说是最为实用的衣服，而偷渡需要花费二三十万元人民币。Xuxu就曾告诉我，有一位福建姑娘通过蛇头偷渡过来，在纽约唐人街一个餐馆做事以还蛇头的钱，可是一位牧师的儿子喜欢上了她，于是带着姑娘逃跑了。然而，蛇头依然找到了这位姑娘，此时，姑娘已经精神崩溃了，因为蛇头已经把她福建老家的人全部杀掉了。最后，据说还是警察出面，给了这位姑娘一个全新的身份，并转移到一个秘密的地方，无人知晓她的过去，也没有人知道她后来怎样了。

不过，X，若是你想知道中国这些移民与非法移民生命之重，我推荐你看看哈金的最新短篇小说集《落地》。这个集子一共12篇，都是以姚宇遇害的地方——纽约法拉盛为背景，有叛逃的教授、跳楼自杀的和尚、临时的夫妻、打工的留学生、辛酸的家庭健康助理等，正如哈金自己说的，这些故事几乎都是大家知道的，他唯一做的就是把新闻变成文学了。若是此前，这些离奇的故事会让我觉得很虚假，来到这里才发现生活比这些故事更离奇。

四

X，我摔跤了。一个人在从超市回来的路上，突然直挺挺地摔了一个狗啃泥，背上的双肩包抛起，然后重重砸在后心上，痛得我爬不起来。对面街头有一对年轻男女正在从车上卸东西，听到动静，赶紧过来看我，问："你还好吗？"

我吃力地抬起头，说："我没事，谢谢！"

然而过了好一会儿，我依然不能动弹，我听到那位女孩再次跑过来问我："你确定你没事？"

我再次奋力抬起头，说："是的，休息下就没事了。"

女孩再次跑开，我使劲翻身坐了起来，感觉膝盖和手掌有血慢慢渗出。

突然，我很想我那没心没肺的老娘。

也很想你，X。

没有城管，但有牧师

X，记得我和你说过的吗？从曾经到现在，我非常喜欢台湾作家三毛，遇上她的时候，正是我少年流浪之梦勃发时期。在偶然读到她的《拾荒梦》后，我便将其视为我的同好知己，你知道的，因为我也有一个梦，不过我的梦不是拾荒，而是三毛在重写的作文中提到的"街头小贩"梦，"因为这种职业，不但可以呼吸新鲜的空气，同时又可以大街小巷的游走玩耍，一面工作一面游戏，自由快乐得如同天上的飞鸟"。那时的我，便常常梦想自己推着一辆手推车，车上挂满了各种便宜且精致的小物件，每天穿街走巷，向每一个路人推销自己的小物件，路人当我是风景，我当路人是风景。有时，这个梦做得无边无际，在梦中我便以此为生，走遍天涯，成为天下第一的地摊达人。

当然，你知道的，这个梦想是不能让我爹妈知道的。他们倒没有对我的理想或是长大了做啥有过什么过高的要求，但干个体做小贩却是万万不能的。老爹是一位公家人，在他眼里，只有公家人才是最理想也最体面的职业，而干个体摆地摊，不是奸猾狡黠之人的损人利己，便是没有出路之人不得已而为之之事。此外，我那顽固保守的父亲还认定，古已有之的"引车卖浆，贩夫走卒"之流所做之事，不仅是

"资本主义尾巴"这种性质恶劣之事，更是有随时丢了小命而不知的危险之事。他不止一次恶狠狠地打击曾经有过摆摊念头的老吴（我娘）："你这种人去做这个，被人吃掉了都不知道！"尽管有了三毛《拾荒梦》的鼓励，我掩藏在心底的地摊梦常常跑到嘴边，但却迟迟不敢付诸行动。甚至不知何时，我的这个快乐的梦想已经带上了几分悲壮的色彩。

然而，X，你相信吗？到波士顿没几日，少年时代的地摊梦想竟然一下在心底复活。走在波士顿的大街小巷、广场地铁，常常可以看见各式摆摊人，或是推着铁板车卖热狗和冷饮，或是拉着大木板车卖箱子帽子或是墨镜的，或是摆上一块塑料布卖各种精致首饰的，个个快乐得像天上的飞鸟，于是，我的地摊梦想突然变得无比清晰：每天推着一个木手推车，沿街叫卖着各种中国小物件，一边在精致典雅的波士顿玩耍，呼吸自由新鲜的空气，一边挣些银子做盘缠，岂不两全其美！于是乎，我便日日跑到住所附近的哈佛广场进行我的"商务考察"，当然，美国有没有城管是我首先需要确定的事情。

一

在美国，摆地摊似乎是一件既简单也不简单的事情。虽不像早先中国那样有八个大盖帽管一顶烂草帽，但也有交通部、卫生部、消费事务部等几个大盖帽来管着你，街头执法的警察背后有联邦法、州立法和地方法等好几层法律法规。虽然在美国人人都有摆地摊的自由，但实际上，美国街头摊贩数量和地点都是经过科学规划的，有着严格的数量控制和规定，比如，1979 年纽约市长设定一般摊贩的营业执照数量上限是 853 个，这个上限一直保持到现在。这导致申请者需要漫长的等待才有可能拿到执照，其中退伍军人和残疾人又会被优先考虑，因此，一般申请者几乎要等上 25 年之久才有可能被考虑发放执照。到了 1992 年，由于等待人数过多，纽约消费事务部索性停止了新的营业执照申请，要摆地摊的只能冒风险无照出摊。食品商贩的营业执照虽没有数量限制，但是食品商贩所必需的食品车的数量却被限制在 3000 辆左右，因此在纽约街头，几乎有一半的摊贩是没有执照的。此外，在纽约，许多地点和街道被规定为完全禁止摆摊区域，在《纽约市行政法典》中，被禁止摆摊的街道名单多达百余条，长达 20 多页。即便在允许摆摊的地方，对于每一条街的设摊时间，摊点与路边的商店距离、防火栓的距离、人行道的距离等都有着明确的规定。据说在纽约市，哪怕是在街头开罚单的警察也难以弄清楚这些关于摊贩的法律法规。警察若是抓到违规摊贩，只是记下摊贩的名字，写明违反了哪些规定，然后交给地方法官裁决，因为只有地方法官才能弄清楚这些条例，也只有他们才有权力对违规的摊贩依法量刑。警察是没有权力裁决的，他们只负责交通、市容和公共安全。

与纽约这座有着千万人口的城市相比，波士顿无疑显得很袖珍，总人口不到 60 万，但要弄清楚在波士顿如何才能摆地摊似乎比纽约还难，在硬着头皮读了几天麻省和波士顿政府官方网站的有关规定后，我依然茫然不知所措，依然弄不清楚我该如何申请执照，怎样才能在哈佛广场设摊。不过，我想，既然这种事情连警察都难以弄明白，我何必为难自己。X，正如你所告诉我的，如果一件事不知道如何做，最好的办法就是去做。我想，要知道如何在波士顿摆摊，最好的办法就是出一次摊。

在哈佛广场，有好几个地摊。地铁出口处，是一位墨西哥画家和他的画摊。这位墨西哥画家的特别之处是不用画笔画画，而是用装满各种颜料的类似"灭害灵"的罐罐，对着一尺来方的纸头喷画，然后再将画装上框，卖 8 到 10 美元一幅。这位快乐的喜欢喷各种日出的墨西哥画家，据说在北京语言大学读过书，因为喜欢喷画，所以毕业后选择了四处流浪喷画为生。这里需要说明的是，我之所以说"据说"，是因为这些是他用英文告诉我的，而我可怜的英文听力让我对所有的事情都不敢肯定，所有的事情都只能据说来的。不过，这并不妨碍我将这位墨西哥画家认定为我地摊生涯的领路人。

"哈罗，我想在这里卖一点中国小物件，我该怎么做？"一个星期六的上午，在吃完早饭后，我背着双肩包，摇晃到哈佛广场，用磕磕巴巴的英语向刚摆开画摊的墨西哥画家问道。

"哦，你想卖什么？"墨西哥画家好奇地问道。

于是，我拉开我的双肩包，将我想卖的东西鼓捣出来：四分之一块大红毛巾上别着的二十几个毛主席像章。"嗯，就是这个，毛主席像章，嗯……"我正想着该怎么用英语解释这些像章，却见墨西哥画家大笑："我知道，我知道。"我这才想起，这位老外是北京语言大学毕业的，完全应该知道这个东西。

"我能在这里卖这个吗？"我问。

"当然可以。"接着，墨西哥画家叽咕了一大阵，见我依然有些茫然，于是拉着我，带我到地铁出口背面，在人行路边站住，指着地面说："你可以在这里，知道吗？"

"知道了。可是我没有执照，如果我就这么摆，警察会不会没收我的东西或者罚款？"迟疑了一会，我终于问出了我想问的问题。据我所查的信息说，美国警察是不会对摊贩进行强制执法的，甚至很友好。而美国老百姓对于自食其力的小摊贩一般很尊敬，在华盛顿，一个以卖卷饼为生的美国小贩因心肌梗塞猝死，引起当地人自发的哀思，甚至《华盛顿邮报》头版也刊登了这位名叫卡尔洛斯普通小贩的讣闻与故事。对于无照摊贩，善良的美国百姓会认为这是因为政府工作不给力，没有提供更多的工作机会造成的。因此，若是对于无照摊贩进行围追堵截，得罪的就不仅仅是小摊贩，而是所有善良的美国老百姓，因为在他们看来，这是断了勤劳而诚实的小贩的生路，剥夺了底层民众的谋生机会，剥夺最基本的人权——生存权。《世界人权宣言》第3条规定："人人有权享有生命、自由和人身安全。"这可是一把尚方宝剑，任何人都不能让别人活不下去。比如你或许听说过"柠檬水起义"，在俄勒冈州蒙特诺马郡，有一位单身妈妈带着女儿在街头卖柠檬水，由于没有卫生许可证而遭到卫生检查员的驱逐，旋即引起轩然大波，民众在街头摆设了更多的柠檬水摊位，最后地方最高长官打电话向母女俩道歉，事情才算了结。

"没关系，"墨西哥画家哈哈大笑，"没关系，如果警察过来对你说，不要在这里摆，那么你走就可以了。"

"警察不会处罚我吗？"我继续确认。

"不会，他们最多告诉你，这里不能摆，那么你就去别的地方。"墨西哥画家再次确定。

"谢谢！谢谢！"再三道谢之后，我将双肩包放在地上，把那四分之一块毛巾放在包上，然后将一张纸头夹在毛巾边上，上面写着：$5 for 1。这些是我昨天晚上准备好的。决定在哈佛广场支个地摊后，我一直为卖啥而大伤脑筋，不止一次将自己带来的两个大包掏了出来，但始终也没有掏出一样比这些领袖像章更合适的东西了。这四分之一块毛巾里的毛主席像章，是我在复旦大学步行街附近的地摊上，从一位老头那里2元一个收购而来的。收拾行李来波士顿时，偶然发现了自己收购的这些像章，突发奇想，若是带去波士顿，说不定能在哈佛燕京学社门口遇上一个趣味古怪的老头，卖一个好价钱，那滋味想来不是一般的好。于是，我得意洋洋地将这四分之一块毛巾收进了行李箱。不过，令我郁闷的是，去哈佛大学好几次了，竟然都没找到哈佛燕京学社。

不过，那会儿，我可庆幸自己没找到哈佛燕京学社，这让我终于实现了我的地摊梦想，虽然只是四分之一块毛巾大的地摊，虽然在10分钟内路过的25个行人中只有3位注意到这个小地摊，但对于我来说，依然有着非凡的意义。我坐在双肩包后面，仿若我是世界的焦点，兴奋得像在打摆子：若是没有人注意我的小摊，我会用热切的眼光迎接每一位路人；若是有视线落在我的地摊上，我立马变得害羞起来，挂上"摊主不是我"的表情。

就这样，我在哈佛广场打了近两个小时的摆子，有几次，警察离我最近的距离不到10米，但显然，他们对我的兴趣没有我对他们的兴趣大。再三确认这些虽挂着真枪实弹的黑猫们没有披挂"四宝"之后，城管的阴影彻底在我心底消除。然而，一种无依无靠的遗弃感却渐渐涌上心头，因为两个小时内，几乎没有人为我的地摊停下来。只有一个人把脚步放慢，对着同伴说了句："这里还有这个东西卖。"显然，这是一位来自中国内地的同胞。仅仅5秒之后，我只能坐在地上，以干一行爱一行的钉子精神，激励自己鼓足干劲坚持将练摊进行到底。

二

X，你知道吗？许多年前，我那年轻而帅气的外公，与许多逃荒到上海的苏北人一样，在虹口区一带做过好几年的游动小贩、卖货郎、膨爆米花、人力车夫、船工等，大抵那会儿苏北人在上海做过的事情，我的外公都做过。勤劳的外公正是靠这个，养起了苏北老家的三个弟弟，甚至有一段时间得意地脱下马褂穿起长袍，回老家用大花轿娶了我外婆。许多年后，我竟然在家里的柴火间发现了外公那时留下的用来膨爆米花的、像一颗大子弹似的黑黢黢的锅。我惊讶极了，这个几乎是我家四个丫头年龄之和的子弹锅是怎么从上海到苏北然后又辗转出现在江西深山里的呢？这个子弹锅又是怎么伴随我的外公从旧中国走到新中国，经历大灾荒、大灾难而完好无损保存到改革开放的呢？外公只是笑，他从不说自己的故事。但显然外公很激动，再三检查这口黑黢黢的子弹锅，确定这口老黑锅无须培训便可再上岗后，竟然想重操旧业。当然，外公的想法遭到了全家人从经济学、社会学、伦理学等各个角度的全面否定，并总结出一个符合社会主义经济建设发展规律的论断——总之，这种走街串巷的旧技艺应该自行消失在历史的舞台上，于是，有着十八般好手艺的外公只好舍下这门手艺，抚着老朋友喟然长叹。

　　X，或许你的外公和我的外公一样，和那个年代的老头们一样，为生存奔波迁徙了一辈子。面对他们，我常生发出"我有何功德，曾不事农桑"的愧疚，尤其是每次回家，我的外公和我的家人总是把我当做大功臣似的迎接，洒水扫门、杀鸡宰鸭，难道仅仅因为在他们眼里，我是一位所谓的"读书人"吗？可惜，百无一用是书生，如今只能忍痛割书做贩妇了。据说，爱因斯坦在 75 岁回顾其一生的时候说："如果我能回到从前，而且必须决定怎样谋生，那我不会想成为一个科学家、学者或老师，我宁愿做个水电工或摆地摊的。"我不知道爱因斯坦是出于什么心境说出这种话的，但想到爱老人家都有摊贩情结，我便不得不正视并重视起眼下我这份自由且务实，并带着草根快乐的职业来了。

　　首先，我发现再也没有比波士顿更适合做游动小贩的城市了。若是按简·雅各布斯（J. Jacobs）的标准，波士顿便可谓她的理想之城。前几年，她的一本旧书《美国大城市的死与生》[1]在国内出版，可惜，只在小小的文化界几张报纸上热闹了一下便一闪而过了，我们的城市根本没搭理她的警告，依然在进行着轰轰烈烈的拆拆拆，依然照旧往

---

[1]　简·雅各布斯，《美国大城市的死与生》，金衡山译，译林出版社，2005年。

死里奔跑在现代化的道路上。其实，简·雅各布斯的这部经典之作出版于 1961 年，当时的美国正在进行轰轰烈烈的"城市更新"计划，以振兴衰败的城市中心地带。许多国家都有过这样的时期，似乎给汽车修建越来越宽和越来越直的马路、给老百姓修建越来越高和越来越深的楼房是一个毋庸置疑的"国际惯例"，毁掉一个城市的过去以便豪迈地奔入现代化是一个必需的"国际惯例"，结果当然是，按"国际惯例"，城市一个一个掉进现代大都市的深渊——交通、安全、能源、人性都陷入危机之中。闭嘴闭嘴，X，不好意思，我又激动了，因为我想起了城市没有让生活更美好的上海，和我刚刚失去的在上海的房子。嗯，其实，在我看来，将中国与美国进行这样的比较是毫无意义的。有着所谓道不同不相与谋之味道。

不过，对于简·雅各布斯所提出的有关城市规划的建议我依然心向往之。记得一位社会学家说过，城市最根本的内涵就是要符合人性化的生存与发展，或许因为是女性吧，这位我第三喜欢的美国女人简·雅各布斯似乎更注意日常生活中城市普通老百姓的生存与需要，而不是脱离人的日常生活的形象工程。或许在许多"大男人"看来，她的一些建议简直就是妇人之见，比如她非常强调人行道、传统小尺度街区对一个城市发展的重要。她认为一个城市的大多数街段"必须要短，在街道上要很容易拐弯"，因为这样的人行道除了承担马路之间的交通功能外，还能满足人们"安全"、"交往"的需要，成为孩子们戏耍的天然乐园。再比如，与她的人行道理论相关的，她认为一个城市的公园和广场，壮观的景色或是旖旎的景色只是一个附带作用，并不能起到必需物品的作用，只有能起到某种不可替代作用的公园和广场才是成功的。又比如，对于蚕食了美国各大城市的汽车，她认为提供给汽车的空间越大，汽车反而会更多，因此，她主张反其道而行，通过缩小马路空间、建设短小的街区、强化公交运输等，通过城市本身的作用来限制汽车的扩张。再又比如，简·雅各布斯说："城市的过程是本质的东西。"因此，她主张一个地区应该有一定比例的老建筑，独具匠心地对旧城进行改造，而不是简单的模仿和过度的竞争，从而保持一个城市的活力与多样性。

X，只要你在波士顿待上一天，你就会发现简·雅各布斯所倡导的城市规划原则竟然在波士顿得到几近完美的实践。短而弯曲的街道、频繁而简朴的小店、与城市融为一体的公园与广场、四通八达的地铁与公交、宁静而优雅的查尔斯河、随时会给你一个灿烂笑容的路人、诉说着美国两三百年历史的建筑，穿梭在美国这个最古老的城市中，让我觉得拥有一辆汽车简直是对这个城市历史与风景的侮辱与浪费，在我看来，在这个城市中呼吸与行走，最好的方式莫过于做一名沿街叫卖的小贩。

X，你知道吗？在《美国大城市的死与生》中，简·雅各布斯将我这种流动摊贩以及路边的小摊贩、小业主、小企业家称之为"街道中的眼睛"（Street Eyes）。传统小街区老城市中，各种小企业主小店主的存在以及我这种流动小贩的存在，不仅给附近居民与城市陌生人提供了使用人行道的理由，而且他们本身也是"典型的安宁与秩序的坚决支持者"，"如果数量足够多的话，他们是最有用的街道监视者和人行道护卫者。"简·雅各布斯甚至称之为即兴的人行道芭蕾，在这种舞蹈艺术中，"每个舞蹈演员在整体中都表现出自己的独特风格，但又互相映衬，组成一个秩序井然，相互和谐的整体。一个让人赏心悦目的城市人行道'芭蕾'每个地方都不相同，从不重复自己，在任何一个地方总会有新的即兴表演出现"。

也就是说，按简·雅各布斯的说法，我在哈佛广场近两个小时的"打摆子"，不仅充当了这个城市的眼睛，守护着这个广场的安全，还可以说是一种即兴的芭蕾艺术了，想到此，我都有些不好意思了，因为我地摊也未免太寒碜了些。若是早知道我要在这里摆摊，我一定会去义乌小商品市场走一趟，弄一些全棉的袜子、小巧的丝巾、精致的小钥匙扣手镯手链或是典雅的小扇子过来卖，在这个让人赏心悦目的城市中，在这个天时地利人和的广场上，努力建设一个具有中国特色的小地摊，即兴表演我一个人的人行道芭蕾艺术。

三

"嗨，Sisi，你在这里干什么？"突然，一句亲热的招呼将我的地摊畅想曲终止，我定睛一看，原来是西班牙牧师。他是我到哈佛广场第一天溜达的时候认识的家伙。那天，我围着广场打转，走了一圈又一圈。我每走一圈，站在路旁的他就会给我一个灿烂的招呼。走了几圈之后，我便和他成了老朋友，但实际上，我既不能确定他是否是西班牙人，也不能确定他是否是牧师。只不过因为他总是站在美国银行门口，散发着有关《圣经》的小册子，小册子都是英文西文双语的，我没有问过他的名字，只是在私下里我称他为西班牙牧师。

奇怪的是，陌生的西班牙牧师的亲热招呼，一时之间竟让我有他乡遇故知之感，不禁悲喜交集。我一把抓起我的地摊，比画了好半天，才让他明白，我正在练摊呢。

谁知这位和善的西班牙牧师却收起了笑容，对我说："不行，你不能这么做，你要有执照。"

执照，执照，我当然知道我需要执照。可是我去哪里申请呢？我瞪着两只无辜的眼睛看着牧师。牧师笑了笑，从包里拿出一支笔，一个本子，一边画地图一边说："我本来可以带你去办执照的，但我今天有事，你可以自己去市政大厅申请。"

X，在这里，我必须承认我有些撒谎了。其实，在我练摊的前一天，我就去市政大厅申请执照了。不过，我去的不是牧师在笔记本上给我画的、哈佛广场所属的剑桥镇的市政大厅，而是去的波士顿的市政大厅，并领了一张营业执照的申请表格。在波士顿，申请一个这样的执照简单得让我几乎不敢相信。在市政大厅的城市职员办公室里，我对接待我的工作人员说，我想摆一个地摊。我还没来得及拿出我的护照证明我的身份，热情的工作人员便给了我一张表格，一张 A4 纸大的表格。我只需要填上我想卖啥和在哪里卖，以及我的联系方式，最后签名便 OK 了。当然，还需要缴费，4 年 50 美元。

我拿出我的护照给工作人员看："我的这个签证可以申请吗？"

"可以！"工作人员把表格翻过来，反面写着如果是非波士顿居民，再加 25 美元，也就是说我交上 75 美元就办好了 4 年的执照，一切就 OK 了。X，你知道吗，当时我竟然有些失落，因为我做好的"门难进、脸难看、事难办"的心理准备竟然一下无用武之地了，要知道，如果在国内，申请一个摊贩营业执照需要提供所在地户籍证明及其他有关证明，卫生部门许可、其他部门批准文件，有关资质证明，部分行业还需要提交公安局的审查同意证明等许多语焉不详的证明，若是没有本地户口，那提交的文件和证明简直浩瀚极了。而在这里，我仅有的一个身份证明——护照似乎都用不上，事情简单得让我疑窦丛生，拿着表格看了又看，终于发现不对头的地方。这是一张固定摊点的营业执照申请表格，而我需要申请的是游动摊贩的营业执照。在我用蹩脚的英语重复几遍之后，工作人员终于明白我的意思了："哦，那你应该到州市政大厅去申请执照。"接着，工作人员为我画了一张如何到达州政府的路线图。原来按照《麻省成文法》，固定摊贩是地方县市事务，你需要先申请到固定摊位，确定自己在哪里设点摆摊，卖什么东西，才好来申请执照。而沿街叫卖一天之内有可能走过七八个县市的流动摊贩则归州政府管理。

不到半个小时，我便在州政府大厅的消费事务部办公室领到了另一张执照申请表，表格依然只是 A4 纸大小，正反两面，我需要填写简单的个人信息和我的货物种类即可，但不同的是，在这张表格下方有一栏需要我所住的地方警察局警长的签名，以证明我品行良好端正。耐心的工作人员告诉我，在警察局拿到签名再回来，交上 62 美元，当场我便可以拿到这张有效期一年的执照。"然后，你就可以在麻省任何地方卖你的东西了。"工作人员笑眯眯地告诉我。

不过，如果我是卖食物，则需要到卫生部办理卫生许可证；若是买鱼或海鲜食品，则还需要去海鲜食品部办理零售许可证。但实际上，我实在想不出我有什么东西可以卖。X，来波士顿，我只是觉得很闷，想出去走走，从未想过在波士顿摆地摊。那几天，我将随身带的东西倒腾了好几遍，也只有那四分之一块毛巾的领袖像章可以摆到地摊上。因此，我没有去警察局签字，也就放弃了办理这个执照。因为若是按成本计算，62 美元办理的执照我只卖四分之一块毛巾的像章，成本未免太高。因此，我选择了无照出摊。

但那会，面对正直的西班牙牧师，我心中确实感到羞愧。随后我发现，即便有执照，我也不能在哈佛广场出摊。在我再三承诺立即去剑桥镇的市政大厅办理营业执照后，西班牙牧师脸上立即轻松起来，笑眯眯问我："你准备卖什么东西？"

于是，我把手上的四分之一块毛巾展示给牧师看，谁知，牧师一看，脸上的表情立即严肃起来："你不能在这里卖这个，在哈佛广场摆摊的都是艺术家，你卖的东西必须是你自己做的，明白吗？"接着牧师指给我看，在墨西哥画家斜对面街口的那位妇女卖的是自己的刺绣，旁边不远处是弹吉他卖唱的，再旁边又是一位画家。"他们的东西都是自己做的，明白吗？"

这时我才想起在州市政大厅领到的流动摊贩营业执照申请表上，

最后还有一个小小的注明，所有的执照还得受地方法律法规的限制，这就是说，虽然在理论上我可以在整个麻省穿街走巷，但实际上，我还得受制于麻省各个县市的地方法规，我必须清楚每一条街道是否允许设摊，以及设摊的时间，貌似最自由实则最不自由了。

　　X，或许你会奇怪，墨西哥画家为啥会让我无照支摊呢？这不是违法的吗？其实，我当时也奇怪，到后来我才明白是怎么回事。在美国，摊贩按照其贩卖的货物分为一般摊贩、食品摊贩和第一修正案摊贩。前两种摊贩必须申请相应的营业执照，而后一种摊贩则不需要营业执照，因为他们受到宪法言论自由的保护。这类摊贩的出现，还得回到纽约。1996年，一群在纽约街头摆摊销售自创艺术品的艺术家们，由于没有执照常常遭到警察"城管"而向法院起诉，认为《纽约市行政法典》要求贩卖书籍、期刊、艺术品等商品的摊贩获得营业执照违反了《宪法第一修正案》关于"表达自由"的规定。法院最后裁决，该条法律确实违反宪法，从此，凡是贩卖受到《宪法第一修正案》保护的商品的摊贩不需要营业执照。因此，墨西哥画家是无需执照的，他正在行使他的自由表达权。只要不妨碍公共交通，任何人都不能"管"他。我想，他肯定也是把我归为受《宪法第一修正案》保护的摊贩了吧。

　　但严肃的西班牙牧师可不这么认为，他还执意带我到对面马路那位卖刺绣的大婶处帮我问个清楚。然后，牧师认真地看着我："哈佛广场只允许艺术家卖他们自己动手做的东西！"

　　我很认真地对着牧师点头："谢谢，我知道了。我这就去市政大厅。"

　　旋即，我便骑上10美元买来的二手自行车，去剑桥市政大厅了。X，其实这时我已经放弃摆地摊了。但我依然兴致勃勃地跑去了市政大厅，因为我发现，美国政府公务员是绝佳的锻炼英语口语与听力的对象，他们的耐心和容忍让我第一次看到了人民公仆的内涵，让我喜欢上享受做主人的权力。在剑桥市政大厅询问的结果果然不出所料，市政大厅只负责营业执照的问题，若是问他们具体能在哪里设摊，他们也只能有礼貌地说不知道，然后再祝我"好运"。于是，至今我依然没有弄明白，如果我想成为一名街边固定摊贩，如何才能申请到一个固定摊位？一次，走在华盛顿大道上，玛吉告诉我，波士顿市中心黄金地段的街头固定摊位，一般也只考虑退伍军人和残疾人士。新的申请者需要排上十几年的队。这似乎意味着我即便申请到营业执照，也不太可能有一个街头摊位，只能去申请大型室内市场中的小摊位。如法尼尔厅市场，随时都可以在南楼四楼的市场管理办公室递交摊位申请表格，每年他们会根据申请者的资金、卖的货物以及发展前景加以考虑批准。不过，在那里，哪怕是最简单的一辆大板车的摊位租赁价格都不菲，而好的门面每月租金高达数千甚至上万美元。唐人街的珊姐警告我，千万别去做老板，既累又苦，挣的钱还不如打工仔，甚至不如在唐人街洗碗。珊姐移民到波士顿已经有20几年了，她的话让我彻底放弃了地摊老板娘的梦想，哪怕只是四分之一块毛巾大小的地摊。

好在我心仪的是流动摊贩，可是，流动摊贩是否可以任意穿梭在整个麻省的大街小巷，"自由快乐得像天上的飞鸟"吗？这个问题，我至今还弄不明白，甚至不知道该问谁？这让我的地摊梦想变得有些缥缈了。两个多小时的地摊生涯，我似乎只弄清楚了一件事情——在波士顿，没有城管，但有牧师。

X，我很想你。

忘了它吧，这是唐人街

X，对于唐人街，我所有的印象都来自一堆形形色色的好莱坞大片与一群奇奇怪怪的华裔美国作家的小说。说实话，对于在电影或是小说中，已经符号化为暴力、罪恶、肮脏或是窒息、压抑、悲愤的唐人街，我一点感觉都没有，偶尔我会耸耸肩，就像罗曼·波兰斯基那部与唐人街无关的电影《唐人街》结尾处，警察对杰克所说的那样告诉自己："忘了它吧，这是唐人街！"

因此，第一次到波士顿唐人街，我依然没有任何感觉，既不觉得新鲜稀奇，也没有恍若回到中国的亲切感，只是觉得小，怎么这么小。我仰头喝了一口可乐，不觉就走了一半，再仰头喝一口，竟然就走完了。这让我不禁有些羞愧，感觉自己像猪八戒吃人参果，一骨碌就把这么美好的东西给吞进肚子里。于是，回头放慢脚步再走，寻找电影或是小说中告诉我的唐人街应有的那些东西，即便只是一个符号：重檐画彩的中国牌坊、参差错落的中文招牌、鳞次栉比的中国餐馆点心铺和小杂货店、几乎可以买到国内任何副食品的中国超市、说着广东话与英语的中国人、乱扔垃圾、随地吐痰、拥堵、脏乱差等，确实，波士顿的唐人街虽然小，但唐人街应该有的、可以有的似乎都有了，应该看的、可以看的我都看了。"我可以走了。"我对自己说。

一

让我在唐人街停步驻足，并对唐人街开始产生兴趣的是一个老头。

那天，我站在碧落街与哈里森大道交界处——这里可以说是唐人街的中心，前后左右把整个唐人街扫视了一遍又一遍，然后对自己说："我可以走了。"正打算离开，突然听到一个人说话："哎，买一块玉，正宗的缅甸玉！"

我低头一看，原来我站在一个小地摊前面，摊主是一位看上去绝不会少于60岁的老头，地上铺了一块塑料布，上面摆了几十块缅甸玉，上面一个硬纸壳，写着"正宗缅甸玉，29美元一块，如假包换"。我所有的玉知识都来源于国内产玉与不产玉的旅游景点中都有的卖的、档次不一的地摊，我掂量着，这位老人的地摊若是在国内，旅游景点的级别是够不上了，有城管出没的地方估计也够呛，突然，我发现这个老头的玉摊竟然超出了我的地摊知识领域，不禁蹲了下去，仔细看了看，没错，这位老爷子似乎在做姜太公钓鱼之类的事情。

"买一个，如假包换，又不贵！"老人见我蹲下，连忙招呼。

我赶紧站起来，正色说："贵，29美元可是很多钱！"

"哎，你是哪来的？"老人转换话题。

"我？上海。"我有些迟疑地回答。

"你一个人？没有导游？"

"嗯，一个人。"我说。

"你来干什么？"老头又问。

"玩呀。"我说。

"天啊，你怎么拿到签证的？你知道别人花好几万美元都要来美国，我说你，干脆别走了，留在美国……"老头突然很起劲。

"我为什么要留在美国？上海挺好的。"我说。

"哎，对哦，上海好像很有钱，你要不带一块玉回去吧。前几天，一个上海人就在我这买了好几块，我天天在这里，看到许多上海人，都有钱的不得了……"

"哈哈，上海人是很有钱，不过我例外。"我打断老人的话，扭头要走。

"等等，我问你，上海现在是不是有很多世博之家？"老人突然拦着我。

"世博之家？"我摇摇头，说，"没听说，是世博园吗？"

"不是不是，就是世博之家，电视上不是说了吗？你是上海人难道不知道吗？"老头略带尖酸地逼问道。

"不知道，不感兴趣。"我说。

"那你去过世博没有？"老头问。

"去了，去了三次。"我说。

"三次？"

"是呀，亲戚朋友来了，不能不带他们去，我都可以当导游了！"我苦笑。

"啊呀，我说的就是这个。把家弄成临时旅馆，一百块钱一个晚上！"老头几乎叫了起来。不过，相对我的叫声温和多了，我几乎是尖叫："哪里？！怎么可能要钱，都是亲戚朋友的！"

"那你可以收我的钱，我给你一百块钱一个晚上，我去上海住你家里！"老头说。

"不可能！"我几近粗暴地拒绝了这个老头，一扭头大踏步赶紧走了。X，说实话，这位老头已经开始让我感到一种悲哀了。我很奇怪，不说话时，这个老头几乎与我老家乡镇农贸市场上抱着自家老母鸡出来卖鸡蛋的老头一个模样，甚至连身上的衣服都有可能来自同一个地方——温州，可是一开口说话，总有一股莫名其妙的见多识广的优越感时不时从他那猥琐的躯体和奇怪的口音中泄露出来，旋即又鬼头鬼脑地缩了进去。我想，这是不是传说中的唐人街幽闭恐惧症呢？顿时，一种悲哀涌上心头，夕阳残照在碧落街街头的中国牌坊上，暮色中的唐人街啊，还是忘了吧！

二

我是从华裔作家伍慧明的小说《骨》中知道"唐人街幽闭恐惧症"这个名词的。《骨》中，作为旧金山唐人街第一代移民，梁家父亲常年在外出海谋生、母亲没日没夜在制衣厂工作，唐人街对于他们梁家人来说是一个令人窒息的地牢，一个暗无天日的洞穴，以及不可实现的美国梦、长年累月的劳作、谎言与失败等悲惨记忆。X，或许凭几分钟的交谈，我就给我遇见的这个唐人街老头戴上这么大一顶帽子，未免太过于主观，但我想起赛珍珠说的一句话："唐人街是两个世界的盲点。"或许，波士顿唐人街也如此，它的故事并不会比旧金山唐人街、纽约唐人街逊色，只是既不为美国世界所知，也不为中国世界所知而已。我对波士顿唐人街的兴趣就是这样突然气势磅礴地喷涌而出，此后，若是有人问我为啥一个人跑到波士顿了，我就忍不住得意洋洋地高声宣布我此行的宏伟目标——我要打开两个世界的盲点！我想知道唐人街里的秘密！

幸亏，偷得浮生半年闲，我闲着无事，于是几乎日日去逛唐人街。波士顿的唐人街据说是排名旧金山唐人街、纽约唐人街之后的第三大唐人街，虽然几乎所有的人都这么告诉我，但我依然不敢相信，因为它实在太小了。后来在纽英伦华人历史协会的一份白纸黑字的资料上看到介绍说是第五大唐人街，我依然不敢相信，因为它实在太小了，用一句形容老银川的话说就是一根香烟走到头吧。

后来，我在纽英伦华人历史协会那里拿到一份波士顿唐人街的黄页，上面说，波士顿唐人街大抵以碧落街、哈里森大道、泰勒街、艾塞克斯街为中心，占地大约五亩，然而在这五亩地上，从餐馆、点心铺、食品加工厂到超市、珠宝店、音像店、五金店、百货店、礼品店、布庄、鲜花店、家具厨具店、眼镜店、电信，再到华人教堂、中文学校钢琴学校英文补习班以及驾校、美容美发店、中医西医牙医、报馆、殡仪馆、武术馆、旅行社、建筑公司，再到保险公司、银行、律师楼、会计所、房产中介，以及五花八门的各种协会组织，竟有300余家，一个人的生老病死在这五亩地里几乎可以与外面的世界一样精彩地完成。这让我第一反应是难道我两个月来日日转悠的地方不是唐人街？

且不说我曾自负绝不会逃出我法眼而偏偏逃出我法眼的那6家中文报馆、8个功夫馆、6家中文书店，更不提40多家稀奇古怪的协会组织、30多家美容美发中心，单是名单上列出的40多家餐馆、七八个点心店就让我狮子般的雄心顿时变得像老鼠胆子一般大，要知道那会儿我自信自己已经将唐人街上的菠萝包吃出了一个排名榜，也可以根据财力与心情找一个中餐馆吃饭，谁知一看小册子，竟然有一大半的店铺我连名字都没看过，岂不笑话？

痛定思痛，自此，接下来的一个月，我几乎日日拿着这本《唐人街华埠主街》（Chinatown Main Street）的黄页小册子按图索骥，于是，五亩地的唐人街如充气般膨胀立体起来，变得遥远深邃、神秘莫测。

X，你知道吗？如今波士顿唐人街所在位置，最早是一个浅水海湾，1806年到1843年才陆续被填为陆地，第一批主人多为中产阶级的白人。1850年，南火车站以及铁路的修通，让这片地区变得嘈杂混乱，于是这里逐渐变成了皮革成衣工厂的大本营，自此，一批又一批新移民们不断搬进来，在此度过一段艰难岁月后又一批一批搬出去。起初是爱尔兰人，接着是中欧的犹太人、意大利人和叙利亚人，他们逗留的时间不长，到 1900 年就只剩下叙利亚人了。那时，华侨还大多住在狭窄没有阳光的小巷中——牛津街和哈里森大道一带，等最后的叙利亚人也搬走后，这里才全部成为华侨的地盘。如今，牛津街依然深藏在唐人街中心，这个阴暗狭窄、凹凸不平的小巷子，仿若沉睡在过去的昏暗岁月中，外边的沧海桑田似乎与它无关。唐人街上历史最长的两家公司上海印务公司与新新果蔬公司，至今依然在这个小巷子中。

实际上，从这个巷口只要走上不到百步，便可以站在修建于 1982 年的唐人街标志性建筑——中国牌坊下，在牌坊前面便是一条高速公路，几乎将唐人街拦腰斩断。这要"归功"于我曾和你说过的美国五六十年代在各个城市兴起的城市更新计划，其实，当时的波士顿也未能免于潮流，当时中央干道的兴建被视为是波士顿城市更新计划的一个重大工程，从 1951 年至 1959 年分三期进行。几十年后当年唐人街的老居民李同利回忆说："当年的波士顿正陷入经济萧条，工业一蹶不振。大兴土木、建路兴桥，原意为刺激经济，促进生产。公路工程师看到华埠及毗邻的皮革区、制衣区一带暮气沉沉，华埠更像个贫民窟。也许他们想拆去萧条的建筑，重建一些更有生气的事业。"为了修建现在这条富有生气的中央干道，当时刚刚落成五年，不但是当时社区活动中心也是当时华埠象征的安良工商会大楼被迫拆去三分之一。后来经过一系列的反抗谈判行动，公路工程作出了让步，清拆当时整条翰德街的计划改为只清拆尼兰大道以南的东半边街，因此至今从尼兰大道到麻吉尼路一段是一道高高的护土墙，将剩下的西半边街的楼宇孤立隔绝起来，被割去三分之一的安良大楼今天已改造为丽晶大酒楼。这或许是我在波士顿看到的最为不和谐的地方吧：一道川流不息的现代高速公路犹如一把时光利刃，将与世隔绝失去时空的唐人街强行拉出一道口子，福兮？祸兮？我不知道。只是每次走过中国牌坊，到对面的中国超市买东西，横穿这条马路时，唐人街中的懒散与混沌都会立即收敛起来，警觉地左看右看，等待着对面的绿灯放行，走到另一半唐人街。

在泰勒街90号，我看到了那栋破旧的三层红砖大楼，这便是鼎鼎有名的昆西学校（The Quincy School）旧址所在地。这所学校成立于

修建于1982年的波士顿唐人街中国牌坊上，赫然可见几个大字——"天下为公"。

1847年，以波士顿第二任市长约书亚·昆西（Josiah Quincy）名字命名，这是美国第一所按年级分班，并给每一个学生提供独立座位的学校。学校成立之初，几乎没有华裔学生，大部分学生是叙利亚人；20世纪40年代，华裔学生大约占了20%；到了60年代初，华裔学生取代叙利亚学生，成为昆西学校中人数最多的族裔。学校大楼最初四层，1938年一场可怕的飓风将大楼第四层的尖顶刮走了，1970年市政府重新修建了新的校舍，将学校从唐人街内的泰勒街90号迁至与唐人街毗邻的华盛顿街888号，1976年将昆西学校旧址以一美元的象征性价格卖给纽英伦中华公所，以服务于唐人街社区。徜徉在这座旧楼边，当年的学校操场已经变成了停车场，我无法想象第一个中国孩子迈进这所学校的样子，不过，在一份资料上，我看到了几幅昆西学校的历史照片，其中两幅分别是1942年与50年代的学生集体照片，不同肤色的孩子们整齐地排排坐在一起。还有一幅摄于1946年的照片，是两位五岁与六岁、身穿中国刺绣绸缎衣服的小女孩，一起在认真看一本英文儿童书《弹》（*Flip*，Martyn Bedford 著）。这让我想起作家张翎在谈起其小说《金山》时所说的："在翻阅史料的某一天里，我撞到了一句话：'几十年里难以攻克的种族壁垒，最初的一丝松动并不是发生在政客的谈判桌上，而是发生在学校的操场上，当两个不同肤色的孩子为抢一个球而发生肢体碰触的时候。'这句话电闪雷鸣般地在我沉涩的思路中开辟了一条蹊径，让我看到了一小群从前没有注意到的人。"

X，就这样我在唐人街走了一个多月，发现的故事越来越多，五亩地的唐人街越走越大，每走一步便能找出一个故事来。比如，哈里森大道38号半那栋楼房，其前身是波士顿最早的一家中国餐厅杏花楼。门口的台阶仍然有"杏花楼，1879年建"的字样，二楼的在当时中国也极为盛行的铁花露台依然面对着大街。这种中国风格的雕花阳台，正是当时颇为时髦的阳台茶座。在泰勒街和翰德街上也能看到这种阳台茶座的痕迹。又如在碧落街和泰勒街的转角处的墙上，我看到一块菲丽丝·惠特蕾（Phillis Wheatley）的纪念碑，殖民时期贩卖奴隶的船只正是在这里登陆，其中便有菲丽丝·惠特蕾。在波士顿老南会议厅（old south meeting house）中，进门第一个塑像便是这位女诗人——1773 年她的诗集在伦敦出版，成为美国历史上第一位非裔作家。

X，你知道吗？到最后，当我走在碧落街上，我会想象六七十年前横空架在这上面的高架铁路，悬空的火车在头顶轰隆轰隆而过的景象；从兴盛糕点铺或是包包亭西饼屋里咬着菠萝包出来时，我仿若看到百余年前嘴馋的孩子在这里追逐着叙利亚面包的味道；每次在唐人街的餐馆吃饭时，我很想告诉同桌吃饭的人，在七八十年前，这里最时兴的不是广东菜，而是"杂碎"——一道典型的美国中国菜；看见路边的中文餐馆招牌，我会想起杏花楼 1931 年打出的有着几分旧上海电影画报气息的美女广告招贴；路过唐人街路边的蔬菜水果摊时，我会想起一个世纪前，在这里开垦中国农场种植蔬菜水果以供应唐人街餐馆的那些遗落在历史中的人……X，第一次我发现时间与空间竟然可以完全脱节，时间一层一层凝固在唐人街的每一个角落，于是空间变得像俄罗斯套娃，时空如转动的魔方似的不断转动，我身处何处，我开始有些晕眩了，张爱玲所说的一种囹圄的人生威胁从模糊而又遥远的历史苍凉之处袭来，伤感没必要放大，但足够让我一个人怆然而泪下，于是我对自己说，忘了它吧，这是唐人街。

三

每一个人都是历史学家。

X，这是我在纽英伦华人历史协会第一期捷迅上看到的一句话，在这句话后面，他们写道："所谓历史，终究不过是个人与团体的回忆、经验以及他们所编织成的故事。"对此，我非常幸运自己找到了纽英伦华人历史协会这么一位出色地会讲故事的唐人街"导游"。

一天，我在中国超市买完东西，顺手在超市出口处拿了一份免费报纸《舢板》，回到住所细细看，发现这是一份非常有趣的报纸。

《舢板》的英文名字叫"Sampan"，我猜想这是广东台山话音译英文名，在唐人街经常可以看到这种英文，比如点心叫"Dim Sum"，杏花楼叫"Hong Far Low"，"至孝笃亲"为"Gee How Oak Tin"（这个英文翻译至少让我琢磨了不下半个小时，后来还是珊姐用广东话念了一遍我才恍然大悟，但我还是不知道那四个汉字怎么变成这个洋模样的）。X，从这个颇带广东气息的中英文名字，我想你大概能猜出这是一份什么样的报纸吧。没错，其实它或许就可以说是波士顿唐人街报纸，创办于1972年，起初它是一份月报，自1984年改为周报，成为全纽英伦地区唯一的中英文双语周报，不过，确切地说应该是英中文双语周报，报纸首先使用的是英文，其次才是中文。

正是在那份2010年12月3日的《舢板》上，我看到了望合墓园的消息，知道了纽英伦华人历史协会，这让五亩地的唐人街顿时又膨胀了百万倍。

在波士顿城区的一所公墓中存有一块这样的碑文："安葬此地的是19岁的中国少年阿周，他于1778年9月11日在波士顿号船上从桅杆堕下身亡。他的雇主约翰·波立此碑以志纪念。"这是现在能追溯到的中国人在波士顿最早的足迹，也是唯一的线索。

1869年，美国人在庆祝完其横跨东西两岸的铁路通车后，"毕竟他们曾经建造过万里长城"的中国劳工受到排斥，出台了长达半个多世纪的排华法案，中国人甚至不能靠近当时那里发现的金矿，于是便渐渐东迁。1870年，第一批中国劳工75名来到麻省西北部的北亚当斯（North Adams）镇，受雇于当时一家著名的制鞋工厂山普森鞋厂（C.T.

Sampson's factory）。当时，工厂工人正在罢工要求提高工资，老板山普森不甘示弱，于是便去加州招了 75 名华工，并签订了三年合同，合同写明第一年每月工资 23 元，后面两年 26 元，但衣食自理，住宿费从工资里扣。据当时的报纸报道说，这些华工不到几天便学会了制鞋的每一个步骤，且生产速度极快，他们每周生产 120 箱，比工会工人多 10 箱，因此每周成本可降低 400 元。可以说，山普森试用华工相当成功，第二年虽然当时反对雇佣华工的呼声也出现在美国东部，但他又招了 50 名。据说，这些勤勉努力、安分守己的鞋工还颇受好评，有妇女主动教他们英文，有教会邀请他们去做礼拜，甚至连工会的鞋工都赞扬他们："没有一个国家的人，能像这些中国人一样，100 多人住在一起而不饮酒闹事。"

不过，三年后合同期满，由于制鞋厂进一步机械化，一部分工人失业了，他们有的回国，有的去了别的州，有的便来到了波士顿。当时波士顿的电话公司大兴土木铺设电话线雇佣了一批华工，除了鞋厂工人外，还有从西部乘横贯铁路而来的华工，他们在南火车站下车，就地搭了帐篷，把栖身的这个小巷子取名叫"平安巷"（Ping On Alley），这就是今天唐人街的所在地。如今当然找不到帐篷的痕迹了，我甚至在那巴掌大的唐人街找了许多遍，都没有找到这条叫"Ping On Alley"的巷子。这让我至今想起还懊恼不已。

据一位地理学教授统计，1890 年左右在波士顿的华人大约 200 人，1900 年大约 500 人，1910 年约 900 人，因移民法的限制，女性极少，1905 年全波士顿只有 15 位中国妇女，而男性约有 800，到 1940 年，1792 名华人中只有 70 名女性，可见，早期波士顿唐人街与旧金山等地的唐人街一样，是一个典型的"单身汉"社会，与绝大多数早期移民一样，他们没有家人，去世后大多安葬于此。在早期美国华人社区中，常有"粤人重洗骨葬，定期捡执遗骸，运回原籍安葬，以免孤魂靡托，旅骨无归"，这与广东地区"拾骨重葬"的民俗有关。然而，由于第二次世界大战及中国内战，运送棺木的习俗中断，这些孤魂旅骨便从此长眠于波士顿郊外的望合山（Mount Hope）上。

由于没有后人祭祀，这些坟墓很快成为荒冢，为了保存这段历史，1992年，唐人街内部组织纽英伦华人历史协会（Chinese Historical Society of New England，简称CHSNE）成立之后，开始了这段历史的保存、还原工作。2007年3月，经过CHSNE和志愿义工的努力，花费18万美元，终于把埋葬在这里的超过1500名华人移民的墓地修复完毕，并建立了一个电子资料数据库和一座"望合墓园华人移民纪念碑"（Chinese Immigrant Memorial at Mount Hope），让这里成为大波士顿地区纪念、凭吊早期华人移民的重要历史场所。

在看到有关望合墓园报道后的第二天，我早早爬起坐上橙线地铁，到达终点站佛利斯特山后又转公交车，在望合山下下了车，然而我却迷路了。Google地图搜索告诉我，我下车后只需走15分钟就可以到达望合墓园，然而我几乎绕着望合山走了一个多小时才找到望合墓园，再然而，一条叫哈佛的公路又将望合墓园从中劈开，一分为二，于是在波士顿寒冷的初冬阳光下，我在两个望合山头林立的墓碑中找了半个上午，最后在饥寒交迫中无功而返。一天后，坐在纽英伦华人历史协会的办公室里，南茜告诉我，以那条哈佛马路为界，望合墓园分公共墓园与私人墓园，华人移民纪念碑在望合墓园公墓中的华人坟墓地带（那是当时墓地种族隔离地带），若是没有人带领，没有驾车，要找到它是非常不容易的。

X，南茜就是纽英伦华人历史协会现任行政主任。这个协会是1990年由当时唐人街内店龄第二长的果蔬市场新新公司东主黄绍英倡议组成的，1992年夏，正式在麻省州政府立案，成为纽英伦地区第一个以"采集、维护及发扬纽英伦地区华人移民史迹为宗旨"的非营利性组织，其任务是"要为华人在纽英伦大小城镇史志内争回应有的一席之地，并且促进跨越文化界限的相互了解及尊重"。1993 年秋，协会在波士顿重建局所拥有的中华贸易中心（Boylston Building）内，争取到一间免租约的临时办公室，办公室每周二、三、四与每个月的第一个星期六开放，我正是在一个周二的上午来到办公室见到南茜的。南茜的父母在广东台山出生，移民到纽约州的波基普西市（Poughkeepsie），在那里经营一家洗衣店 30 多年。南茜在哈佛大学毕业，获得社会学学士，之后又获得管理规划及社会政策硕士，如今她和她的丈夫及两个孩子住在布鲁克莱恩镇（Brookline）。可以说南茜的家是一个典型的早期华人移民家庭，作为移民第二代，她不会说汉语（或许会说一些广东话），因此，我们的交谈也只限于表层了，这让我大有悔不当初没有好好学习英语之心。

幸亏，有文字与资料。更幸亏，有纽英伦华人历史协会。

若按性质，这个协会只不过是一个民间组织，甚至只是一个完全靠义工与捐助运转的协会，然而协会严谨的态度与实干的精神，可以让一些出身名门正派财力雄厚的学术机构脸红。如在 2003 年的协会年度报告中，其中一项成绩便是"动用一千小时的义工完成了 183 个指标牌的移民档案资料记录，该档案收集了从 1911 年至 1955 年的移民资料，共有两万个资料夹"。又如自 2010 年，协会将望合墓园中的墓地记录如墓主姓名、墓地确切位置与每一个墓碑的数码照片结合起来，并将墓碑上的中文翻译成英文，建立了一个可搜索的数据库。

自成立之初到现在，这个协会一直坚持进行"华埠史迹行及多媒体史库"、"从华埠到城中区"史料、"透过照片保存历史"以及对历史资料简报日常物品的收集等资料库的建设，还举行了泰勒街故事展、翰德街原居民团圆会、妇女先驱展、"祖母的八宝箱"等活动，出版了《在波士顿的中国人（1870—1965）》、《麻州华人经历与贡献》、《波士顿唐人街历史》等图文集和 DVD 出版与制作等。而协会每年一期的《纽英伦华史捷讯》，可以说是我读到最有生活气息的历史刊物：既有专业的历史教授写波士顿与杂碎的历史，也有普通居民对儿时生活与叙利亚邻居的回忆；既有对清末官派留学生足迹的追寻，也有对早期移民踪迹的寻找；既有对中餐馆以及中国菜演变历史的追溯，也有对首批在本地种植果蔬的移民的介绍；既有对取得斐然成就的杰出华人颁发的"游子奖"，也有对青年学生鼓励的各种奖学金……薄薄十几页或是二十几页，中英两种文字，无非关乎当时唐人街中华人的衣食住行、吃喝拉撒，却让我再次跌进唐人街的历史迷宫，头晕目眩。

其中最让我好奇的是协会与哈佛慧琪利夫女子学院（Radcliffe College）图书馆一起主持的"华美妇女口述历史计划"，专门记录1965年移民法案改革之前、居住于纽英伦地区30岁以上的华裔妇女的故事，包括移美之前在中国的生活、移民的经过、家庭工作状况、在美适应、文化认同等各种放慢的体验与遭遇，以真实反映当年妇女地位及社会状况。在1997年的《纽英伦华史捷讯》中，我看到了口述计划即将造访的11位妇女名单及简单介绍，既有目前为纽英伦地区职位最高的亚裔政府人员、公共图书馆馆长、植物学家、艺术家，也有普通的家庭主妇、洗衣店女工、餐馆老板等。当我得知这个计划在招募志愿者义工时，我立即激情澎湃地向南茜提出申请，南茜却为难地向我摇了摇头。无需多说，我表示理解，点了点头——且不说我的签证没有给我足够的时间，单就是广东话便把我拒之门外。

于是，我只好对自己耸耸肩说，忘了它吧，这是唐人街！

四

X，你知道吗？在波士顿的最后一个月，我不再有事没事在唐人街上胡乱逛悠了，而是坐在至孝笃亲公所喝着咖啡，听那里的老唐人街们讲故事。

知道至孝笃亲公所，依然是在纽英伦历史协会的那本华埠主街的黄页小册子上，在那本小册子上，我还发现了十几个这样的组织，如洪门致公堂、中华公所、阮氏公所、李氏公所、梅氏公所、黄氏宗亲会等，这让我对唐人街的兴趣再次高涨，几乎达到白热化的地步了。因为作为一个金庸迷和韦小宝粉丝，我恰巧知道所谓洪门乃是天地会对内称呼，洪门致公堂正是天地会散落在海外的组织，也是早期华人移民名目繁多的帮会组织中规模最大的一个，会员几乎占了当时全美华侨的十之七八。孙中山当年为了闹革命，便曾在1911年提议同盟会员一律加入洪门，并在《大同日报》、《少年中国展报》刊登联合布告，并设立洪门筹饷局为革命筹集捐款。于是乎，有那么几天，我天天念着"地振高罡，一脉溪山千古秀；门朝大海，三合河水万年流"，兴冲冲地跑到泰勒街6号楼二楼按洪门致公堂的门铃，期冀能在21世纪的现代都市中看到韦小宝式的堂会香主的模样：香案两边分列太师椅，烛台香炉后供奉少林祖师，一群稀奇古怪之人义结兄弟喝血盟誓豪气冲天……

X，我知道我又将小说与生活混淆了，其实，在连续吃了几天的闭门羹后，我的豪气渐渐没了，幸亏在按完洪门致公堂门铃后，我总是会接着去按隔一条街的至孝笃亲公所的门铃。与洪门致公堂铁将军把门不同的是，至孝笃亲公所每天都有专人在那里上班，珊姐就是其中一个。于是乎，我便隔三岔五地去珊姐那里混一杯咖啡喝，看看当地报纸杂志，听听老唐人街人唠嗑。

原来至孝笃亲公所是陈、袁、胡三家姓联合的宗亲会所，与绝大多数其他姓氏宗亲会所一样，其历史也可追溯到百余年前排华时期。那个时期，排华令几乎剥夺了华人的一切权利，华人聚集在唐人街内几乎与外界隔绝，于是，在内部逐渐产生了各种各样的自卫自治组织，

"解决工作、营业、债务、纠纷、新侨的安顿、旧侨的归里等问题"，如各种宗亲会、同乡会，至孝笃亲公所至今似乎依然起着这种作用，每年逢年过节公所都会举行各种活动，比如吃汤圆、吃粽子，与其他地方的至孝笃亲公所不定期举行恳亲大会。不过，当时更引人注意的是带有黑帮性质的堂会组织，如现在的安良工商会早期就是一个堂会组织，还比如当时的从反清复明的天地会发展为潮汕地区的三合会，又成为海外最大帮会组织的洪门致公堂。这些堂会组织当然不可能去美国政府处立案，赌场、鸦片馆、妓院成为他们的经济来源，各个堂会之间为了利益，抢地盘进行械斗，即便是在波士顿这个比较温和的地方，1903 年就因协胜堂与安良堂之间发生械斗，一位协胜堂的人被杀，结果波士顿的警察与移民局联合包围了唐人街，258 名华侨被捕下狱，15 人被驱逐出境。这几乎占了当时波士顿华侨总人数的三分之一还多。台湾历史学家孙隆基对此说："海外华人扩散群的情况，确实也反映了中国社会千百年来的形态，即市民社会无法成形，应付压在头上的专制政权的对策是不理会它、自己暗中另搞一套。此倾向仍持续于现代西方社会，乃因无法融入当地社会、出于自卫的需要。"

"舞榭歌台，风流总被雨打风吹去。"如今在波士顿街头，唐人街亦成为寻常巷陌，俨然是一个热门的旅游景点，有许多次，我看到成群结队的"老外"来此观光猎奇，或是在南北风味馆子外排队，或是手拿一个从桃园饼店买的麻团，边走边吃，还一边听着导游的介绍。当年这些堂会早已不知所踪，各种宗亲会、同乡会、校友会在我看来有些像老年活动室的味道了。一天，我偶然走进一幢红砖大楼的地下一层，这让我第一次有回到中国的感觉，因为在那里我竟然发现有一个麻将馆，有四五桌老头们正在切磋国粹。我推门而进长驱直入，在里面东张西望近 10 分钟，几乎都没有一个人抬眼看我，乃至于我怀疑自己是不是不小心披上了哈利·波特的隐形斗篷。这让我开始怀念第一次来唐人街遇见的那位老头。奇怪的是，自从那次之后，我竟然再也没有见过他。最后，我在另一个相连的单元房里，自己倒了一杯茶，看了看报纸和杂志，便自觉告退了。在社会学上，英文用"Inner City"来指美国贫困黑人区，我想，这是不是也是一个"Inner City"呢？他们的世界，外人永远走不进去。我告诉自己说，忘了它吧，这是唐人街。

　　X，圣诞节后的第二天，我又去了望合墓园。这一次我没有迷路，反而在望合墓园遇见了墓园工作人员理查德，他从墓园门口开车带我去了中国墓区。然而，我依然什么也没看见，只有白茫茫的一片。暴风雪早将当年那些简陋矮小的墓碑埋没，甚至连墓园中的道路也难以车行。理查德只好带着我弃车步行。走在没过膝盖的积雪中，远远看着华人纪念碑上"慎终追远"四个字，我突然有一种走出迷宫、重见天日的感觉，天地无限宽广，我将无限美好。

　　X，我知道你知道我在想什么，我在想你。

位于波士顿郊外望合山上的华人公墓。厚厚的白雪下，掩埋着无数客死异乡的中国劳工的骸骨。

与美国"毒奶粉"的一次遭遇战

X，你知道吗，在150年前的美国，竟然也有臭名昭著的"毒奶粉"——19世纪四五十年代，大量人口涌入纽约，对牛奶的需求大幅增加。为了增加产奶量，奶农们给奶牛喂食酒厂的酒糟，刺激其多产奶。而这些奶牛被成群地关在窄小肮脏的牛圈里，浑身是病，奶农们却不闻不问，依然用这些病牛所产的奶供应市场。更可怕的是，为了制造更多的牛奶，牛奶制造商们开始掺假：他们将污水、臭鸡蛋、淀粉等各种杂物掺入原本就已经有问题的奶中，并按比例加进石膏、蜂蜜和其他药物，以清除掺假所带来的异色、异味。据当时的报纸报道说，因为饮用了这类伪劣牛奶导致死亡的儿童，在一年里竟然达到8 000多名。

知道这些美国往事，完全是出于对美国食品和药品管理局（Federal Drug and Food Administration，简称FDA）的好奇，而知道FDA，是因为来波士顿没几天，我竟然与现在美国的"毒奶粉"来了一次遭遇战。

一

一天，我一上网，S便跳出来，火急燎燎地对我说："帮我打一个电话到美国的雅培公司，我要投诉！我要投诉！"

原来，S从美国给儿子大嘴巴买的奶粉出问题了。

可怜天下父母心。因为国内的奶粉不敢给儿子喝，S从美国回来的时候，什么都没买，就是给三个月大的儿子带了一年的口粮，一共是12箱72罐奶粉，整整四个大旅行袋，从纽约辗转到香港再带回上海。谁知，吃了三个月，便看到雅培婴儿配方奶粉陷入"甲虫门"的报道。因为雅培公司位于密歇根州的奶粉工厂发现了一种常见甲虫，因此决定召回8盎司（1盎司约合28.35克）、12.4盎司、12.9盎司罐装以及部分塑料容器装雅培Similac婴儿奶粉，共500万罐。看到雅培公司的声明后，S立即将家中剩余的60余罐奶粉拆箱，将罐底的产品批号——输入雅培召回网站查询，好事不灵坏事灵，竟然全部中标，都属于召回产品范围之内。

这下让S可揪心呢。当然，最让人揪心的还是喝奶粉的大嘴巴。六个月大的大嘴巴一直肠胃不好，比同龄人瘦小许多，瘦得只剩下一张大嘴，S两次带儿子去医院检查，医生查不出所以然，最后推断小孩子肠胃敏感，"男孩子这么敏感实属罕见"。而这次雅培在声明中说："婴儿使用这类奶粉后可能出现胃肠道不适及不愿进食等症状。"这下，终于揭开了大嘴巴成因之谜，然而爹妈却更揪心了。

首先，大嘴巴断了口粮了。雅培奶粉不能喝了，杯弓蛇影，所有的奶粉都可疑了。刚好，那两天大嘴巴打疫苗，发烧，啥都不吃，于是又瘦了一大圈，嘴巴愈发大了。S心疼极了。

其次，S第二天便抱着大嘴巴去医院检查，可是医院没有驱除美国甲虫的药，医生当然看不了这个病，于是，S心里留下了肾结石与大头娃娃的阴影。

　　最后，让 S 越发气急败坏的是，雅培公司此次被召回的产品仅在美国、波多黎各以及加勒比海一些国家销售，其他国家的产品不在召回范围之内。也就是说，S 家客厅里堆积如小山似的奶粉，虽然都是雅培召回奶粉之列，却没有召回渠道。S 试着打美国雅培公司的电话，但那个电话仅对美国国内服务，国外电话打不了。于是，S 联系雅培中国，服务人员非常有礼貌，然后得到的回答是：S 要么自己将奶粉寄回纽约，在哪儿买的就在哪儿换；要么在国内换，但最多只能换 12 罐雅培中国产品。S 不甘心，一而再、再而三打电话给上海雅培公司，一直打到他们的高层领导，领导也非常有礼貌，不过得到的回答依然是：要么自己寄回美国换，要么在上海换 12 罐，且需要提供购物小票、婴儿出生证明、出入美国的签证记录等一大堆证明材料，这些证明必须在 10 月 10 日之前拍照片发邮件给中国雅培（此时，离美国雅培 9 月 23 日发出召回申明已经过去了 10 天）。最让人难以接受的是，不少更换的中国雅培产品生产日期是 2009 年的，保质期不到 5 个月，并标有非卖品的标签。而最令人气愤的是，超过 12 罐的部分，不予更换，必须以优惠价格购买同等数量的雅培中国的产品。

　　S 愤愤不平了。为什么同样属于雅培客户，在美国的客户就可以无条件退货？而且不需要提供任何证明呢？而在中国，不仅连基本的利益都无法保证，甚至还有被中国雅培趁火打劫的意味，趁机推销雅培中国的产品。为此，S 几乎吵了起来，结果当然只能是更加气愤，雅培中国程序式的礼貌和背书一样的回答不仅有冷漠，更有了一丝嘲讽的意味：谁让你们在美国买？此外，没有期限的等待让 S 变得更加忍无可忍。

　　于是，S 找到我，让我在美国帮忙打电话："你就当练英语口语，和他们吵架去！"

义不容辞、义愤填膺、义无反顾！我只知道丰田汽车在召回时欺负咱中国人，没想到连美国奶粉也欺负咱中国人。当即，我抓了几个硬币，跑到住所对面超市外的公用电话吵架去了。谁知摩拳擦掌、磨刀霍霍，一句英语也没用上。我连打两次电话，都只听到程序声音让我按某个键，我按着按着就把自己按丢了，最后电话那头杳无音讯。我只能悻悻挂上电话，为自己的三脚猫英语懊恼不已。

没办法，我只能灰溜溜回到屋里，一边给 S 写英文投诉信，一边在网上看有关资料。FDA 便是此时引起我的好奇的。

二

据报道，雅培这次产品质量事故，是企业内部自检时发现的，事后，对密歇根州这家工厂生产线的所有产品进行了检测，发现有 99.8% 的产品并没有受到污染。不过，在雅培的最终声明中，不仅主动召回了所有该工厂出产的粉状奶粉，而且还暂时关闭该工厂。与此同时，雅培在向美国证券交易委员会（SEC）提交的一份监管文件中将该公司第三季度的每股收益预期从 1.05 美元下调至 1.03 美元，并将全年的每股收益预期从 4.18 美元下调至 4.13 美元。据估计，此次召回将给雅培带来超过 1 亿美元的损失。

若是按中国逻辑，雅培似乎是一个大傻帽，自曝"家丑"不说，还如此大张旗鼓，其实不然。从表面上看，雅培公司这次的召回属于自愿行为，但实际上，无论是雅培公司发表召回声明还是对召回产品的评估，雅培公司貌似一个傀儡，真正操纵它的就是这个 FDA。FDA，即美国食品安全的守护神——美国食品和药品管理局。在美国，负责食品安全的有两个机构，一个是农业部食品安全检疫局（FSIS），另一个便是食品和药品管理局（FDA）。FSIS 主要负责监督肉、禽和蛋类产品质量以及缺陷产品的召回，FDA 主要负责 FSIS 管辖以外的产品，即肉、禽和蛋类制品以外食品的召回。

在美国，召回在法律上分主动召回与强制召回，但实际上，谁也不敢落到强制召回的地步，因为那很有可能意味着让你破产的巨额罚款（有时每天罚款达到数万、甚至数十万美元），若是拒不召回或是隐匿召回，更是要承担刑事责任，面临牢狱之灾。当然，更可怕的是，比生命更重要的是声誉的丧失。如果企业主动向 FSIS 或 FDA 提出报告，愿意召回有问题的食品并制定出切实有效的召回计划，FSIS 或 FDA 将简化召回程序，不一定发布新闻会，不一定对企业曝光。所谓"坦白从宽、抗拒从严"原则，在这里贯彻得非常了然。所以，一般来说，召回只有主动召回。因此，无论是自检还是受举报，一旦发现质量问题，企业一般都会在 24 小时内报告 FSIS 或 FDA，否则后果不堪设想。更进一步，即便发生了召回事件，但只要认真改错，对于企业来说，虽然承受了一定的经济损失，但几乎不会造成任何不良影响，甚至有可能获得更良好的信誉。此外，产品召回貌似可怕，其实在美国似乎有些司空见惯了。自实行召回制度以来，美国各主管机构每年乃至每月都要召回大量存在危险的产品，近年来，召回的一般消费品每年高达几千万件。因此，雅培的召回事件几乎在美国没有引起任何非议与不满，一切都有条不紊地进行。

不过，即便是主动召回，也是在 FSIS 或 FDA 的监督下进行的，食品召回的范围、规模和告知大众的内容，最终都是按照 FSIS 或 FDA 要求进行的。一旦发现问题，报告给 FSIS 或 FDA，企业就得"一切行动听指挥"的了。此时，FSIS 或 FDA 权力非常大，要由他们对有质量问题的食品进行评估，若食品确实存在问题，那还需要根据危害程度进行评估分级：第一级召回为最严重的，这种产品肯定会危害消费者的身体健康，甚至导致死亡；第二级召回危害较轻，消费者食用后可能不利于身体健康；第三级一般不会有危害，只是有贴错产品标签或未能充分反映产品内容等错误。他们的这份评估意见是不需要得到企业的同意便可成为最终的评估报告，企业必须按照这个报告制定召回计划以及补救措施，交给 FSIS 或 FDA 审查，通过审查后才可实行召回计划。

在召回计划实施的过程中，一般首先由 FSIS 或 FDA 在自己的网站上或向新闻媒体发布召回新闻稿，然后由企业通过大众媒体向广大消费者、各级经销商公布经 FSIS 或 FDA 审查过的、详细的食品召回公告。最后在 FSIS 或 FDA 的监督下，企业召回缺陷食品，对缺陷食品采取补救措施或予以销毁，同时对消费者进行补偿。当 FSIS 或 FDA 认为企业已经采取了积极有效的措施，缺陷食品对大众的危害风险降到了最低，才会结束召回。在整个召回过程中，法律都赋予了主管部门对实施召回的监督权。如婴儿奶粉的主动召回，制造商应当至迟自召回开始后的第 14 日起，每隔 14 天向主管部门的行政长官报告 1 次为实施召回而采取的行动；行政长官则至迟自召回开始后的第 15 日起，每隔 15 天审查 1 次制造商的召回行动，以确定召回措施是否满足其依法设定的要求，直至召回行动结束。

可见，雅培的"大张旗鼓"背后其实也是迫不得已，虽然只有 0.2% 的产品受到污染，但召回的规模与范围却是由 FDA 决定的。当然，最让人感到欣慰的是，雅培在召回声明中所说的"含有甲虫及其幼虫的婴儿奶粉不会立即构成健康风险，但婴儿使用这类奶粉后可能出现胃肠道不适及不愿进食等症状"背后，应该没有其他可怕的内容了，因为这个不是雅培自己说了算的，而是 FDA 对受污染奶粉做出的评估。

三

因此，我连忙给 S 发信，让她稍稍放心，大嘴巴中奖的概率只有0.2%，即便中奖，应该不会有肾结石和大脑袋出现，只是嘴巴估计依然会显得大一些。到了晚上，我终于拨通了雅培网站上提供的免费服务电话，然而免费电话那边却是雅培营养消费者部，只关注婴儿的健康状况，对于中国召回问题，由雅培中国负责，他们不能给予任何帮助。

我向 S 说明这些情况时，S 已经彻底焦头烂额了，雅培中国不断反复的换购方案让她已经无法忍受了，就在她即将崩溃的时候，终于看到雅培中国在 10 月 12 日拿出的最后解决方案："向持有美国召回产品的中国消费者提供以中国销售的产品替换美国生产产品的更换服务，包括已开封的产品。"不久，S 便接到电话，雅培中国将上门服务，将大嘴巴吃剩下的所有奶粉换成了同等数量的在中国销售的智护 100 系列婴儿配方产品。此时，愤怒的 S 已经精疲力竭，没有再坚持起初要么退货要么换美国雅培奶粉的原则了。不过，对于雅培中国的最终解决方案，在网上，愤怒的雅培妈妈们依然抱成团，严厉谴责与质疑雅培中国的这种做法：首先，此次行为是雅培公司全球主动召回行为，召回实质是强制退货退款，而不是兑换；其次，妈妈们千里迢迢购买美国雅培奶粉，就是不认可中国配方奶粉，而雅培中国的这种做法是变相轧销他们的产品；最后，美国的雅培公司是否知道并且容忍雅培中国的这种做法呢？

显然，这种自发的依赖舆论力量的抗议是无力的，自始至终，只有极少数几家媒体关注过中国雅培妈妈们的愤怒与利益，自始至终，都没有出现相关机构来保护她们的利益，更没有一个强有力的组织机构以及相关制度法律来对雅培以及雅培中国进行监督管理。虽然雅培中国一再修改他们的方案，但这种行为越发显示出不受监督管理者的随心所欲，和对消费者权益的漠视。X，我想，这其实和丰田汽车2009年"厚此薄彼"的召回是同一个道理，最关键的原因是中国没有一个健全的相关法律制度和组织机构来保护消费者的权益，而不能简单归咎于丰田或是雅培，因为这种事情在今天的美国是不可能发生的。同理，在今天中国，类似三鹿奶粉这样的有毒食品之所以层出不穷、屡禁不绝，我想，一定是社会制度自身原因导致的，而并非是个人的原因或是个别企业的原因，更不是道德败坏所导致的偶然事件。

　　X，不知你如何看？

这里发生了一些事情

There's something happening here;

What it is ain't exactly clear.[1]

X，这是 Buffalo Springfield 乐队的一首作品 *For What it's Worth* 中的两句，作品表达的是对 1966 年在洛杉矶日落大道上青年被警察镇压的抗议。如今用来形容眼下这场突如其来的占领行动倒是挺合适的。

一

据说，最富有社会运动经验的是美国人民。建国两百多年，各种各样的示威游行就没有停歇过。第一次走进帐篷广场，我便被波士顿人民的斗争经验所折服。

听说有东北大学以及其他学院的学生参加抗议示威了，第二天一早，我便赶去杜威广场（Dewey Square）看那些帐篷。此时，"占领波

士顿"行动已经开始整整一个星期了。我在地铁里的免费报纸《地铁》（Metro）上，看到这个行动一天天从无到有，一步一步扩大：一开始只是 200 人左右在波士顿公园（Boston Common）聚会；接着在杜威广场扎帐篷，日夜抗议；再接着在大本营办各种学习班，最重要的一个班是教你如何运用权利。让我几乎喷饭的是禅宗静修班：看着一个穿西服的洋小伙在一顶帐篷里低眉垂目打坐的样子，让我觉得怎么看都像是在开派对。

2011 年 9 月 30 日，波士顿响应"占领华尔街"运动，有 2000 人参加了"夺回波士顿"（take back the city）的示威游行，大概有 25 人被警察逮捕，"因为他们原本就想被逮捕"。就是在这次游行的当天下午，"占领波士顿"开始在波士顿金融区杜威广场搭帐篷的。在此之前，他们就已经在波士顿公园召开全体大会商量这个行动。在 2011 年 9 月 27 日晚上第一次全体民主大会（大约 200 人）上，抗议者们便分为法律、食物、艺术与文化、媒体、医药、后勤等几个工作小组分别讨论了 4 个小时，讨论了包括洗澡、睡觉、吃饭等各种问题的细节。在第二天同一时刻举行的第二次民主大会上，又通过了工作的大体原则，如每天各个工作部门的负责人需要汇报工作情况，大家一起讨论策略，以指导下一步工作；所有决议需要 75% 的人同意才算通过。此后，几乎每天晚上 7 点都会举行全体民主大会，这次行动的所有事情几乎都是采用这种简单直接的民主形式进行的，大到策划游行，小到发言的纪律，乃至吃喝拉撒，在哪里抽烟不许喝酒等。而会议纪要总是能第一时间在网站看到。正是这个高效而又务实的民主大会，让"占领波士顿"这群虽然没有组织者领导者的"乌合之众"，在不到 10 天的时间内，在波士顿的金融中心建立起一个极其成熟的社区：食品、媒体、医疗、后勤、安全、标语等工作帐篷各司其职，所有人忙而不乱。甚至还有精神（spirit）、图书馆（library）等帐篷以及各种流动的

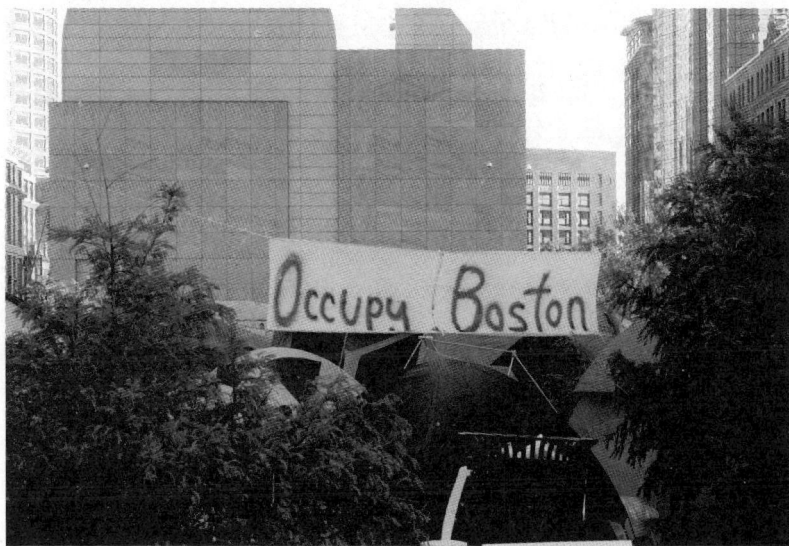

2011 年 9 月 30 日，响应"占领波士顿"的运动，波士顿金融区杜威广场上被占领者搭起了帐篷。图为运动开始后，杜威广场变成帐篷广场。

简单音乐会，提供信仰和精神文化方面的服务，一切实行着"按需分配"的原则。

因此，前来参观学习的人几乎络绎不绝，有外地游客也有波士顿本地居民，有中学生也有学者，当然最多的还是记者，任何时候总是能看到一大群的记者在拍照采访。各种政党、宗教团体，乃至个人，趁机做宣传的也不乏其人，最为活跃的莫过于美国的左派政党，如社会主义党（socialist alternative）短短十几天内，在这里发了他们三期的《正义报》（Justice），并拟定在 2011 年 11 月 12 日到 13 日，召开新英格兰地区的马克思主义大会，探讨主题是为什么马克思是对的；此外还可以看到不少"左派"书籍，如美国记者约翰·里德（John Reed）于 1919 年写的关于俄国十月革命的报告文学《震撼世界的十天》（Ten Days that Shook the World），以及《马克思主义在今天》（Marxism in Today's World，Che Guevara——Symbol of Struggle）和克莱尔·道尔

（Clare Doyle）的《1968 年的法国革命之月》（*France 1968: Month of Revolution*）等，似乎这次占领行动所显示的社会危机，再次证明只有社会主义、共产主义才能救世界，也是革命的最好时机。对此，我更愿意接受公开支持"占领华尔街"行动的诺贝尔经济学奖获得者斯蒂格利茨对当下美国金融市场的判断："这不是资本主义，不是市场经济，而是一个扭曲的经济。"好在，对于占领行动的那些成员来说，重要的不是空泛的主义和理论，而是一些非常实际的问题，比如说一次性纸杯不够用了，注意自己的公共举止。

不过，大本营里最引人注目的是入口处苦行僧人打扮的圣雄甘地的铜像。这是组织者从本地的和平寺（The Peace Abbey）借来的，塑像下有大写字母的标语"谨记仁慈"（Remember to be kind），在介绍这尊铜像的文字里，最后引用了甘地的话："世上之物足够满足人的需要，但无法满足人的贪婪。"（the world holds enough for Everyone's Need，but not for Everyone's Greed）显然，"占领波士顿"的行动纲领与目标全在于此了。而他们对自己的定位是："占领波士顿"是有关改革华尔街和去除政府特殊税的持续讨论的开始。"我们聚集在一起只是想表达大众对银行救助、华尔街的贪婪和我们所有人所生活于其下的腐败的政治体系的愤怒。我们希望你能到杜威广场来加入我们的对话：我们，99% 的我们怎样才能建造一个自由、正义和平等的社会。"

这让我开始彻底修正自己对这个行动的看法，仅仅因为他们执着的天真与严肃的梦想，他们对于自己国家的态度，以及他们冷静、理性、平和、认真的行事原则。这不仅是帐篷广场、民主大会给我的感受，即便是在游行示威最热烈的时候，我也感受到了他们的冷静与理性。

在"占领波士顿"行动开始后的第一个星期六，我专门跑去广场等候游行。果然，下午四时，游行队伍突然从广场冒出来，穿过马路到对面美联储的大厦前。也就是说，这次游行的距离就是穿一条马路，

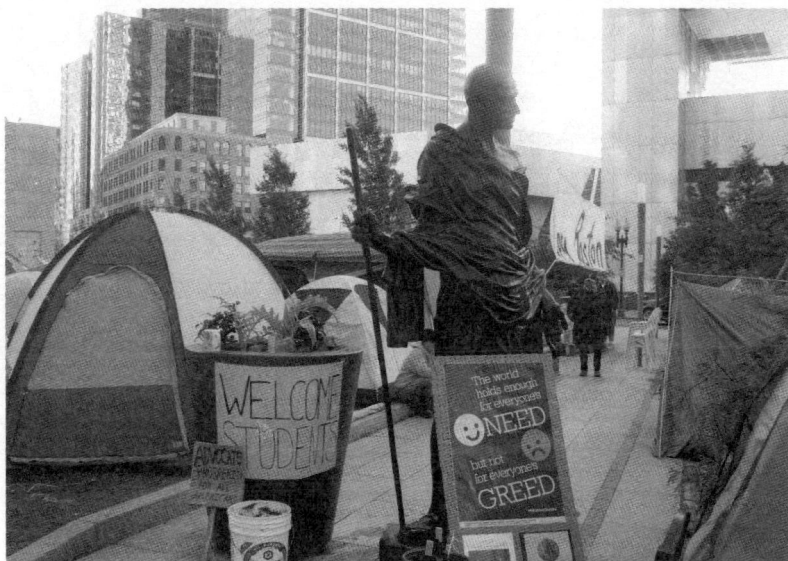

图为"占领波士顿"入口处苦行僧打扮的圣雄甘地的铜像。铜像下有一行字："世上之物足够满足人的需要，但无法满足人的贪婪。"

最多 50 米，不到 1 分钟就游行完了。然后大约 200 人左右聚集在美联储大厦前，接下来一切按部就班：先是站着喊了 5 分钟口号，接着坐着喊。然后就是自由发言，大部分仍是喊口号，比如"我们是 99%"、"向富人征税"、"停止战争"等，一人呼，百人应，颇有气势。此时，有个不识趣的家伙喊："去他妈的政府！"响应者寡，却引来一片尖叫。于是，又有一个更不识趣的家伙立即接着喊："去他妈的富人！"响应者寡，但又是口哨又是尖叫。这时，立马有组织者站起来宣布纪律：所有的问题和建议都必须先告诉在场的书记员，由他先记录问题，然后才可以大声宣告。其中一个皮肤稍黑、戴着眼镜的儒雅青年的质疑颇好：我们提了这么多问题，有没有去想一个解决之道呢？这个问题，正是这场如今席卷全美运动的死穴——没有具体的指向和目标，这让许多人都对此不以为然。不过，我想即便没有更为明确的目标，即便过于理想，但有这样的抗议已经足够了，有这样的思考已经足够了。

二

什么是自由？X，对于这个美好而空泛的词语，我一直无法体会其含义。不过在帐篷广场蹲点一个星期后，这个词语开始变得无比具体和细微了。

第一次到帐篷广场，我就得到一本附有《独立宣言》的美国《宪法》小手册。这次活动的第一把尚方宝剑正是《宪法第一修正案》，虽然只有短短45个单词，不过"占领波士顿"网站却详细地告诉你，据此可以做什么和不可以做什么。比如《宪法第一修正案》规定言论自由和聚会自由，是不是就不需要许可了呢？一般情况下是不需要的，只要待在人行道里，遵守交通规则，但以下三种情况除外：（1）不局限于人行道上的或会阻碍交通的示威或游行；（2）需要使用扩音器的大型聚会；（3）在一些指定的公园或广场的聚会，比如波士顿公园。

然而，在第二次民主大会上，"占领波士顿"通过决议，决定不去申请许可便开始扎营。那么，他们在杜威广场扎的帐篷营以及在波士顿公园举行的游行示威，是不是违法的？对此，我一直充满疑问，并和隔壁留学生小小讨论了一番。在仔细学习他们的宣传材料后，我终于找到答案：虽然以上三种情况需要许可，但是，因为办理这种许可程序需要几个星期，所以根据《宪法第一修正案》，是不允许这种程序来妨碍或是阻止那些迅速发起的、不可预测的游行或示威。而且，在许多许可中，通常还有许多附加的规定，比如游行的路线、扩音器的分贝量等，如果这些东西并不妨碍交通或危害公共安全，这些规定已经违反了《宪法第一修正案》，因为这些规定妨碍了游行队伍与民众交流，即妨碍了言论自由。这就是说，虽然没有得到任何许可，但这些帐篷们都是合法存在，这些大大小小的24小时持续不断的游行或是示威都是合法的。

　　第二把尚方宝剑更是管用，这就是《宪法第五修正案》的一句话："任何人都有权不做对自己不利的证人"。当然，这句话是用来对付警察的。在网站上，"占领波士顿"详细告诉你如何对付警察，甚至还有专门的视频，由专业律师教你如何做。通常警察找上来分为三种情况：一是谈话，谈完就走了；二是拘押，此时，就需要用上这把尚方宝剑，对警察说："我会保持沉默，我需要一位律师。"这时警察就对你无可奈何了；第三种的级别更高一些，这就是逮捕。当然，拘押很容易转为逮捕，此时，更是需要挥舞这把尚方宝剑保护自己和自己的同伴，不对警察说一个字。网站上甚至提醒，若是警察带着逮捕令来逮捕你，你最好走出房门然后把门关好，然后无论发生什么，都不要回房间。这样警察是没有权利搜索你的房间的。千万不要躲在房间里不出来，因为警察有逮捕令，是有权力破门而入，并搜索你所待的房间的。

　　行动开始的第一个星期，杜威广场上还有专门对付警察的传单在发放，告诉人们遇到警察找麻烦应该做什么和不应该做什么，甚至还有详细的图表告诉人们怎么对付逮捕、上法庭、判刑、上诉等一系列的事情，看到如露天大派对似的帐篷营，每一个人的脸上都很开心，我当时真觉得有些小题大做了，阶级斗争的弦绷得也太紧了。没想到，过几天这些真都用上了。

　　2011年10月11日，一早起来看到"占领波士顿"的网站上连贴出三个告示：警察在凌晨一点半进行了野蛮袭击，逮捕了100多个人；然后是招募保释金约4000美元；然后是现场照片和视频。我一看，这怎么可能呢。要知道前一天，波士顿的学生和工会一起游行时，警民关系还其乐融融。波士顿是大学之城，而美国工会一向很强悍，再加上那天是哥伦比亚日，所有的地方都放假，所以游行几乎撼动整个波士顿。下午一点，我跟随游行队伍从杜威广场走到波士顿公园，不久，又有两支队伍来汇合，接着所有的学生一起从波士顿公园一路游行回杜威广场，一路走一路喊，浩浩荡荡，气势磅礴，直到和工会组织会合，那会师的场面远远超出国庆日的盛典。而自始至终，都有几位警察默默在前面开摩托车引导开路，指挥交通，配合得很默契。

于是，我赶紧去地铁站拿报纸，一看，原来帐篷营地不够用了，有人开辟了第二块营地，而这个地方刚刚花了 15 万美元修整好。于是，市长命令他们在午夜之前撤离，正热血沸腾的革命同志哪能这么听话！于是，便发生了十几辆警车呼啸而去逮捕 100 多人的"野蛮"事件。不过，当天下午，这些人都被释放了，每人交了 50 美元的罚金。因为此时的他们，似乎在舆论上占有绝对的优势，谁敢真的动他们？地铁里的免费报纸《地铁》第二天用黑体字大大地写道："你们不能动我们！"（You can't break us）另一家报纸《波士顿凤凰报》（*The Boston Phoenix*）则在头版放了一张大大的黑白照：两位穿黑色警服的警察的手拽着一位穿白色 T 恤的瘦弱青年，跪在地上手被反扭着无力反抗的青年瞪着眼睛看着前方，边上土黄色字体写道："这就是民主看上去的样子。"

当然，在言论自由的美国，对这些扎帐篷的革命志士冷嘲热讽的也不乏其人。如评论家迈克尔·格雷厄姆（Michael Graham）便尖锐嘲笑说，再也没有比看着一帮身穿 300 美元的牛仔裤、用 500 美元的智能手机的人发短信说自己从 50 000 美元一年的大学里旷课去参加抗议有钱人的贪婪的游行的事情更为好笑了。在这篇名为《占领别处》（*Occupy Elsewhere*）的文章里，作者还批评市长纵容这帮人非法占用公共场所、阻塞城市交通以及将附近公司的卫生间像长了大水似的，还偷走了南站公共卫生间里的所有肥皂。总之，他认为这场行为就是"宠坏被宠坏的人"（spoils for the spolied）。

同样是这家波士顿发行量最大的报纸《先驱报》（*Herald*），还用大标题写着："我们怎能再这样下去？"同时还对比列出波士顿和纽约为此次占领行动所付出的：若是这场行动持续到 2011 年 10 月 31 日，波士顿将要付出 200 万的警力和 10 万美元场地维修费用；而纽约至今已经付出了 190 万的警力。于是两位市长的态度都发生了微妙的变化，不像以前表示支持和理解，而是变得颇有微词。波士顿市长甚至对自己的逮捕行为解释道："我不能容忍这种不抵抗主义。"并认为"他们应该有一个离开的时间了，我们近期便会作出决定"。

不过，对此，"占领波士顿"另有一套说法。他们说，他们在午夜之前就已经取得了管理者的口头同意，他们有权力在那里扎帐篷，而且他们已经开始募集资金修复他们损毁的场地和草坪。当然，他们更为强调警察无缘无故逮捕和平抗议者，并强调他们所奉行的是不抵抗主义，这是他们在第一次全体民主大会上一致通过的决议。

第二天晚上，我看到"占领波士顿"网站上贴出最新通知，纽约的兄弟组织"占领华尔街"此时正在开紧急民主大会，讨论是暂时撤离还是继续坚守。因为纽约市市长迈克尔·格雷汉姆（Michael Bloomberg）下令，他们需要当晚撤离以便打扫公园里的卫生了。当然，卫生打扫完毕，他们还可以回来继续行使他们的权力，但不许带帐篷、睡袋、垫子之类的东西。因此，"占领华尔街"的同志们认为市长找了一个结束行动的好理由。"占领波士顿"兄弟姐妹为此也呼吁大家献策献计，一起对付这个问题。实际上，这个问题在波士顿的帐篷营地也凸显出来了。且不说毁坏的地皮，单食品帐篷前可怕的垃圾桶以及后勤帐篷外一大袋一大袋的脏衣服，以及可怕的冬天的来临，就让人怀疑他们能否坚持到明年春天？

此外，"占领波士顿"成员的一些不文明举止，也对他们造成了很大的负面影响。如媒体福克斯（Fox）报道，有一位妇女路过广场时，一位"占领波士顿"成员向她吐痰，而且吐了两次，而且之后还扔了一个空矿泉水瓶，而且刚好还有证人证明以上属实。又如最贴近老百姓的报纸《地铁》报道说"占领波士顿"成员们在公共财物上乱涂乱画，比如在三个并排的黑色大垃圾桶上喷上白色的"占领波士顿"的大字，而这次是有照片为证。虽然在网站上，"占领波士顿"对此作出了解释和道歉，但显然，这帮既嬉皮又嘻哈的年轻人，怎么看都不像是做正事，尤其不像是做民主和自由这么崇高而正义的事。

这下，我彻底糊涂，孰对孰错？美好的民主与自由咋能这么丑陋和世俗呢？幸亏，我只是一个国际"打酱油"的。不过，也因此，我始终不太同意将美国的这场占领行动和中东地区的暴乱联系起来，因为这恰恰是完全相反的两件事，前者是自由民主的表现，游行示威可以进行到底；而后者正相反，是极权专制的后果，一游行示威便彻底死翘翘。

三

对于这场如火如荼的占领行动，有媒体戏称，正是通过纽约"一个令人感到害怕的纠结不清的电线、电源插座、路由器及在中央公园地下的燃气发电机"点燃的，显然，"占领波士顿"也非常清楚媒体的力量，这从他们网站以及他们的 Facebook 和 Twitter 便可以看出来。在他们的媒体帐篷里，我没有看到发电机（或许在地下吧），不过纠结不清的各种电线和接线板以及电脑、扬声器、麦克风等电器设备确实让我有些头怵。这个帐篷是唯一有电的，当然只供媒体服务。据说八月伦敦暴动之后，英国首相卡梅伦认为暴乱的罪魁祸首就是 Facebook 和 Twitter 这两个社交网站，甚至提议关掉这两个网站的服务。而这次美国的"占领华尔街"行动，除了这两个社交网络外，还有一种令人称奇的新型软件 Vibe 更是起了推波助澜的作用，不少示威者正是通过这种软件用智能手机进行交流的：因为它允许用户们在一定距离共享信息，并可以匿名转发消息。用户可以设定信息保留时间发送距离长短，时间一到，信息自动删除，这样就连警方也无法查到信息发送者。据说，该款程序的设计者赛义德就是通过自己的程序知道了纽约街头的游行和抗议的。在"占领华尔街"抗议活动开始的第二天，他便从加州赶到了纽约占领行动的大本营——祖科蒂公园。2011 年 10 月 13 日，当纽约市长要求占领成员当晚撤离大本营以打扫卫生时，就在他们召开紧急会议商量对策的同时，各地的兄弟组织也在 Facebook 和 Twitter 上为他们出谋划策，波士顿更是派出支援团连夜赶到纽约，加入了当时正在百老汇大街上进行的数百人的游行，第二天凌晨，纽约市长收回成命，于是游行示威更是汹涌澎湃。第二天（10 月 15 日），"为世界改变而联合"的全球抗议活动通过网络以及各种信息手段正式发起，预计在 10 月 29 日出现一场全球性的游行，向 11 月在法国参加 20 国集团峰会的首脑们传达他们的诉求。

为此，每次路过"占领波士顿"简陋的媒体帐篷，我总是对它充满了神奇的幻想，并抱着一种简单乐观的态度，觉得在这里，几乎一切皆有可能，美国社会不就是靠这个推动的吗？最明显的例子莫过于 20 个世纪 60 年代，轰轰烈烈的黑人民权运动、校园民主运动、反战和平运动、妇女解放运动、环境保护运动、同性恋权利运动等各种运动，至今仍然有着他们的回响。苹果创始人乔帮主不就认为自己便是 60 年代的精神产物吗？如今的奥巴马总统不就是当年黑人民权运动的受益者吗？虽然不少人直接称呼这群"乌合之众"为"暴民"，可是谁知道这群举止不够文明、乱涂乱画，滥用公共卫生间、损毁公共场地、浪费不少警力的"暴民"，会给未来带来什么呢？

在 2011 年 10 月 5 日"占领华尔街"行动小组自己发行的第一期《占领华尔街报》（*Occupy Wall Street Journal*）头版，有黑体字写着这么一句话："生命中，能直面历史的机会能有多少次"，波士顿帐篷广场上那个项戴狼牙手缠佛珠，主持着民主大会的腼腆青年会不会就是历史呢？为此，X，我有些忐忑。

四

X，说起来，真所谓成也萧何败也萧何！"占领波士顿"当初之所以能将杜威广场变成帐篷广场所依据的是《宪法第一修正案》；谁知两个多月后，2011 年 12 月 8 日午夜，"占领波士顿"同样依据《宪法第一修正案》撤离杜威广场。这中间也真可谓一波三折。

且说，2011 年 10 月 14 日晚，就是"占领波士顿"同学们纷纷跑到纽约支持同道、纽约市长被迫收回打扫卫生的成命的那天晚上，一场"占领"历史上声势最为壮大的游行也因此爆发，队伍先是在摩根大通银行门前示威，随后挺进时代广场。据 WNBC 报道，有 1 万至 2 万人，而据《占领华尔街报》自己报道说，有大约 5 万人聚集在时代广场。也就是在那一天，全球还有 87 个国家 951 座城市发生占领行动，我忍不住想象了一下：若是有一个外星人站在茫茫宇宙中，盯着地球看了一天，结果无论何时都看到一帮人在高喊"占领"，他会不会因此怀疑地球停止了自转呢？

自此"占领波士顿"貌似也进入一个黄金年代，帐篷社区变得越来越成熟：媒体帐篷由一个变成前后两个；新建了一个即便是游客也可以进去闲逛甚至坐下来看书的图书馆帐篷；然后在间隙处又出现了一些小帐篷；路边还出现一个大帐篷提供免费的衣物；接着又开始印刷自己的报纸，开始召集更多的自愿者。甚至有一天，我还发现一台装有摄像的电脑，任何人只要按下鼠标就可以对着电脑留下一段在帐篷广场的影像。而所有的人整天欢天喜地，因为这里的生活确实精彩。

在这里不仅有吃有喝，有穿有住，如果喜欢的话，还可以参加瑜伽训练、歌舞表演之类五花八门的文化活动，甚至还可以在每天傍晚的民主大会上大声喊"我提议"，表达自己的意见，实践下自己的政治权利。这让我对杜威广场上的帐篷们保持着绝对的乐观态度。哪怕一个月后，全美上上下下的帐篷们遭到了严重的清除行动，我对波士顿的帐篷们的信心依然保持到春天。

　　11月15日，全球大串联后整整一个月后，纽约市长再次打出打扫卫生的牌子，要求午夜之前撤离。这次纽约市长动真格了，动用了防暴警察进行强制撤离行动，逮捕了将近两百人。与此同时采取强制清场行动的还有奥克兰、波特兰、俄勒冈州等几个城市（一位网友在其博客中别有用心地提醒读者，总统先生奥巴马此时正在国外进行访问），其造成的局面如一个网友所说："这下捅了马蜂窝，将有更多的人蜂拥而动。"如"占领波士顿"立即聚会进行示威声援活动。不过，虽然这一次"占领波士顿"没有遭遇强硬的清场行动，但却不得不面对另一种"清场"行动：警察禁止任何过冬设备带进帐篷广场。虽然警察们使出的牌子是"保护公众健康与安全"，但媒体与占领行动者们毫不客气地指出，这是波士顿市长的"把'占领'冻走"（Freeze Occupy Out）策略。为此，就在纽约同道被强行清场的那天，"占领波士顿"最高权力机关"民主大会"（General Assembly）的委托律师团、来自"国家律师协会"和"美国公民自由联盟"的民权律师们向麻省高级法院提出诉讼，试图从美国《宪法》和《麻省权利宣言》（The Massachusetts Declaratton Of Rights）中为占领者以及他们的帐篷们找到存在的法律依据，同时他们还向法庭申请一项禁令，以阻止警察进行另一场午夜袭击捣毁帐篷。实际上，这也是纽约祖科蒂公园里以及其他地方的占领者们迫切需要考虑的问题。虽然法庭判决占领者可以一个星期之内每天24小时住在祖科蒂公园，可是却不允许他们再搭建帐篷或是其他服务设备。于是，在其他主要城市受挫之后，"占领波士顿"的行动更是令人瞩目，《波士顿凤凰报》甚至用"波士顿能够挽救占领行动吗？"作为这周的封面标题，因为"占领波士顿"与波士顿市长就在第二天（11 月 16 日）便对簿公堂了：从 9 月 30 日占领行动伊始似乎便想赶走这些占领者的波士顿市长托马斯·梅尼诺（Thomas Menino）认为，只要他认为公众健康与安全受到威胁，便有权力驱除抗议者。他在法庭辩论的时候还说，他有权力在没有事先警告和得到法庭允许的情况下下令驱除抗议者。实际上，法庭上这场辩论焦点集中在：秘密驱除的做法是否更有效、更有秩序。不过，不管怎么，"占领波士顿"的同学们当天晚上可以安心睡觉了。因为法官弗朗西斯·麦克恩特里（Frances McIntyre）通过禁令，禁止波士顿官方以及警方清除任何帐篷。当然，此禁令有效期仅到 12 月 1 日法庭再次开庭。

于是，我和"占领波士顿"的大多数成员一样，依然对他们的未来充满信心。因为就在 11 月 9 日，占领小组还占领了哈佛校园，在著名的哈佛先生塑像前扎了几顶帐篷。当然，校方为了学生安全，拒绝让没有哈佛 ID 的人进入校园，为此，抗议者们在校门口坐了一夜。此时，我还没有意识到，在这片土地上，法律才是真正的统治者，无论是官方还是民众无论是贼还是兵，都得听从法律。而不知何时起，占领行动的宗旨目标已经不是重点，关键在于占领这种行为是否合法？

12 月 1 日，高级法院再次开庭，双方进行了 4 个小时的辩论。官方代表认为，占领行动让人忧心忡忡，如消防部代表指出帐篷是易燃物，为此他每天都担心那里每一个人的生命安全，因为那里每天违反防火安全条例的事情多到数不胜数。此外，任何抗议活动都不可能永远持续下去，不能长期占用公共场所，因为它是属于每一个人的。而占领行动代表说，这些帐篷们代表一个更为平等的社会，是自由言论的具体象征。孰对孰错呢？女法官的裁决是：她将慎重考虑下帐篷们的命运，并在 12 月 15 日作出最后裁决。而在此之前，禁令依然有效。于是，我和占领小组成员们一样，大大舒了一口气，甚至津津有味地看着占领小组与警察在最后摊牌之前玩着紧张而刺激的老鼠玩猫的游戏，比如说警察不允许新设备进入广场，而占领者们就偏偏计划扎新帐篷；比如说警察在帐篷广场竖立了一个牌子警告占领者，如果在街道逆向游行或是未经允许游行、喧闹或是阻塞交通就会遭到逮捕，于是占领者们就邀请市长和其他官方人士到现场参加一个帐篷纪念活动。最后这场游戏以一个家伙把一个临时水槽扔在杜威广场被逮捕而暂告段落。这个乱扔垃圾事件让官方得以大大抱怨占领者们不讲卫生乱扔垃圾。或许，这也影响法官的裁决吧。因为仅仅一个星期后的 12 月 7 日，法官就作出裁决，废除了禁令，并否决了"占领波士顿"另一项禁令的申请，"虽然他们确实可以行使自己权力表达他们的不满，但并不意味着他们可以根据《宪法第一修正案》获得特权，占领使用他们现在坐着的那片地方。"因为在这位法官看来，占领行为是占领使用一个地方，从法律上说，这种占领行为不属于言论，因此不能免于刑事诉讼。

对于这一裁决，市长梅尼诺当然鼓掌欢呼，并鼓励占领者主动带着帐篷撤退。于是，2011 年 12 月 8 日晚上 10 点，在市长下达午夜之前撤退的命令之后的几个小时后，杜威广场聚集了数百人，开始举行一场盛大的告别舞会和狂欢。午夜一到，帐篷开始逐渐撤退，最终以逮捕 46 人结束了那个狂欢之夜。第二天傍晚，待我闻讯赶去时，帐篷已经撤了一半，最后一次露天的民主大会正在举行，每一个部门的负责人轮流上台发表告别演说，甚至有一个无家可归人的代表上台怀念这个美好的社区和美好的狂欢夜，而台下一大半是记者。12 月 10 日一早，我再次来到广场，就再也看不见任何占领的痕迹了，警察将整个广场围起来，里面只有绿化工人在松土施肥种植草坪（据报道，仅修复草坪就花费了 4 万—6 万美元），那是一个星期六，早上 9 点，我站在街道对面，突然发现这些帐篷们的消失与出现一样，都是一夜之间的事情，快得让我有些怀疑它们是否存在过。后来看到不少文章对这场来也匆匆去也匆匆的运动定性为：这是一场无领袖无纲领的新型社会运动，并从经济、政治、科技乃至资金运作等各个方面分析其实质与意义。这让我更加怀疑那些帐篷们是否存在过。

　　X，你知道吗？两个多月来，我只是发现民主自由这种大而无当的形容词原来应该是实实在在的可以讨价还价斤斤计较的名词，可以是帐篷里臭气熏天的吃喝拉撒与衣食住行，仅此而已。此外，还有就是，原来帐篷可以这么用。

走，到西街去

X，如果有人告诉你，在波士顿有个小小的地方比整个世界都大，请相信这是真的。这个地方便是西街 9 号布拉托书店（Brattle Book Shop）。

关于书店的故事有很多，比如说西尔薇娅·比琪（Sylvia Beach）的莎士比亚书店（Shakespeare& Co.）与乔伊斯的《尤利西斯》的故事，劳伦斯·费林盖蒂（Lawrence Ferlinghetti）的城市之光书店（City Lights Bookstore）与金斯伯格的《嚎叫》（Howl）的故事，不过，最要我的命的莫过于纽约女作家海莲·汉芙与伦敦查令十字街 84 号的"马克思与科恩书店"的故事。在我看来，这位白羊座的女人不仅是世界上最懂书的人，也是世界上最幸运的顾客，她与书店经理弗兰克·德尔 20 年的书缘情缘，让我这个金牛座的女人几乎嫉妒到咬碎牙的地步，乃至常生发出生既不逢时也不逢地更无知己可逢的愤恨。幸亏，我发现了波士顿西街 9 号。我想我的这个伟大发现绝不会亚于 60 多年前纽约的汉芙发现伦敦的查令十字街 84 号，可惜的是我没有汉芙那么懂书。不过，我依然想用金牛女的执拗与好强向你讲述西街 9 号布拉托书店及其书的故事。因为我知道，X，你懂的。

一

其实，要在波士顿发现布拉托书店并不难，因为它就在波士顿市中心，相当于上海的南京路周边的方位了。不过，这还不是主要原因。最主要的原因是这个书店有一个露天的大卖场。走在波士顿最古老、也可能是美国最古老的十字街口上，一不小心转个弯便能在短得如袖筒似的西街上发现这个凹陷在古老街道与历史时空中的露天书摊：沿着两边赤裸斑驳的红砖墙，搭了两排书架，空旷处则摆了 20 多个活动书架，大致分为 1 美元、3 美元、5 美元三大类，简单粗犷，这让第一次看到如此场面的我花容失色，胸中怒吼：这可是书呀，书呀，不是大白菜！当时的我，并不知道，自己正在以无知者无畏的勇气错怪布拉托书店最美的一个故事。

1980 年，一场大火将位于西街五号的布拉托书店五层木楼建筑烧得淋漓尽致，所有的古董书、所有的老杂志、所有有字的纸头随之都化为灰烬。此时的布拉托书店在老店主乔治·格罗斯 30 年的经营下，已经从一家濒临破产的店铺成为美国老旧书行业里的龙头老大，乔治也以他对书的热爱和丰富知识，以及独到的经营方式赢得了波士顿人民的尊重与爱戴。值得一提的是，这个乔治最为独到的经营方式就是清仓大甩卖。从 1949 年他和新婚妻子杜丽特用 500 美元买下这间书店到 1980 年的那场毁灭性的大火，30 年间，一共搬了 7 次家，每次搬家，乔治的清仓大甩卖都会成为波士顿的一个传奇：在搬家前几个星期，他的书便大幅度降价，直到最后真正的全部免费，掀起购书热潮。20 世纪 60 年代美国大大小小的城市都流行城市更新，波士顿也未能幸免，有着凹凸不平石板路街道和古老店铺的老城区被拆除，建立起所谓的现代城市。这就是今天市政中心所在。那栋有些像世博会中国馆的市政大楼，如一口灰色的巨大棺材，埋葬了这个城市最初的历史，只遗留下干草市场（Hay Market）附近几条小得像袖口的石板路街道供游人缅怀，而布拉托书店当年所在地布拉托街（Brattle）早已无迹可寻。1969年，乔治因此被迫进行了第七次搬家。他和他的牛仔打扮的伙计驾驶着装满书的马车，穿街走巷，一路高喊："走，书虫们，到西街去！"吸引无数热爱书的人尾随来到西街5号，这就是今天布拉托书店露天大卖场所在地。正是乔治的七次搬家大甩卖，以及富有激情的政治演说与慈善事业，让布拉托书店成为当地一个家喻户晓的名字。

真正的爱书人是会永远记住与自己心爱的书邂逅的美好的，当然，更不会忘记挖井人。因此，1980年这场大灾难发生后，当乔治和他的儿子肯决心重建书店之时，善良的波士顿人给了他们极大的回报。就在被烧毁的书店附近，乔治和肯重新找了一家店面，将他们能找到的一些书放在桌子上，两个月后他们重新打开店门迎接顾客。此时，闻讯而来的波士顿人纷纷将他们的旧书拉进西街，无偿捐献给布拉托书店，当时的波士顿市长凯文·怀特也跻身其中，并给布拉托书店带来了一车的书。

于是，就在那烟熏火燎的滚烫的瓦砾下，一个新的布拉托如浴火凤凰，在旧的布拉托书店的瓦砾中重新再生了。当被烧毁的大楼清理干净后，留下了一大片空地。那些被拉进西街的书便放在这片空地上，顾客们就在露天的手推车和架子上浏览着数千本旧书。仅仅3年后，布拉托书店就买下了这个露天大卖场隔壁的一栋楼，这便是今天布拉托书店所在地——西街9号。不过，露天大卖场并没有因此消失，反而成为布拉托书店的一项主要业务。只要不下雨下雪，书店伙计每天都会将图书一车一车推到这片空地上，供爱书人自由浏览挑选。如今的书店老板肯刻意保持着这个大卖场老旧的风貌，甚至连熏黑的红砖头都懒得搭理，直接在烟熏火燎过的斑驳的墙上画了18位世界知名作家和知名作品的大头像，表情夸张，面目狰狞，我认真地研究了一番才认出其中有叶慈、海明威和卡夫卡，但我怎么猜也猜不出书的中文名字。后来和我一同去的汤姆一眼认出艾萨克·阿西莫夫（Isaac Asimov），并告诉我这是一位著名的科幻小说作家，非典型的美国佬汤姆很喜欢这位俄裔美国佬作家。据我后来网上查阅的信息，此君一生竟然写了500多本科幻小说。在他去世后，有盖棺之论曰："他的作品愉悦了数百万人，同时改变了他们对世界的看法。"

正是这堵改变了人们对世界看法的高墙和高墙下的那两排固定书架以及二十几个活动书架，让布拉托书店驰名美外，享誉世界。在网上，有人评选出世界上最美的十家书店，布拉托书店名列前三甲，网上所用的照片正是这个户外大卖场经营的摸样。嗯，X，你注意到了吗？这个露天大卖场可是没有看场子的，每次路过，我都看到有十几个人在那里静静地乱翻书，却始终没有看到过伙计，只看到一张纸头贴在书架上：结账请到隔壁书店内。这弄得我有些阴暗的心理冒出一

位于波士顿市中心的布拉托书店，位列世界上最美的书店前三甲。经历1980年的大火之后，书店老板肯直接在烟熏火燎的墙上画了18位世界知名的作家和作品。

个有些阴暗的疑问：这里难道没有窃书贼吗？

　　我就是带着这样的疑问第一次走进布拉托书店的，自此，我认定这个地方比整个世界还大，认定我可以以此来击败海莲·汉芙的查令十字街 84 号。

二

　　马克思教导说，凡事物都有两面性。虽然我对这句常被用来做挡箭牌、模糊基本是非判断的话深恶痛绝，但这次我却愿意将其作为为布拉托书店叫屈的理由。虽然户外大卖场让布拉托书店成为波士顿的地标之一，可同时也让人引起误解，以为布拉托书店只不过是一般的二手书书店。即便在波士顿工作 4 年多、喜欢书店和书的汤姆，多次经过这个书店，也从没注意到还有一个户内的大书店，当然更不可能知道书店三楼的古董书才是布拉托书店的精魂所在。

　　与波士顿林立的旧书店相比，布拉托书店的一楼二楼，并没有什么特别之处，你需要留心才会发现地面是大理石的，而不再是容易引起火灾的木头质地的。此外再有的特别之处就是盘着楼梯而上的一幅幅已售出的珍稀书或照片的巨型招贴，比如 1860 年美国第一版的《物种起源》售价 8750 美元，而几乎同一时间的梭罗的一页手稿售价 4500 美元；1936 年第一版的《乱世佳人》售价 5000 美元而 1955 年第一版的《洛丽塔》则售价 1250 美元；有着甘地亲笔签名的一张照片价值 3000 美元而那张有着林肯亲笔签名的照片则价值 75 000 美元；1860 年"棒球玩家袖珍指南"（Baseball Players' Pocket Companion）的照片价值 12 500 美元，有着音乐家乔治·格什文（George Gershwin）签名的四小节音乐售价 20 000 美元，而有着画家、作家爱德华·格里（Edward Gorey）签名的一张画价值 6500 美元……而这些五花八门的珍稀图书和照片统统都是从三楼古董图书室中发现的。我就这样被这些巨型招贴们牵着鼻子，跳过一楼又跳过二楼直接跳到了三楼古董图书室。

　　有一个著名的国际笑话——法国人波盖取笑美国人历史太短，说："美国人没事的时候，往往喜欢怀念祖宗，可是一想到祖父一代，就不能不打住了。"美国人马克·吐温回敬说："法国人没事的时候，总是想弄清他们的父亲是谁，可很难弄清。"徜徉在布拉托书店三楼，我突然想起这个笑话，觉得非常适合送给那些胆敢无畏地嘲笑美国古董书太年轻的中国人。虽说中国书的历史源远流长，可真要是在书店找到一本和父辈年龄一般大的、还可以称之为书的书还真难呢，当然，更别指望在书店中看到历史的流动与文化的沉积。布拉托书店虽然经历了 1980 年那场毁灭性的大火灾，但显然，美国文明的历史进程并没有因此在这个书店出现断裂和真空。实际上，成立于 1825 年的布拉托书店是美国历史最悠久的书店之一，而今它所呈现出的活力令所有的大大小小的连锁书店或是独立书店、新书书店或是二手书书店都望尘莫及，尤其是三楼独一无二的古董图书室。从最早期欧洲出版的有着中世纪风格的羊皮装订书，到起初从伦敦引进版权在本土出版发行的精装书，再到近代限量发行的绝版图书，从宗教、科学、历史、文学到建筑、旅游、地图、生活等，美国几百年来的图书历史进程在这里得到了完整而具体的呈现。其中，当然最多的是有关宗教方面的书，几乎有整整一面墙的各个年代各种版本的《圣经》，如据伦敦第二个版本改进和放大了第一次在美国费城出版的 1804 年的《斯科特年代家庭圣经》（Scott's Family Bible），而同样是这个版本、1818 年在波士顿出版的这套《圣经》则稍微便宜些。又如 1864 年伦敦发行的第 17 版的托马斯·胡德（Thomas Hood）的《诗集》售价 75 美元，而 1945 年有着摩尔·梅林（Moore Merill）亲笔签名的诗集《新西兰》（New Zealand）则价值 50 美元；又如 1816 年波士顿出版的一本皮革精装的品相好的美国建筑指南售价 375 美元，而 1928 年牛津大学出版的品相颇好的精装书《西藏人》（*The People of Tibet*）售价 65 美元……

每次走进这个房间，我总能看见一位或是几位年轻人在这里静静地忙碌着，以及一位或是几位神情淡漠、两眼死盯着书架、仿佛来自外星球的读者。一位朋友告诉我，她在哈佛的古希腊语老师就曾在这里工作过一年。哈佛医学院一位退休教授纳尔森·蒋（Nelson Kiang），1955 年在这家书店买了他生平第一本书后，便成为这家书店的常客。这位教授已经向复旦大学美国研究中心寄去 20 000 本图书，并将持续下去。这让我对这个房间充满了敬意，那些有些散架了古老的巨型书和杂志，更是让我觉得自己可以像哈利·波特那样找到一个失传了的神奇魔法，于是，我对如今的书店老板肯的倾慕之情一瞬间就达到无以复加的地步。终于在圣诞节的那天，我邂逅了肯。当我走进书店，一眼认出在收银台后面的那位花白的绅士就是肯，不禁喜出望外，像多年的朋友那样大声招呼："你好，肯！"

作为家族生意，肯生平说的第一个字便是"书"，5 岁时便开始与父亲一起到书店上班，虽然他曾经想在化学领域展开自己的职业生涯，但最终还是在 1973 年 22 岁的时候在书店开始了自己的全职工作，1985 年父亲乔治去世，他继承了父亲的书店。与富有激情、行事高调、工作严格认真的父亲不同的是，肯性格温和、为人低调，甚至都不愿为书店做任何广告。不过自小在书店耳濡目染的肯，与父亲一样，对图书有着不可思议的了解与热爱，在他的经营下，布拉托书店依然稳步前进，如今成为美国最大的古董书店之一。而肯在美国古董书行业地位俨然北斗泰山，常常为各个大学、图书馆或是各种历史协会，甚至是 FBI 进行古董书讲座以及鉴定与估价，并常常出现在美国各种古董鉴赏活动中，如在著名的"古董巡回秀"（Antiques Roadshow）中，肯的角色就相当于马未都，为人们带来的各种古董书进行鉴定与估价。

　　值得一提的当然少不了这两位成功男人背后的两位伟大女人。1949 年，新婚的乔治与杜丽特买下布拉托书店用的 500 美元正是杜丽特的积蓄，半个多世纪以来，杜丽特一直在这家书店工作直到 2004 年退休。在最后那些年，她每天都会来书店，亲手记下书店的账目。而肯的妻子乔伊斯如今也是古董书专家，书店很大一部分业务由她负责，如网络销售、买书或是进行古董书鉴定与估价。

<h2 style="text-align:center">三</h2>

　　"'古董秀'鉴定专家肯·格罗斯认为这个人印刷的第一版《圣经》价值 250 万—350 万元美元。"这是 2011 年 5 月 16 日，美国著名的"大冒险"节目中出现一道问题，而这个用肯作为提示的人便是 1440 年发明印刷机的德国人谷腾堡（Johannes Gutenberg）。不过，并不是每一本老《圣经》都如谷腾堡《圣经》那么值钱的。肯说，书店几乎每天都能接到电话，说他们有一百年或是两百年以上的老家庭《圣经》，而他们则不能不小心翼翼地告诉顾客，实际上这些老《圣经》几乎分文不值。在"古董巡回秀"的时候，在一个城市一天就有 75 本《圣经》带来要求鉴定评价。实际上，他和其他古董书专家有时进行"评估"的是将会有多少本《圣经》带到巡回秀上。"因为《圣经》是印刷最多的书了，所以它们太常见。"肯说，"除非你的《圣经》是 1456 年谷腾堡第一次印刷的，那我确信你拥有一个无价之宝。"据报道，几年前曾经有人以超过 550 万美元的价格卖了一本这样的《圣经》，平均每页价值 2.5 万—5 万美元。肯认为，实际上 15 世纪的书都非常值钱，因为那个年代的书制作精良且昂贵，当时只有精英人士才能买得起它们。不过，一本书并不会因为它们年龄越大就越值钱。"如果一本印刷于 16 世纪的书沉闷且无趣，你可以想象即便到现在它依然是一本沉闷无趣

的书，这样的书是很难激起收藏者的兴趣的。一些人总认为他们手中的老书会很值钱，因为书页已经发黄且易碎，而实际上，他们所拥有的只不过是一叠易碎的纸而已。"肯说，在许多时候，书的价值其实是由它的市场需要所决定的，比如说第一版的《哈利波特》，虽然只有 10 岁，却可以卖到 3 万—4 万美元，这一切"取决于书本身以及收藏者的兴趣"。人们总是认为第一版图书很值钱，但实际上并不总是这样。比如说威姆特牧师（Parson Weems）的《乔治·华盛顿》（*George Washington*），收藏者们最感兴趣的是第五版，因为正是在这个版本中，作者增加了那个后来家喻户晓的樱桃树的故事。即便是同一作家的同一本首版书，其价值也要由书的品相本身决定。比如，肯的父亲乔治曾经买过福克纳（Faulkner）第一版的品相绝佳的小说《蚊群》（*Mosquitoes*），一个星期后以 750 美元的价格卖出。而几乎同时，书店还买进了同样是这位作家的这本小说的第一版，不过却没有书皮还有一些裂缝，结果一年后才售出，仅卖了 45 美元。此外，作者的亲笔签名可以让一本书增值数千美元，当然，如果这个签名是《麦田守望者》（*Catcher in the Rye*）的作者 J. D. 塞林格（J. D. Salinger）的话。因为这个隐士只给非常亲近的朋友签名。而他的老乡、另一位著名作家爱德华·罗·斯诺（Edward Rowe Snow）的签名就不怎么值钱了，因为他的签名书实在太多了。又如老《生活》（*Life*）杂志并不怎么值钱，但如果有艾罗尔·弗林（Errol Flynn）或伊丽莎白·泰勒（Elizabeth Taylor）图片的又另当别论了。与世界各地各种古董收藏相似，古董书的发现也越来越难，但总是有新发现的。如有一本名叫 *Timberlane* 的小册子，尽管是一本小册子，不过它却是埃德加·爱伦坡（Edgar Allan Poe）在19 世纪 20 年代写的第一本书。19 世纪 90 年代，一本这样的小册子卖到 1000 美元，后来价值 10 000 美元。大约 10 多年前，一位古董书商去世，他所有的收藏以每本 15 美元的价格售出，在他的书架上发现了

一本 *Timberlane*，当时卖到 198 000 美元。而在 2010 年的一次拍卖会上，这本小册子卖到 680 000 美元。

不过，对于肯来说，他的乐趣并不在于古董书的价值，而在于收藏与发现，如他自己便珍藏了一本泰坦尼克号的宣传手册。每过一段时间，他就将自己的发现与售出的古董书或是照片、文件做成巨型招贴挂在书店中，如林肯的那张亲笔签名照片大约是三年前发现的，而那本第一版的《乱世佳人》大约是两年前发现的。而今书店收藏的年龄最大的纸头是哈特曼·舍德尔（Hartmann Schedel）的《纽伦堡编年史》（*Nuremberg Chronicle*，此书名按德文则翻译为《舍德尔世界历史》）中的一页。这本书最早 1493 年 7 月 12 日在纽伦堡用拉丁语出版，同年 12 月乔格·阿特（Georg Alt）翻译的德文版出版。当时，大约出版了 1400—1500 本拉丁语版本和 700—1000 本德语版本。而今存世的大约有 400 本拉丁语版本和 300 本德语版本。这本以《圣经》为依据、图文结合的世界历史书，是早期最出色的图文书籍之一。而肯给这页 500 多岁的纸头标价 230 美元。不过，肯如今收藏在手的最贵的古董书价值 80 万美元，这是美国著名画家、博物学家约翰·詹姆斯·奥杜邦（John James Audubon）的画册《美洲的四足动物》（*Quadrupeds of North America*）。虽然这套画册一部分是由他儿子完成的，部分文字则是由他亲家巴赫曼牧师写的，影响与价值比不上他早年的另一套画册《美洲鸟类》，但这部完成于 1848 年的巨作，依然是艺术史与图书史上不可多得的瑰宝。从 1849—1954 年的第一个版本到 1870 年的第四个版本，这套画册一共印刷了大约 2000 套。美国政府曾将其与奥杜邦的另一套画册《美洲鸟类》作为国家礼物送给外国政府。这套画册一共三本，石板印刷手工上色，可惜的是肯将画册收藏在自己的家中，我不仅无缘亲眼目睹美国国宝的风采，甚至因为无知也失去问肯关于他收藏的那套画册的具体情况的机会了。

From our Third Floor Rare Book Room

"There is in fact a sort of harmony discoverable between the capabilities of the landscape within a circle of ten miles' radius, or the limits of an afternoon walk, and the three-score and ten of human life."

Original Manuscript Page Written by Henry David Thoreau...$4,500

First Book Edition, Chicago 1912...$3,750

From our Third Floor Rare Book Room

GONE WITH the WIND

MARGARET MITCHELL

First edition, first state in custom box...$5,000

From Our Third Floor Rare Book Room

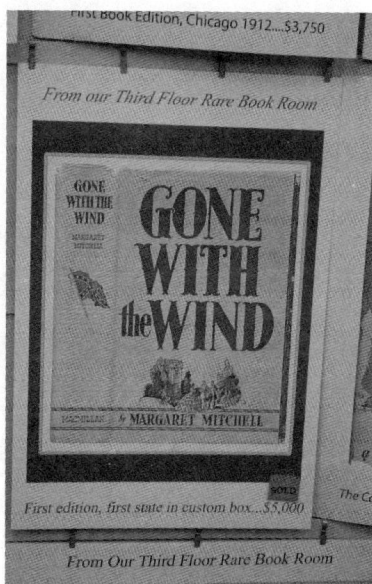

布拉托书店为人津津乐道的还有一些珍贵的古董书。图为林肯亲笔签名的照片和第一版的《乱世佳人》，均价值不菲。

四

实际上，建于 1825 年的布拉托书店的年龄远远比肯和他的父亲年龄大，甚至可能是如今美国年龄最大的书店之一，因为与它同龄的书店大多已成历史。比如比布拉托书店小 3 岁的位于华盛顿大街与斯古尔大街交叉处的老街角书店（The Old Corner Bookstore），在几年前已经彻底成为历史，成为波士顿著名旅游路线"自由之路"上的一站。游客只能站在转角处，听穿着殖民时期风格裙子的导游小姐介绍这栋 17 世纪殖民时期的红砖房子的历史。起初这里是安妮·哈钦森（Anne Hutchinson）的房子，然而 1634 年因为宗教信仰她被驱逐出境；1712 年蒂莫西·卡特（Timothy Carter）重新修建了这栋房子，并开设了波士顿地区最早的一家药店。1825 年，这里才成为一家书店，从此成为波士顿乃至全国的一个文化地标：美国最早的杂志《北美评论》（*The North American Review*）、《大西洋月刊》（*Atlantic Monthly*）都是在这里出版发行的。近两百年来，虽然这家书店多次易手并易名，但一直是文学爱好者聚集交流的地方，一度引领美国文学风尚，"仿若灵感会从那典雅的三角形的红墙、奇特的楼梯以及经历了两百年沧桑的裂缝中冒出来"。不过，当我寻迹而去的时候，这里已经成为一家墨西哥烧烤店，只有墙上一小块墨绿色的牌子告诉我，这便是大名鼎鼎的老街角书店曾经所在地。

不过，站在老街角书店转角处，更令人伤感的是亲眼目睹对面书店大鳄鲍德斯（Borders）一点一点成为过去。来波士顿没多久，美国第二大连锁书店鲍德斯因收购失败，最终未能摆脱清盘停业的命运，全国几百个零售店同时进行清仓大甩卖。整整一个夏天，每个周末路过波士顿市区的时候，总有一个人举着一个"鲍德斯正在打折"的大纸牌，纸牌上的折扣从 7 折、5 折、3 折到 1 折，直到 9 月最终消失了，波士顿市中心那座相当于上海书城的鲍德斯书店最终成为一座空城，直到如今依然空空如也。鲍德斯最初不过是密歇根州安娜堡市一家旧书书店，后来开始卖新书，由于无可匹敌的图书种类逐渐成为书店大鳄，盛极之时曾挤垮不少独立书店。却不曾想，才 40 岁正值壮年的鲍德斯在连续 5 年亏损之后，最终成为历史。对此，鲍德斯总裁迈克·爱德华兹（Mike Edwards）曾发表声明表示："图书行业的巨变，电子阅读器革命和经济的动荡是鲍德斯走到这番田地的重要原因。"而《华尔街日报》的一篇评论文章《数字时代连锁书店鲍德斯之死》的分析更一针见血：亚马逊等网络书店的兴起正是杀死鲍德斯的元凶。在网络购书兴起的时候，鲍德斯不仅对顾客开架，而且继续保持自己社区书店的特色，在书架前给孩子们搭台子定期举办故事会；此后又给读者提供沙发，继而又开上咖啡馆，提供咖啡点心；之后又提供免费的 WiFi。鲍德斯倒闭后，店员们终于开口了，列出一个长长的抱怨清单，其中有两条是："我们这儿不是托儿所。你的孩子跑来跑去撞坏了书，也撞坏了我们的心情。""你放回一本高考参考书，我们知道你使用完毕了。这不公平：因为你知道我们这儿不是图书馆。"而今，无论那些在鲍德斯书架前长大的孩子们多么怀念那些与书共度的时光，也无法挽回鲍德斯的结局。

虽然布拉托书店经营的是二手书和古董书，但书业的瞬息万变与艰难险阻让我不禁有些担心布拉托书店的命运。在谈起书业这一行，肯连连表示非常难，非常难。若不是因为布拉托书店这栋楼以及隔壁户外大卖场都是自己的产业而不用考虑房租，布拉托书店恐怕早已经成为历史，为此，肯备感幸运。而电子书与网络书店的兴起，对于经营二手书与古董书的布拉托书店来说，影响并不大，因此，肯对书店充满信心："至少在目前看来，书店会很好。"

如今 61 岁的肯每个星期都要出去三四天，到顾客家中看书买书，每个月都要买进好几千本书。这些书首先被搬进地下室，然后一一进行分类和估价，大部分二手书大多可以很快卖出去，由此可以想见，凡是申请到布拉托书店工作的人首先需要回答的两个问题是：有没有在踢球的时候受过伤？你的腰背怎样？因为每一个月要搬进搬出数千本书可不是一个轻松的活。但肯表示，自己要活到老干到老。这不仅因为书已经融进他的生命，更因为布拉托书店就是一个奇迹。这只要看到肯的眼神，就能懂。

X，我想你懂的。

今夜有雨，一起裸奔

X，一来波士顿，我就闻说哈佛学生有三大传统：在图书馆书架后做爱、对着老祖宗约翰·哈佛的塑像撒尿以及午夜的"原始尖叫"（Primal Screaming），前两个传统随机性与私密性太强，因此也只能在闪烁的口耳相传中捕捉它的影踪，而一年两次有组织有规模有观众还有拉拉队的"原始尖叫"则不然，时间和场所都固定，且有着日益发扬光大为大型露天派对的趋势，这让我足够从容地在波士顿市中心的一家二手店里，慢慢淘上一个羞涩的单反作为最新装备，一路叫嚣一路挥舞着去哈佛校园观看"原始尖叫"。

一

其实所谓"原始尖叫"，就是午夜裸奔。在每个学期结束、考试开始之前的那个星期的前一天午夜，学生们聚集在哈佛校园里集体裸奔上一圈或是两圈，据说以此来缓解考试压力。当然，有此类似减压传统的当然不只是哈佛大学，其他比如布朗大学，每个学期结束之时，就有一群学生裸体行走在各个图书馆，给学生们散发甜面圈吃，以缓解压力。而在麻省理工大学，学生则从楼顶扔下旧钢琴以缓解压力。不过，最有趣的是普林斯顿大学。自 20 世纪 70 年代开始，每年第一场大雪落下之后，普林斯顿大学的学生们便在校园里举行"裸体奥林匹克"，哪一队裸体出场的人多，哪一队就赢。1979 年男女同校后，男女学生们共同继续发扬光大此传统而让学校声名狼藉。不过糟糕的是，1997 年的时候，普林斯顿竟然没有下雪，于是专属二年级学生专利的裸奔就那么悲催地取消了。第二年下雪的时候，已是三年级的学生不甘心，要补回行使裸奔的权力；而此时二年级的学生当然也不会放弃，结果导致这一年裸奔人数暴增，校园里的花花草草遭到严重踩躏，不雅的照片更是大规模地在网上传来传去，结果给学校带来了巨大的压力。2000 年，校方因安全原因禁止了这项活动。不过，在对比多所学校的传统之后，我发现最为盛行的解压传统方式依然是午夜裸奔，如哥伦比亚大学、加州大学洛杉矶分校、康奈尔大学、宾夕法尼亚大学、塔夫茨大学等都有此传统，而以哈佛大学的"原始尖叫"最负盛名。

裸奔之前"原始尖叫"的哈佛大学学生。

这让我充满了期待。X，你知道吗？听说我要去哈佛校园看裸奔，一同在教会学习《圣经》的朋友都笑而不语，我全当成是嫉妒来理解，依然活灵活现地学习完《圣经》后，招摇地冒着大雨去哈佛校园围观。即便一位朋友郑重警告我，就在前一天晚上，哈佛校园发生持枪抢劫案，在我看来也只是增添了独行侠我此行的浪漫与刺激。

　　然而雨真大，一直比我还兴奋地下着，这让我有些失望，因为我不止一次有些恶毒地盼望下大雪，以提高裸奔的难度和我的兴奋度，结果只是盼来我来波士顿之后遇到的最大的一场雨，而且冬雷震震，有些燠热，天气预报说有将近 10 度，这在纬度相当于沈阳的 12 月的波士顿有些罕见。不过，我还是早早就出发去了哈佛大学，先是在一个朋友处休息，快到午夜时才踩着点过去，然而校园里静悄悄的，我一手打着伞一手护着单反，逡巡着即将上演的惊世骇俗的一幕，然而 10 分钟过去了，校园里依然很平静，平静得让我开始怀疑自己是不是跑错地方了，于是又在外围逡巡，依然只有三三两两穿戴得很严密的同学经过。我正要彻底否定自己的信息时，突然看见一位台湾朋友领着几位女生也穿梭在雨中，于是连忙与他核对信息，时间地点都没错！

　　雨依然很大，我的裤腿管儿全湿，于是跑到有着"哈佛大象"之称的怀纳德图书馆的大柱子下避雨，刚跑上去，便听到小号、小鼓、小喇叭声在不知处的地方响起，于是连借来的破伞都来不及再撑开，我便拔腿寻声飞奔而去，此时我的手机显示时间是 11 点 59 分了。这让我不禁大呼："裸奔的同学也真准时！"跑过一个庞大的建筑，便看见刚刚还寂然的校园，突然就冒出一草坪的人，最显眼的还是哈佛雕像前那群穿着猩红校服的乐队。一位指挥男已经爬到了约翰·哈佛塑像上，站在约翰·哈佛牧师身旁指挥着下面半裸的乐队：所有的乐队成员都只上身穿着西装，下身则只穿着内裤；在校园斜对角处，今晚的裸奔主角们正抱成团一起高呼："哦嘞嘞，哦啰啰，哦嘞哦嘞哦嘞……"随着加入的人越来越多，气氛达到了真正的白热化——有白色的蒸汽从那一团团肉身中升起，足足好几分钟，直到突然开跑。我还没反应过来，便蔓延出长达十几米的裸奔队伍，这让我非常惊讶抱团的能量了，怎么藏了那么多人在中间。

实际上，许多裸奔的同学很害羞，一直到最后开跑了才除去最后的武装，当从我身旁跑过时，几乎目不斜视。当然，也有泰然自若的，甚至停下来摆姿势让旁观者照相。晚起步的同学才只跑一半，前面的同学已经到达终点。雨依然下着，这让他们不得不赶紧穿衣服退场。我那不争气的单反还没来得及闪第二次，裸奔的同学一下就消失了，校乐队也只是继续了半首曲子的时间，便如来时一般神秘地消失了。只有兴奋的雨依然下着，还有兴奋的我站在雨里，浑身湿透。

二

据哈佛学生档案记载，第一位在哈佛校园里裸奔的学生是美国第一任副总统、第二任总统约翰·亚当斯的儿子，第六任总统约翰·昆西·亚当斯的弟弟查尔斯·亚当斯。1785年15岁的查尔斯入学哈佛，不久就因和几位朋友喝醉酒在校园裸奔而遭到惩处，不久又重新入学。不过，当时他的父母最担心的不是他的酗酒问题，而是"喜欢与他的父母讨厌的男人们一起鬼混的倾向"。15年后的1800年10月，他的母亲去纽约看望他，没想到期待中的幸福家庭变成"躺在病床上的查尔斯已无家可言，只是靠朋友供他一个栖身之地"，妻子带着两个孩子早已离开了他。之前，他早已破产，沉溺于酒精之中。一个多月后，查尔斯死于肝硬化。对于自己的这位浪荡子，有着"美国之父"之称的约翰·亚当斯在1798年便发誓，再不见自己的这位儿子。这位父亲信守了自己的誓言，直到查尔斯去世也没有去看一眼。不过，今天在哈佛校园里裸奔的同学，可不是发端于这个被自己父亲看作是"被魔鬼占据的疯子"的查尔斯·亚当斯，而是起源于 20 世纪 60 年代的学生运动。

1964 年，以独立、思想著称的波士顿灯塔出版社，出版了波士顿附近的私立大学布兰戴斯大学里最受欢迎的一位教授的一本书；同年 9 月 14 日，在美国另一边的加州伯克利大学，爆发了一场"自由言论运动"。起初一两年，这两件事并无联系，但几年之后，学生运动咆哮而出席卷全美乃至整个西方社会时，这两件事几乎成为人们回忆"60 年代"最重要的两个坐标。在伯克利校园里，学生们与学校进行了几个月的斗争，终于获得了自己的"学生权力"——第二年 1 月 2 日，校长斯特朗辞职，马丁·梅尔森接任，宣布学生可以在斯普卢尔大楼的台阶上集会，不受限制地摆放桌子。自此，学生要求的权力远远超出了校园，如 60 年代的风云人物、经济学家加尔布雷思所说："带头反对越战的是大学，逼使约翰逊总统下野的是大学，率先在污染问题上同大公司展开斗争的是大学。"此时，伯克利大学校园已成为了青年造反学生们朝圣的"麦加圣地"，而他们手上拿着的便是那位德裔美国教授的书——《单向度的人》。当时的《华盛顿邮报》这样报道这位大学教授的上课情形：1968 年"秋天的这些日子，每个星期二和星期四早上，150 名一年级的青年学子蜂拥着去听一位 70 岁老教授的演讲。他的哲学是学生应该打倒现存社会。这位教授就是马尔库塞"。他的《单向度的人》则被青年学子们当作了"造反运动的标准教科书"，至 1969 年 3 月，已用 16 种语言出版过 10 万册，被认为是法兰克福学派 40 年中最有政治影响的书。不过此时，在布兰戴斯大学不再续聘而到加州大学圣地亚哥分校当教授已经三年之久的赫伯特·马尔库塞，尽管被视为"青年造反者之父"、"新左派的精神领袖"（虽然马尔库塞多次宣称"我一直拒绝这种愚蠢的称呼，它不需要一个父亲或祖父"），再次面临续聘问题，不过这次他的续聘问题已经超出他的年龄问题，变成一个巨大的社会问题，引起各方的关注与争议，因为他是最受学生们欢迎的教授。

X，你是知道的，虽然马尔库塞不算深得我心的人，但那些热爱他的学生却最博我欢心——尽管他们竟然群居且太摇滚、尽管他们过于性解放还吸毒，尽管他们无论男女都留长发并修炼一些神秘的宗教，尽管他们对个性的追求形式大于了内容，然而相对于之前或之后中规中矩、乖巧沉闷的大学生，叛逆、勇敢、嬉皮的 60 年代的大学生依然是我不二的学生偶像。甚至在我看来，正是这一代大学生的全面否定、全面抗议、全面反叛，在某种程度上让几百年来"自由、平等、人权"的西方人文主义传统的价值与精神，在现代社会得以延续，并带来全面的希望。正如马尔库塞在《单向度的人》的结尾借其德国同事本雅明的一句话所说："正是因为有了那些捐弃希望的人的存在，希望才被赐予了我们。"因此，X，我几乎就是怀着某种朝圣的心理前去观看哈佛校园里的"原始尖叫"的，希望能沐浴到那种绝望之后的希望之光，我想，我的心情你能体会。

三

X，你一定很奇怪为什么"午夜裸奔"叫"原始尖叫"呢？其实，原因很简单。因为这项传统起初确实是名副其实的"尖叫"：考试临近的午夜时分，学生们打开宿舍的窗户，一起对着校园尖叫 10 分钟。哈佛校园里的塞尔比先生回忆说，他来哈佛之前午夜 10 分钟的尖叫已经成为一个校园传统，1995 年他作为学监重返哈佛校园时，这个传统依然保留着。但也就是从那时起，尖叫逐渐开始演变成裸奔，并在美国校园里蔚然成风。不过在我看来，虽然如今在形式上激进了好大一截，但在精神上却退化成一种文化与消费符号。一位曾在哈佛商学院读书的学生早早对此叹道：当年的激情演进到今天，早已褪去了当年的革命色彩，蜕变成哈佛学生面临大考前的一种心理宣泄。不过，当我听到哈佛校园里那戴着夸张的 20 世纪的大礼帽的年轻导游，将那个自由时代的精神遗留物"原始尖叫"当作一项可消费的观光项目介绍给来自世界各地的游客时，我不禁低头默哀，为半个世纪前也曾在哈佛大学当过教授的热血沸腾的老马狠狠尴尬了一会儿。

马尔库塞曾这么评价自己："我是一个绝对善良而多愁善感的浪漫主义的人。"这种浪漫主义似乎注定了他的理论终将成为没有着陆地的乌托邦。X，说实话，来到老马所说的发达的工业社会美国后，我最大的切身感受正是马尔库塞所说的"单向度"。刚来波士顿那会儿，我整天无所事事。一天，看到一位来自上海的年轻夫妻发贴急寻帮助。因为他们的住家保姆的家人出严重车祸而回家了，所以他们急需一位保姆帮忙看他们刚刚一岁的孩子。于是，我便去看了半天的孩子。之前，我告诉过他们，我根本不会带小孩；之后，我不得不告诉他们，我没法带孩子。因为我无法拿各种搭配好的冷冰冰的婴儿配方的罐头食品按时按温度按刻度喂给那个孩子吃，那种感觉就像进了黑客帝国，一只无形的手在操纵着我和那个孩子。幸亏第二天，孩子终于被一家托儿所接收。我想，可能这一辈子我再也不可能见到这个孩子了，但我却可以想象那个孩子幸福却一眼看见尽头没有任何悬念的一生。在飞驰的路上，我常常会疑惑：一样的街道一样的社区一样的 CVS 一样的麦当劳肯德基一样的红砖公寓一样的城市，我是否丢失了？一样的 GPS 一样的 iPhone 一样的电脑一样的网络一样的信息，我是否可以逃离？一样的面孔一样的经历一样的教育一样的梦想一样的人生一样的按部就班一样的按着刻度进行的生命，我是否可以在狂乱的大街上放声歌唱，或是在那个下大雨的晚上，在校园里裸奔？我哭了。

　　X，你知道的，对此，马尔库塞给出的方子是"大拒绝"（great refusal），"任何的变革都需要大拒绝，或者用学生的话语说，与这个社会永远对抗"。然而马尔库塞本人也承认，他的方子"只能批判现在，而不能展望未来。因为社会批判理论并不拥有能弥合现在与未来之间裂缝的概念，不做任何许诺，不显示任何成功，它只否定"。简单地说，其实马尔库塞说的就是四个字"只破不立"。所谓的"大拒绝"也只是一种乌托邦的想法，即便是马尔库塞本人也无法做到这种大拒绝，甚至无法拒绝他的教授职位。即便是被马尔库塞寄予过厚望的造反学生，在60年代献身于大拒绝之后也迅速回归，并迅速将他们的精神导师老马遗忘在身后——1970年，美国入侵柬埔寨，引起又一波学生抗议，肯特州立大学和杰克逊州立大学连续发生民警卫队枪击学生事件，再次掀起学生抗议活动，但随即归于沉寂。至此，愤怒的60年代终于平静下来。也就是在这一年，易于激动的马尔库塞也变得彻底平静了。这一年，在与加州大学圣地亚哥分校再续一年之后，71岁的他正式退休不再续约，不过，他依然拥有圣地亚哥分校哲学系所授予一个非正式的"荣誉教授"称号，并拥有一间办公室。他依然在咖啡和古典音乐声中继续讨论哲学与政治，不过渐渐从"大拒绝"的全面反抗退入到内心世界，专注于艺术与美学。

　　X，你知道吗？我却很害怕这种被虚假的幸福所填充起来的平静。X，你知道吗？其实我不止一次去看哈佛校园里的"原始尖叫"，只是后来去的时候，没有那么多期待了，也就没有了那么多伤感，只是满脸兴奋地跟着裸奔的学生高声尖叫，借用一位羞涩女生鼓励自己的话鼓励羞涩的自己：裸奔我都不怕，我还怕什么？

　　是的，没有了希望，至少我们还可以有勇气！X，你说是吗？

看呀，一些事

谁敢拿走我的枪

一

7月20日，对于美国人来说是心碎的一天。在科罗拉多首府丹佛附近的奥罗拉，电影《蝙蝠侠前传3：黑暗骑士崛起》的首映现场，发生了一场严重枪击案，12人死亡，58人受伤。随后不久，犯罪嫌疑人，24岁的詹姆斯·霍尔姆斯（James Holmes）在他白色现代车旁被捕。在他的车内发现一把AR-15的突击步枪，一把雷蒙顿12号霰弹枪，一把口径点40的格洛克手枪。这3把枪被确认在枪击案中都使用过。此外，在剧院内发现了另一把口径点40的格洛克手枪。至于开了多少枪，奥罗拉警长奥兹说："很多，很多。"一时无法数清。此外，奥兹警长对媒体说，在过去的60天内，霍尔姆斯在地方一所枪店购买了4把枪，在网上购买了6000多发子弹：3000发步枪子弹，3000发格洛克手枪子弹，另300发为霰弹枪子弹。"这些枪支的购买都是合法的。"一位联邦执法人员对媒体说。

枪击案发生后，每天让超过80名美国人丧命的枪支暴力再次成为风口浪尖上的问题，照例，矛头依然主要指向政府对枪支管理不力和

控制不严上。终于有了一个机会，拥护一下自己之前加强枪支管理的
主张的时候，但无论是现任总统巴拉克·奥巴马，还是其 2012 年大选
的竞争者米特·罗姆尼，在这个敏感的问题上都回避了。罗姆尼，这位
麻省前州长，曾显示出巨大的勇气要在麻省禁止攻击性武器的他，这
次却在 NBC 新闻节目中说，美国现在不需要新的枪支法，也不需要政
府采取行动："最重要的是要改变美国人的心。"当然，他无法提供任
何可行的方案或计划，甚至是方向去改变美国人的"心"。而奥巴马总
统对此问题提供的解决方案似乎更让人失望，他认为给年轻人提供暑
期工作、减低城市犯罪的项目可以对此起作用。媒体甚至毫不客气地
指出，奥巴马简直废话连篇："AK–47 应该在士兵手里，而不是罪犯
手里。"实际上，早在 1934 年，像 AK–47 这样的自动军事枪械早已被
禁止。这次问题的关键是半自动武器，如这次霍尔姆斯使用的、最受
大众欢迎的 AR–15。面对这种大容量、杀伤力高的半自动枪械以及制
造了这场悲剧的另三把枪，这两位总统候选人都只谈加强对购买者犯
罪背景和精神疾病调查，但只字不提这种调查其实漏洞百出，几乎任
何人只要等上十天都可以通过这种背景调查买到一把枪。最关键的是，
两人都回避了一个很重要的事实：霍尔姆斯的枪都是合法的。谁也无
法拿走他的枪。

二

在许多美国人，尤其是早期的美国人看来，枪的权力是天赋人权
（natural rights）之一。这种观念可以追溯到英国。1689 年英国的《权
利法案》第七条便规定："凡臣民系新教徒者，为防卫起见，得酌量情
形，并在法律许可范围内，置备武器。"

坐着"五月花号"来到北美大陆后，为了反抗暴政、阻止欧洲人

与印第安人的入侵、镇压叛乱以及自卫，枪更是成为早期殖民地人安身立命的必备之物。在早期一些州的宪法中，如 1776 年宾夕法尼亚州宪法便明确规定："人民有权力拥有武器以保护他们自己和本州。"而像弗吉尼亚州、马萨诸塞州和纽约州的政府甚至用法律的形式强制要求民众拥有和携带武器。这些配枪的男人，便形成美国的民兵传统，成为建立美国最重要的武装力量。如 1769 年的波士顿《时代杂志》(*A Journal of the Times*)，就呼吁波士顿公民拿起武器武装，反抗英国政府的滥用权力："拥有武器以保护他们自己，以及如布莱克斯通先生[1]所指出的，当社会和法律的制裁不足以约束压迫和暴力时便可以使用，是每一个人都拥有的一项天赋人权 (a natural right)，这是（英国）《权利法案》所确认的。"实际上，几年后，1775 年 4 月在莱克星顿小镇打响独立战争第一枪的也正是一些一分钟速成的，因此被称为"Minute Men"的民兵队伍；跟随华盛顿将军打了八年独立战争的队伍也一直是一支民兵队伍。因此，枪在美国人民心中有着特殊的地位。

因此，当美国联邦宪法制定的时候，一些反联邦政府主义者不相信联邦政府以及各州政府，害怕赶跑了一头狼，又来一只虎，于是要求宪法对人权作出进一步保障，这便是美国的《人权法案》的由来，其中第二条便是："一支训练有素的民兵，对一个自由州的安全实为必要，民众拥有并且佩带枪支的权利不容侵犯。"这实际上意味着，即便受政府的统治，但公民依然有权利随时拿起枪来反抗政府暴政，不管是英政府还是美政府。这也即《独立宣言》所说："当政府旨在把人民置于绝对专制统治之下时，那么，人民就有权利，也有义务推翻这个政府，并为他们未来的安全建立新的保障。"

---

[1]　Sir William Blackstone，英国 18 世纪法官、政治家，《英国法律释义》(*Commentaries on the Laws of England*) 的作者。——笔者注

三

　　因此，尽管枪支泛滥和枪支暴力是一个热门的社会话题，但实际上，在美国宪法 27 条修正案中，第二条"携带武器的权利"是最少给最高法院惹麻烦的修正案之一。自 1791 年通过后的 100 多年时间里，这条修正案的目的和运用几乎没有任何异议。绝大部分有关这条修正案和武器规定的判例都在州法院系统完成。唯一的例外是 1820 年的"休斯顿诉摩尔案"（Houston v. Moore），最高法院在一个旁白注释中提到了第二修正案，法官约瑟夫·斯托德（Joseph Story）还错误地弄成是第五修正案。

　　虽然早在 19 世纪 20 年代，一些州便通过了一些枪支控制法，但主要是针对奴隶。最高法院在 1833 年"巴伦诉巴尔的摩案"（Barron v. Baltimore）中，禁止联邦法院审查这些法律。1857 年，大法官罗杰·塔尼（Roger B. Taney）在"德雷德·斯科特诉桑福特案"（Dred Scott v. Sandford）中，作了一个著名的"德雷德·斯科特判决"：被带到美国来的作为奴隶的非洲人以及后裔（无论他们是否是奴隶），都不受宪法保护，也不属于美国公民。这个案例因不久之后爆发的内战和奴隶制的废除而成为"孤案"，并被认为是美国历史上最高法院最糟糕的一次判决。即便如此，塔尼大法官在此判决中，依然明确将携带武器自由列为公民基本权利之一，不可侵犯。美国内战结束后，一些州用"黑人法令"（Black Codes）取代"奴隶法令"（Slave Codes），对枪支的控制主要针对黑人，种族歧视的成分远远大于对枪支暴力的忧虑。一直到 19 世纪末 20 世纪初，美国各州才陆续出台了一些枪支管理法令。1919 年，国会通过《战争税收法》，对枪支征收 10% 的联邦税收，以此来间接控制枪支的使用，这是美国联邦第一次在枪支问题上采取管制行动。但并不能阻止日益严重的枪支泛滥问题。

20 世纪二三十年代是美国禁酒令年代，随着有组织的犯罪增多，枪支暴力问题凸显。1929 年，在芝加哥发生了轰动一时的黑帮火拼的"情人节惨案"。1929 年情人节的早上，5 名北边的爱尔兰帮和 2 名他们的合作者，在芝加哥林肯公园附近的一个车库里被杀害。凶手是南边意大利帮的人，而凶器是两把汤普森手提冲锋枪（Thompson submachine gun）。这场惨剧直接导致 1934 年 6 月，即禁酒令结束一年后，《国家武器法》（*National Firearms Act*）的通过，该法案对自动枪械和短筒霰弹枪进行了严格的控制。1939 年"美国诉米勒案"（U.S. v. Miller）来到了最高法院。在该案中，杰克·米勒和另外一人被指控违反了《国家武器法》，运输未经注册的锯短枪身的鸟枪。而米勒辩称，《国家武器法》违反了《宪法第二修正案》，阿肯色州地方法院的法官同意米勒的辩护，于是案件直接上诉至最高法院。而 9 位最高法院的法官一致裁定，《国家武器法》符合宪法，"在没有证据表明拥有或是使用（锯短枪身的）鸟枪……同维持一支训练有素的民兵有合理联系的情况下，我们不能说第二修正案保障拥有和佩带这种武器的权利"。否定了地方法院的判决。一句话两个字便是"禁枪"。

自此将近 70 年的时间内，这条修正案都没有再来麻烦最高法院作出解释。联邦政府以及各州政府和地方政府，对于枪支的购买、背景调查、枪支管理等各自作了许多规定，有的城市甚至禁枪。如因 1963 年肯尼迪总统遇刺而诞生的《1968 年综合犯罪控制和街道安全法》（*The Omnibus Crime Control and Safe Streets Act of 1968*），对枪支买卖和拥有权作了进一步的控制；《1968 年枪支控制法》（*Gun Control Act of 1968*），对州际之间的枪支买卖作了规定，只允许有执照的制造商、零售商以及进口商进行州际之间枪支贸易。又如 1993 年，通过《布雷迪预防手枪暴力法》（*The Brady Handgun Violence Prevention Act*）。这项法案由克林顿总统签署，以詹姆斯·布雷迪名字命名。1981 年，在里根总统遇刺案中，身为里根总统新闻总管的布雷迪被击中脑部，而导致终身瘫痪。凶手小约翰·辛克利（John Hinckley, Jr.）使用的是一把点 22 口径的左轮手枪。他在购买这把手枪时，提供的是一个虚假的家庭住址。实际上在此之前，辛克利曾因试图带三把枪和一些子弹乘坐飞往纽约的飞机而被逮捕，那一天正好是卡特总统计划前往纽约的时间。辛克利在购买枪支前，做过精神护理。因此，这项法案要求对枪支购买者进行背景调查。

而州和地方政府出台的枪支管理法律却是五花八门。如首都华盛顿特区，在 1976 年 9 月 24 日通过了 1975 年《枪支管理条例法案》，禁止拥有手枪、自动枪支和半自动大容量枪支，以及未登记的枪支，并且要求枪支放在家中的时候要"卸载子弹，拆散状态或是装有扳机锁或类似装置"。对于这条"禁枪"法律，没有人提出质疑。然而到了 2003 年的时候，卡托研究院一位研究宪法的高级研究员罗伯特·A.雷威（Robert A. Levy），尽管他本人没有任何枪，但突然觉得有必要检测一下这条法律是否合乎宪法。于是，他自己出钱，招募了 6 名华盛顿平民来对华盛顿特区政府提出诉讼。这 6 位平民年龄从 20 岁到 60 岁，3 名男性 3 名女性、4 名白人 2 名黑人，生活在不同的社区，职业分别是软件设计师、雷威在卡托研究院的同事、抵押贷款经纪人、政府公务员、律师以及警员。其中迪克·海勒（Dick Heller）是特区的一位特别警员。在他工作的联邦政府大厦，他是允许携带枪支的，但是在家里却不行。他也曾通过美国步枪协会想对华盛顿特区的禁枪令提出诉讼，但协会拒绝了他。这场由雷威发起且资助的官司，称之为"华盛顿特区诉海勒案"（D.C. v. Heller）。

在联邦司法系统足足走了五年后，2007 年 11 月，"华盛顿特区诉海勒案"才最终到达最高法院。直到 2008 年 6 月才判决，尽管有四位法官持异议，但最高法院裁定，华盛顿特区对手枪的禁止以及扳机锁设置的要求是违宪的。这个判决还解决了一个长期争议的问题：宪法修正案所赋予的"携带武器的权利"除民兵服务性质外，是否适用于"仅供私人使用"呢？长期以来，无论是联邦法院还是州法院，对于这条修正案一般从两个模式进行，一个是现在普遍认为的"个人权利"模式，即民兵服务性质只是一个目的，而非限制；一个则是"集体权利"模式，也就是说枪的权利来自于"民兵身份"。如早在1822年，在肯塔基州"贝里斯诉联邦案"（Bliss v. Commonwealth）中，肯塔基州法院认为携带武器保护自己符合肯塔基州第二部章程第二十八条，这是第一个从"个人权利"模式确认携带武器的自由权利的案例。而第一个从"集体权利"模式确认这项权利的案例是1842年阿肯色州的"州诉巴扎德案"（State v. Buzzard）。阿肯色州高级法院根据阿肯色州章程第二条第二十一款，认为"这个州的自由白人，为了共同的防御，有权利持有和携带武器"，从而拒绝了一项禁止携带武器的条例。这两个早期的州法院的案例，开创了两种对第二修正案阐释的模式，并由此制造了一个长期争论不休的问题，即，这条修正案确保的是"个人权利"还是"集体权利"？"持枪派"认为这是个人权利，而"禁枪派"则认为是"集体权利"。在经过一系列这样的官司和判决后，"集体权利"模式渐渐被抛弃，如今法官多从"个人权利"模式来对这条修正案进行阐释，如"华盛顿特区诉海勒案"，联邦最高法院的这个判决便是从"个人权利"模式出发，明白无误地宣布，这条修正案保证了"守法的、有责任感的公民使用武器保护自己家园的权利"。这是自1939年"美国诉米勒案"以来，最高法院首次对第二修正案作出阐释，而阐释的结果似乎与之相反。在美国历史上，这也是最高法院第一次如此明确地指出，持有和携带武器（枪支）是不可侵犯的个人基本权利。

2010年，"麦克唐纳诉芝加哥案"（McDonald v. Chicago）来到了最高法院。奥蒂斯·麦克唐纳是芝加哥一名普通市民，在申请购枪时遭芝加哥市政府拒绝。因为芝加哥已执行了 28 年禁购手枪的规定。麦克唐纳诉诸法庭，状告芝加哥政府的枪注册法，"罪状"主要有四条：第一，禁止手枪注册；第二，得到枪之前必须先注册；第三，每年必须重新注册且需要交注册费；第四，注册期一旦失效便永不能再注册。最终这场官司来到了最高法院。2010 年 6 月 28 日，联邦最高法院大法官以 5 比 4 的投票结果，最后裁定，根据《宪法第十四修正案》，要求州政府或是地方政府遵守第二修正案，将海勒案中所阐释的个人权利扩展到各个州的所有公民，扩大了公民携带武器的权利和自由。"无疑，制宪者认为持有和携带武器的自由属于那些最基本的权利，这些权利对于我们这个有序的自由制度是必需的。"

不过，法官约翰·保罗·史蒂文斯（John Paul Stevens）在此案例中投下的是反对票，并写下了一份冗长的反对意见书，认为这一裁定将对美国社会和宪法体系产生"破坏性"影响。另一位投下反对票的法官斯蒂芬·布雷耶（Stephen Breyer）则明确地说："总之，制宪者们制定第二修正案的目的不是保护用武器自卫的个人权利。以前没有，现在也没有达成共识：这种权利是'基本权利'。"

即便分歧如此，最高法院的判决依然无法改变：持枪是公民基本权利之一。面对最高法院对"枪的权利"如此明确的阐释，无论是奥巴马还是罗姆尼，是无论如何也不敢在这风口浪尖上冒天下之大不韪，去与之对抗的。因为在宪法意义上，公民手中的枪不仅是用来对抗暴政的，更是用来保护自己的，即便是总统又如何？！尽管联邦统计数字表明，在一些对枪支管理更为严格的地方，如加州，死于枪下的人数要少得多，然而这个社会问题已经变成一个政治问题，而所有的政治问题，如法国学者托克维尔所说，都会变成一个法律问题。在宪法神圣不可侵犯的美国，尤其是在竞选刚起的敏感时刻，两位候选人是无论如何不敢以身试法，"拿"走公民手中枪的，即便是霍尔姆斯的枪。

四

科罗拉多枪击案的一个多月后，我和朋友一起在波士顿市中心一家电影院看《蝙蝠侠前传3：黑暗骑士崛起》，这是我第一次看大名鼎鼎的蝙蝠侠，除开枪和暴力外，没有对蝙蝠侠留下任何印象。据《丹佛邮报》报道，与科罗拉多州枪击案发生前一周相比，枪击案后一周该州欲购买枪支的人数增加了46%，CNN一篇文章指出，有三分之二的美国人想保留拥有枪的权利，"它的唯一功能可以近距离地杀死危险的人类"。当然，各大媒体依然掀起是否禁枪的辩论，貌似要求限制售枪的呼声也高涨。不过，面对此次民间禁枪的呼声，科罗拉多州长约翰·希肯鲁普（John Hickenlooper）的态度，显然也是一个保险的政治家的态度，认为禁枪法律并不是解决问题的办法："如果市面上找不到杀人的枪支，丧心病狂者还是能找到其他方法杀人，不是吗？这家伙甚至会制造炸弹。"

1970年，美国历史学家理查德·霍夫斯塔特（Richard Hofstadter）写了一篇叫《美国人的枪文化》（*America as a Gun Culture*）的文章。自此，枪文化成为了美国文化的一部分。美国人对枪的热爱毋庸置疑。然而，看完《蝙蝠侠》后，我却想起忧郁的阿多诺的话："确实不存在一个从凶残到仁慈的普遍历史，但是有一个从弹弓到百万吨级核弹的普遍历史。"

罗斯福总统是怎么变成素食者的

一

那位据说早餐一口气吃 12 个鸡蛋都不当一回事的西奥多·罗斯福总统，是怎么变成素食者的呢？

1906 年春天，大胃王罗斯福总统在白宫一边吃早餐，一边看小说。突然，他大叫一声，跳起来，把嘴里的食物吐出来，又将未吃完的香肠扔出窗外。香肠正好砸在刚好经过窗口的参议员比夫里的脑袋上，他以为罗斯福总统与他的前任麦金莱总统一样被人暗杀了，立即冲进来，却看到总统先生正使劲往外扔罐装的火腿肠。从此之后，被吓坏了的罗斯福总统成了一位素食者。

原来，这位曾跑到西部做过几年牛仔，并当过代理警长威风凛凛地追捕过逃犯的罗斯福总统，是被他手中的小说——厄普顿·辛克莱的《屠场》吓坏了。他在吃香肠的时候，正好看到小说中对芝加哥某肉类食品加工厂的描写："工厂把发霉的火腿切碎填入香肠；工人们在肉块上走来走去并随地吐痰；毒死的老鼠被掺进绞肉机；洗过手的水被配制成调料……"

　　那个时期的美国食品安全问题，与今天中国食品问题一样，着实是一个大问题，如从旅馆、咖啡馆和富人家仆人手中购买使用过的茶叶，然后用树胶使叶子变硬并重新调色再低价卖出去；将菊苣根粉掺入咖啡中；用明矾和黏土加工而成的纯净面粉；把苯甲酸钠注入坏的西红柿中防止继续腐败；泼洒硫酸铜让蔬菜看起来更鲜嫩；用硼砂去除火腿的臭味；用苹果皮加葡萄糖制成的草莓酱；加粉笔末尘土和融水石膏制成的面包；在红糖里掺杂碾碎的虱子（表面看起来非常像红糖），等等。

　　美国历史学家亨利·S.康马杰曾指出，这个时期的美国正处于历史的分水岭，"在分水岭的一边，主要是一个农业国"，"在分水岭的另一边，是现代的美国，它主要是一个城市化的工业国家"。在经济上，美国从自由竞争走向垄断，社会空前富裕，城市迅速发展，被称为"镀金时代"，然而，"政治腐败像流行性感冒一样，是美国生活中的瘤疾"，"美国民主制度成为充斥着腐败味道的徒有其表的空壳"。这让当时的美国社会问题百出：官商结合，贫富分化极其严重；铁路、制造业等事故频繁；劳资矛盾问题尖锐；童工问题严重。更可怕的是，当时几乎全世界的假冒伪劣以及过期的药品、食品似乎都跑到了美国，这让当时在墨西哥战场上的美国士兵饱受疟疾假药之苦。当时一位诗人兼医生霍尔姆斯对此说道："我坚信，如果把我们今天使用的所有的药物全部倒入海里，那样会对人类的健康更有益，但是却会把海里的鱼统统害死。"即便是罗斯福总统也曾深受其害。1898年美西战争期间，罗斯福曾带领一支志愿骑兵队去古巴参战，因大量罐装肉制品都是变质食品，导致他的士兵非战斗减员达数千人之多，且上百人还因此死亡。这便是当时著名的"用防腐剂保存猪肉"的丑闻，为此，当时农业部的哈维·W.威利博士向国会提交了一份《纯净食品法》草案。虽然有美国医学会和其他许多杂志的支持，并且先后两次在众议院通过，但最后还是被参议院否决。对此，罗斯福一直耿耿于怀，在当时参议院为此而举行的调查听证会上，他作证说，1898 年他在古巴圣胡安山领兵作战时，与其叫他吃那些在政府合约下运来的罐装食品，他倒宁愿吃他那旧帽子。可惜的是，那一次，《纯净食品法》没有通过。

不过，正是辛克莱的这本《屠场》，直接促成了美国食品安全的守护神——美国食品和药品管理局的成立，让美国人民从此可以享用安全食品。

<h2 style="text-align:center">二</h2>

其实，辛克莱这个名字并不陌生。1928 年，文坛老帅鲁迅频频向文坛新秀梁实秋开炮，一连发表《卢梭和胃口》、《文学和出汗》、《拟豫言——一九二九年出现的琐事》三篇檄文，极尽嘲讽与戏谑，矛头直接对准当时在国内大力宣扬白璧德主义的新月派代表梁实秋。接着，文坛老将郁达夫也两度出手帮鲁迅助阵，先后发表《卢骚传》、《翻译说明就算答辩》为卢梭辩护攻击白璧德，向梁实秋开战。面对两位文坛执牛耳者的频频攻击，初生牛犊梁实秋不甘示弱，在《关于卢骚》一文中，左右手同时开弓反击鲁迅与郁达夫，同时还大叫委屈，控诉两位先生"借刀杀人"，"专引辛克来尔的话来驳白璧德，这个方法的幼稚就如同专引鲁迅先生的话来攻击鲁迅先生所攻击的人一般"。

嘿嘿，没错，梁实秋说的辛克来尔正是辛克莱，鲁迅与郁达夫借的正是辛克莱这把刀来对付梁实秋的。在当时美国文坛，辛克莱虽然不能与白璧德相提并论，不过，在文艺思想上，他们两个属于不同阵营的代表：辛克莱是美国文学中最初"领导出普罗精神的"左翼文学的急先锋，白璧德则是代表文坛"贵族精神"的新人文主义的创始人和维护者。当白璧德对法国作家思想家卢梭进行抨击时，辛克莱便对其评论进行过讨伐。因此，当白璧德的嫡传弟子梁实秋在中国继续抨击卢梭时，鲁迅与郁达夫便顺理成章借用辛克莱的《拜金艺术》一书来反击了，郁达夫《翻译说明就算答辩》一文 7000 多字，引用辛克莱文字便近 3000 字，他觉得原著者仿若在替自己作答一般。之后，郁达夫干脆把整本书翻译出来，将辛克莱视为知己。

其实，对于梁实秋所极力推崇的白璧德主义，我既不讨厌也不喜欢，只是觉得与自己无关。对于生活衣食无忧、人生一帆风顺，典雅、内敛、平和、迟缓与克己复礼的白璧德式的人，我一向敬而远之。钱钟书的话虽然有些刻薄，有时我却觉得痛快："上海人是白璧德主义者的代名词，精明，讲效率，善于克制，自以为是，而且有市井气。"因此，对于此时的辛克莱，我还是颇为喜欢的，冷静而一语中的。不过，到了狂热的创造社、普罗作家、左翼作家手里，辛克莱几乎被吹捧到半天云里，成为一个天王巨星，我反而有些敬畏了。

自 1928 年 1 月，冯乃超摘译的辛克莱的《拜金主义》章节发表后，此后 10 年间，辛克莱的文艺论著、小说戏剧、社会学著作，乃至论文随笔诗歌散文向中国滚滚而来，光单行本就多达近 30 部，其中不包括再版本和重译本，但凡能找到的辛克莱的原作，几乎都被翻译过来，仅郭沫若在 1928 年到 1930 年期间，便翻译了几百万字的辛克莱小说，其中便有《屠场》。据美国作家海伦·福斯特在当时的统计显示，"厄普东·辛克莱是最受中国人欢迎的美国作家"。

从文学角度看，我就不太欢迎这个辛克莱了。辛克莱强调艺术即宣传，以及文学作品的阶级性斗争性等，这让创造社、太阳社以及"左翼"中一些胆汁质的年轻作家将其视为"教父"，并生吞活剥之，发展出一套革命文学理论，于是，一大批公式化概念化模式化的小说流行于世，这就是现代文学史上的"革命文学"。所以我对辛克莱一直提不起兴趣，甚至今天重读这本《屠场》，我依然无法接受它艺术的粗糙与粗暴。

　　不过，若是将辛克莱的小说当作社会学读本的话，那么辛克莱的小说正如作家萧伯纳所说："到了将来，当人们想了解我们这个时代时，他们只要去读读辛克莱的小说便会一目了然了。"辛克莱本人也非常得意这一点，若干年后在他的自传中，谈到《屠场》的写作情况时，他依然掩饰不住自己的骄傲："我到那里，在人们中间整整住了七周。……我总是晚上坐在他们家里，与他们促膝谈心。而到白天，他们又总是愿意放下手中活，带我四处参观，不管我要到哪里他们都愿带我去。我了解了他们生活的每一个细节。……我不仅仅与工人及其家人交谈，同时还与老板、监工、巡夜人、酒店老板、警察、医生、律师、商人、政客、牧师及社会福利工作者等都有所接触。……《屠场》里的材料就像一部统计册一样拥有权威性。"我想，或许，我应该放弃一些妇人之见，重新看看辛克莱。

　　1904 年 9 月，芝加哥屠宰场发生罢工，辛克莱在一本名叫《理智的呼唤》的杂志上为罢工工人写了一篇稿子，对罢工工人表示深深的同情，广受工人欢迎。之后，《理智的呼唤》杂志赞助他 500 美元，让他到屠宰场住一段时间。辛克莱去了，在芝加哥屠宰场和工人们一起住了 7 个星期，看见了听到了许多耸人听闻的事情，之后，他回到新泽西自己的家中，花了 9 个月写成《屠场》，将肉类加工行业的令人作呕的生产环境和加工过程暴露了出来：各罐头工厂的车间都污秽不堪，"那些已经腐烂得再也不能派上任何用场的臭肉，连同地面铲起的渣滓一起，用来制成罐头，或者剁碎制成香肠。已经生霉发白没人买又运回来的食品，用硼砂和甘油处理之后，又作为原料重新制成正品。香肠是最可怕的，肉仓里的肉就丢在地下，和垃圾、锯末混在一起，工人在上面践踏，吐痰，留下成亿的结核细菌。仓库里污水横流，老鼠乱跑，毒死的老鼠连同作为毒饵的面包和肉一起铲进一个大漏斗绞肉机去做香肠……"死牛也被做成牛肉罐头，他甚至在小说中写道，在油槽间干活的工人一旦掉进那些敞口的油桶，"往往多日不被察觉，直到他们的残骸最后被制成'德拉姆公司纯净牛脂'行销世间"。

威风凛凛的罗斯福总统正是看到这里，吓得扔掉自己的罐装火腿肠的！实际上，《屠场》还没有连载完，便引起轰动，要求杂志重载。正如一家报纸所言，"一天早晨辛克莱醒来，像拜伦一样，突然发现自己举世闻名"。不过，出版其实并不顺利，先后有五家出版社拒绝出版单行本，因为辛克莱不愿意删除其中某些部分。辛克莱干脆自己掏腰包出版了这本小说，不过出版社还是首先派人到芝加哥屠宰场进行调查，证实辛克莱所描写的一切并非夸大其词才同意出版该书。实际上，《屠场》的编辑写道："我获得了一枚肉食监督的证章，这样我就进入了肉罐头帝国，我日夜徘徊在令人作呕的气味当中，亲眼看到了辛克莱所没有看到的内幕。"《屠场》一出版立即引起轰动，订单如雪花般纷至沓来，其中便有来自白宫的罗斯福总统的一张，因为此时，白宫里写给罗斯福总统的信也如雪花般纷至沓来，强烈要求总统对此采取措施。当时报纸上甚至还刊登了一首"童谣"用来讽刺当时的食品问题："玛丽有只小羔羊，一天看到它病了，用船装到罐头厂，贴上标签罐装鸡。"

与此同时，辛克莱也遭到狠毒的攻击，当时的牛肉托拉斯就称《屠场》是一位神经不正常的人写的一部拙劣作品，有肉食工业资本家请人写文章诋毁辛克莱和《屠场》中所描写的事实，甚至还有肉类加工商企图贿赂辛克莱，"建议我建立一个模范肉类加工厂，并答应若以我的名义的话，他们愿意送我三万美元的股份"。

而读者罗斯福总统在看完小说后，立即约见了辛克莱，并两次派人前往芝加哥进行调查。调查的结论是"食品加工的状况令人作呕"。之后，聪明的罗斯福便利用这个调查报告来威胁国会，如不立即通过迟迟不能通过的《肉类检查法》和《食品与药物法》，他便公布调查报告，由国会承担危害美国肉类产品出口的责任。之后，国会不得不做出反应，1906 年 6 月，在《屠场》发表 4 个月后，美国国会通过了两部联邦法律：《肉类检查法》和《食品与药物法》，并建立了以化学家威利博士（Dr. Wiley）为首的 11 位专家组成的检查班子，这便是 FDA 的雏形。可以说，正是辛克莱的小说《屠场》改写了美国食品安全史。

三

一本书真有这么大的力量吗？或许，事情并没有想象的这么简单。

作为美国左翼作家、社会主义先锋，辛克莱写这本小说并非是为了揭露黑幕，而是为了宣扬社会主义。虽然小说常常被视为是美国黑幕小说的代表，但辛克莱的初衷却是为无产阶级呼吁，为社会主义呐喊。小说叙述了来自立陶宛的约吉斯一家的悲惨遭遇，在工厂老板、工头、警察、政治寡头、房产中介等欺压下，约吉斯家破人亡，剩下小约吉斯一人四处流浪。最后，他找到了社会主义，整个人焕然一新。"以前对他最重要的东西现在都显得无足轻重。其兴趣已经转入那充满思想的世界（指社会主义事业——笔者按）里去了。"

因此，与辛克莱有着同样信仰的社会主义作家杰克·伦敦对小说的出版兴奋异常，认为这是一部"完全的无产阶级作品，是一部由一位无产阶级知识分子为无产阶级而创作的作品。同时也是由一家无产阶级出版社出版，其读者也将是无产阶级"。为了让小说产生最大的舆论和宣传效果，杰克·伦敦为其摇旗呐喊："同志们……这么多年来我们期盼已久的书终于出来了，它将让那些对社会主义视而不见的人睁开双眼，让成千上万的人相信我们的事业；它描述了我们国家的真情实貌：这是一个充满非正义、充满了悲惨的噩梦的人间地狱、一个野兽的丛林——正如《汤姆叔叔的小屋》是为黑人而作一样，《屠场》是为今天的白人奴隶而作。"

不过，虽然《屠场》一出，让美国肉食品销售量急剧下降，欧洲削减了一半从美国进口的肉制品，但工人们的工作状况与生活境遇依然没有人关心，辛克莱对此感到非常失望："我痛苦地认识到我之所以出名，并非因为人们关心工人，而只是因为他们不想吃那些带有结核菌的牛肉。""回顾这三年我劳心又劳力所发起的这场运动，扪心自问，我不知道真正得到了什么。"虽然小说的出版，直接促成了《肉类检查法》与《食品与药物法》的通过以及 FDA 的诞生，并让联邦政府先后给最大的 17 家肉制品公司"找麻烦"，甚至诉诸法律指控他们非法垄断，但对于这歪打正着的结果，辛克莱却感到啼笑皆非："我对剥削问题之兴趣，甚于对这些'可恶的肉'之兴趣。""我本来瞄准的是公众的心，却打中了人们的胃。"

不管辛克莱如何失望，作为一位报告文学家或是社会活动家，他是成功的，而且还是幸运的，幸运地遇上了罗斯福总统。当时正在走向工业化国家的美国，社会问题层出不穷，甚至有人说："对 19 世纪末的美国共和主义来说最严峻的事实是不可能产生能驾驭美国工业化的政治家。"而罗斯福总统似乎就是那应运而生的政治家，新闻媒体便是他驾驭美国工业化最重要的政治手腕之一，他对辛克莱《屠场》利用便是一个典型例子。

其实，在辛克莱之前，另外两位美国黑幕作家拉萨尔和默温已经揭露过芝加哥肉类加工行业一些内幕，舆论压力已经指向了罗斯福总统。然而，当时的罗斯福总统与库克县共和党党魁、牛肉托拉斯之拥护者威廉·洛里默关系铁好，虽然他本人对于托拉斯早有微词，可是不敢贸然得罪，于是让洛里默分管公司的一个特派员去芝加哥调查，调查结果是"一切正常"。然而紧接着，《屠场》出版，全国沸然，罗斯福在看完小说后，也表现得和普通读者一样，甚至更为夸张，于是出现了开头一幕——一口气吃 12 个鸡蛋的罗斯福总统变成了一位素食者。这次，他抓住机会，不再敷衍，态度变得坚决又强硬：立即召见作者辛克莱，并先后两次派人前去调查。前一个调查委员会带回来的报告说，辛克莱的大多数言论没有证据，《屠场》只是个别现象。对此结论，罗斯福总统非常不满意，认为负责调查的农业部的吉姆斯·威尔逊不支持立法。为此，他亲自任命另一个调查委员会又前去调查，后来该委员会提交的报告不仅证实了《屠场》所揭露的均为事实，还增加了调查者的亲眼所见与亲身体会，且措辞非常激烈，罗斯福总统读后"勃然大怒"。然而，他却没有公布这份报告，而是以此威胁国会通过《肉类检查法》和《食品与药物法》，因为这份报告的"危险性"远远大于这两部联邦法，而罗斯福总统也终于得以实现自己改革的目标。为此，罗斯福总统不止一次说，在我们国家，我几乎可以说最重要的职业就是新闻记者的工作。

有趣的是，像辛克莱与他的同伴——首开美国新闻舆论监督、促进社会改革之先河的黑幕揭发者，用美国话是叫"muckraker"，意思是"耙粪的人"，以此类推，所谓"黑幕报道"就是"耙粪"（muckraking），这成为日后美国新闻中的一种类型。而这个不太雅的甚至带有侮辱性的称号，也正是拜罗斯福总统所赐。

1906 年 4 月 14 日，罗斯福在众议院办公大楼奠基典礼的演讲中，公开奚落这些黑幕揭发者为不谙世事的"耙粪者"："在班扬的《天路历程》里，有一段描写带粪耙的人，他手里拿着钉耙，目不斜视，只朝下看；他被赠予天国皇冠以替换他的粪耙，可是他既不抬眼望天，也无视皇冠，而是继续耙地上的污秽。"事情的缘由是，当时一位黑幕揭发作家大卫·格莱汉姆·菲利普斯写了一本书《参议院的背叛》，辛辣地揭露了共和党的高级官员，其中包括罗斯福的密友昌西·迪皮尤，而罗斯福总统却认为这是不负责任的报道，这些煽情主义者们"总是粗俗而武断地概括，不分青红皂白地进行人身攻击"，他们正在误导社会大众。"如果他们继续认为整个世界只是污秽一片，那么他们手中的权力也将没有了"。

不过，罗斯福总统逞一时口舌之快的挖苦与奚落并没有给他带来任何好处。第二天，当时最有名的黑幕揭发者林肯·斯蒂芬斯便找上门来，对他说："总统先生，你已把那些使你成功的新闻调查者全部扼杀掉了。"或许这个时候，总统先生已经清醒过来了，口气大转，说自己被激怒主要是因为昌西·迪皮尤的那篇文章，而自己这样做，也是为了安慰可怜的老昌西·迪皮尤。其实，对于当时兴盛一时的黑幕揭发运动，罗斯福总统是又爱又恨，一方面他正是利用这些黑幕揭发者的力量来进行自己各方面的改革的；另一方面，他又认为："揭露罪行并缉拿罪犯是应该的，但要记住，即使是对罪行而言，如果用煽情的、骇人听闻的和虚构的形式来攻击它，则这种攻击对公众的思维而言也许比罪行更为有害。""对罪恶势力所进行的无止境的战争是一刻不能停歇的，但我要求这场战争应由理智和坚毅来指挥。带粪耙的人对于社会的良性运行往往是不可或缺的，但只有当他们认识到他们到何时该停止耙粪，并对加在他们头上的与其努力相称的皇冠表示敬意时，才会有如此作用。"

或许，这就是理智而坚毅的罗斯福成为罗斯福总统的原因吧！不管他是否真的成了一位素食者，至少他让《屠场》歪打正着，成就一段文坛佳话。

哈佛图书馆员"大屠杀"的悲与喜

据有字可查的历史，图书馆员这个古老的职业至少有2000多岁了。而最初的图书馆员最不可小觑。如创建于公元前259年、后毁于战火、欲藏尽当时天下所有书的亚历山大图书馆，其馆员有亚历山大派诗人代表卡利马科斯、三大喜剧家之一阿里斯托芬、算出地球圆周推导出闰年的埃拉托色尼、发现π的阿基米德等，随便少算一个，世界文明都得倒退几百上千年。

1773年，一位名叫哲罗德·比安的人，写了一本《一个老图书馆员的年历》，孜孜教诲教导当时的图书馆员："将汝之图书置于牢固之橱栏内，除汝而外，切勿准任何他人接近将图书自架上取出。除图书馆员本人之外，勿使任何他人进入图书室，并使图书安然无损。……妥善看管汝之图书——此乃汝自始至终永为首要之职责。"而这是美国最早的图书馆员形象——图书保安员。

1833年，彼得波罗夫和新哈蒙甫雪利建立了最早的城镇收费图书馆，具有自由、公共性质的近代图书馆由此发轫。1890年，公共图书馆组织和发展，成为美国的一个法律制度。1876年，美国图书馆协会成立。1887年，麦维尔·杜威在哥伦比亚大学建立了第一所图书馆管理学校，是为图书馆正规教育之始，标志着图书馆学已成为科学。在那时总统们的眼里，"一个民众的政府而民众没有知识或者没有学得知识的手段，只是喜剧的序幕，或者是悲剧的序幕，或者它可能二者兼有"，故公共图书馆在此时的美国遍地开花播种，而图书馆员用美国教育理事会主席罗根·威尔逊话说是"一个吃杂食的吞食一切印刷品的收藏家"。

第二次世界大战后，人类社会进入一个"知识爆炸"的年代，据联合国教科文组织统计年鉴的记载，60年代世界图书产量为25万种，70年代增至50万种，而1983年就已达到77万种，几乎每10年增长1倍。又如1960年美国科学家和工程师190万人，1977年增至280万人，增加了68%。科学家数量的增长，促使了科技文献数量的增长，其增长速度已超过了图书馆的承受能力。自70年代，图书馆的馆藏不仅限于图书、手稿、期刊，还有幻灯、电影片、唱片、各种缩微品等各种非书资料，以及使用这些资料的各种设备。

1963年，美国颁布"高等教育法"，至1975年，新建了608个高校图书馆。此外，还出现了大量的情报中心以改善图书馆的服务。对此，罗根·威尔逊依然担忧地说道："美国的图书馆员们深信：如果任这个趋势不加阻止地继续下去，大学校园将会被图书馆挤满，就像中国的风景区被坟地挤满了一样。几十年前有人曾指出：按照那时耶鲁大学图书馆的图书增长率发展下去，到2040年它的藏书量将超过2亿册，占书架6000英里，仅编目工作就需要6000人。"图书馆学专家马丁一针见血指出："把图书馆看成是由某一个馆就可以独自把资料收全的概念已经在变化。"而今，"各个分散的、个体的图书馆结合成巨大的图书馆网络，并用现代技术装备将各个贮存单位的藏书联结起来，成为一个有机的社会藏书体系"。于是，一种新型的类似情报员的图书馆员出现——"他不但要会分析和管理他所负责的知识体系，还必须会把这个体系向国内和国际的情报网络有效地加以说明"。

那么，未来的图书馆与图书馆员又会是怎样的呢？早在 1978 年，美国伊利诺斯大学教授兰开斯特便在他的著作《通向无纸信息系统》中预言，在电子信息时代，原由图书馆员开展的信息服务工作可由读者自己直接进行，图书馆及图书馆员将难逃消亡的命运。虽然预言仅仅过去 34 年，不过对于哈佛大学近千名员工来说，这个预言不再遥远，而是在上演——"刀已经架到脖子上了"。

一

"没有一个高质量的图书馆就不会有高质量的教育。"这句自信满满的话，出自曾任哈佛大学图书馆馆长、历史学家保罗·柏克之口。哈佛之所以成哈佛，首当其功的可以说正是它那世界上规模最大、藏书最多的大学图书馆，也是美国最古老的图书馆。

1638 年，约翰·哈佛病逝，他把一半遗产和 400 册私人藏书捐献给学校，于是学校就以哈佛命名，哈佛的捐献成为当时哈佛图书馆的全部藏书。在最初阶段，哈佛图书馆的藏书全靠捐赠，发展缓慢，到 1723 年仅收藏 3500 册图书，不过却是当时殖民地最大的图书馆。1764 年，藏书增加到 5000 册时，遭受火灾，大部分藏书被毁，仅存 404 册图书。1800 年藏书达 1.3 万册。1841 年首次有专用馆舍，即仿照英国剑桥英王学院礼拜堂设计的戈尔大楼。1877 年和 1895 年又两次扩建。1915 年，世界上最大的人文社科图书馆魏德纳图书馆（由著名的藏书家、死于泰坦尼克号海难的哈佛校友哈里·魏德纳捐建）开放；1942 年主要收藏珍本和手稿的霍顿图书馆开放；随后新英格兰保存本图书馆、拉蒙特本科生图书馆、普西图书馆等相继建成开放。经过 300 多年的发展，哈佛大学图书馆的藏书如今已达 1700 多万件，设有 100 多个分馆。不仅学校的每个学院都有自己的图书馆，而且还有各类专业图书馆。分馆大部分设在哈佛大学剑桥校园内，有的远在美国首都华盛顿市，甚至意大利的佛罗伦萨。然而，这个被公认为世界上最好的大学图书馆，在电子信息时代，似乎也难逃"厄运"。

"哈佛昨天解聘了所有的图书馆员。"2012年1月20日，哈佛最大的图书馆魏德纳图书馆资源共享部负责人兼作家汤姆·布鲁诺发表博文，将哈佛图书馆正在进行的改革称为"图书馆员大屠杀"。因为就在前一天，哈佛图书馆宣布，在经历两年多的构想、调研、准备、设计四个阶段后，图书馆改革正式进入贯彻实行阶段，其中最重要一个转变是"哈佛图书馆的员工将比现在少"，"一些职位将没有，一些职位将有所变更，并会有一些新的职位出现"。哈佛神学院图书馆编目员迈克尔·布拉德福德则将这一天称之为"血色星期四"。

据美国研究图书馆协会的数据统计，自1999年到2010年，哈佛图书馆的员工总数一直持续下降，从1999年的1088位到2010年938位，哈佛图书馆员工总数共少了150位，对此，前哈佛图书馆员柯思莱则悲观地说："在经过哈佛图书馆连续十年裁员后，我不知道我是否还能相信现在研究型图书馆员是安全的。""我最担心的是世界上最好的学术图书馆系统正在自我毁灭。"

就在"大屠杀"的当天，Twitter上一条"哈佛图书馆员实际上已全部开除"的消息也被广为传播，吸引了广大同行以及社会的注意。尽管Twitter的消息并没有变为真实，尽管2012年2月8日哈佛校长杜鲁·福斯特给她的全体教职员工写了一封情真意切的信来说明这项已经进行两年之久的图书馆改革的势在必行，然而哈佛图书馆员工的焦虑并未因此减轻，许多人认为自己对此并不知情。第二天，包括哈佛图书馆员、"占领波士顿"成员以及学生工会活动者在内的大约70名抗议者在哈佛广场集会，齐声唱着"赞歌"："嗨，哈佛！你挣了钱，为什么就对待你的员工像垃圾？"

二

实际上，早在 2009 年，哈佛大学校长杜鲁·福斯特便启动图书馆特别行动小组，对哈佛图书馆运行方式进行深入调研。其后，该小组在报告中提出七点建议，其中最重要的一条便是对图书馆分散结构进行重组。其后，哈佛图书馆执行工作小组成立，在其工作分析报告中，这个小组指出，哈佛给图书馆的财政总预算中，只有 29% 用于资料；而同行平均达到 41%。很明显，哈佛的资源没有得到最大的利用。而另一项分析显示，哈佛每年将其财政预算的 3.3% 给图书馆，几乎是同类大学（其他同类大学为 1.9%）的两倍。这一切问题首当其冲地指向了哈佛历来"各自为政"的分散的管理系统。

几乎与此同时，2009 年 12 月 9 日，大英图书馆的海伦·兴登被任命为哈佛图书馆的代理指导人。踩着第一场大雪，兴登来到了哈佛图书馆的办公室，开始着手解决哈佛图书馆财政、空间、结构与合并等问题。兴登在大学学习英语文学，还在伦敦印刷学院学习，受到图书管理艺术家手工艺人的罗杰·鲍威尔的专业训练。在维多利亚与艾伯特博物馆收藏部工作 14 年后，1998 年，她加入大英图书馆，成为图书馆的一名高级领导。2002 年，她被任命为大英图书馆第一任收藏部负责人，在那里，她负责从大宪章到电子资料共 1.5 亿件资料的保存、研究、收藏和安全工作。此外，她还是大英图书馆第一个全面的电子保存小组的创办人之一，领导大英图书馆收藏管理方面的改革。一年后，新的图书馆理事会成立，监督改组计划实施情况。此时，在经过一年的构想之后，哈佛图书馆开始进行大转变，领导这次转变的，正是曾参与过世界上最大同时学术藏书最为丰富的大英图书馆重组和转变的兴登。

2011 年 9 月，理事会批准了对哈佛大学 73 座图书馆进行重组的计划。这份计划将按照馆藏需求、内容、服务领域和特定的活动把这 73 座图书馆分成 5 组，统一在"哈佛大学图书馆"的名称之下，之前"各自为政"的图书馆们将联合成一个有机的藏书体系。同时，采用最新信息技术来装备这个体系，如 2011 年 1 月，加入"借书合作伙伴"，与布朗大学、哥伦比亚大学、麻省理工大学、耶鲁大学等八所大学的图书馆"互通有无"；同时开始提供 APP 下载，用手机也可以进图书馆了。所有这些改革，最严重的一个"后果"便是 2012 年 1 月 19 日的"大屠杀"事件。所有的图书馆员都必须在三月之前去指定网站重新投简历，然后定岗培训再上岗。2012 年 7 月，新的哈佛图书馆将正式运行，至今职位依然不明晰，而唯一可以肯定的就是裁员。

其实，如今哈佛图书馆所发生的，对于美国大学图书馆员来说并不陌生，在美国其他一些大学早已贯彻执行，比如麻省大学艾默斯特

图为阳光下哈佛校园内的魏德纳图书馆。

分校，早在十年前就彻底对图书馆系统进行了大改组，在其早期的一个计划中便削减了经费，取消了许多杂志的征订，并缩减了20%的员工。而哈佛图书馆的改革，在不少人看来是今后图书馆发展的一个趋势，有着80年以上历史的大学图书馆几乎都面临着同样的问题。如黛莉克索虽然也将哈佛的这次行动称之为"2012年图书馆员大屠杀"，不过，她同时也认为改革是必需的，因为"哈佛图书馆的行政结构系统自19世纪后期几乎就没有怎么变化"。"在20世纪80年代之前，一个图书馆员的工作相对来说比较简单，图书馆买来读者感兴趣的书，然后通过卡片目录借给读者。然而信息的电子化与网络的普及改变了这些。比如说，我们至少不再集中精力购买书，购买在网络上变得没有意义，因为文件可以无限地、很容易地下载到电脑和移动设备上。所以，'获取资料'的图书馆逐渐集中力量去获取某种执照，让他们能够浏览和下载其他人所拥有的资料。我们从以前的情报收集员，逐渐变成情报经纪人。"因此，在她看来，时代的急剧变化，未来肯定还有更多的"大屠杀"事件来提醒我们时代的变化。不过，图书馆员肯定有未来，而且还是一个光明的未来：他们只需要接受它肯定和过去的角色完全不同。不过，另一位图书馆员乔纳森则认为，虽然改革会很疼，也可能失败或是起反作用，但改革不可阻挡。

然而，这似乎仅仅是一个开始。据美国大学和研究图书馆协会的数据显示，美国大学图书馆人均借阅量正在急剧下降，若按这个趋势，这个数字将在十年后归零。虽然喜欢拧巴的我发誓，一定会让这个数字至少保持在一，但未来图书馆的模式越来越清楚：收藏数字化、操作电脑化、传递网络化、信息存取自由化、资源共享化、结构连接化。在这里，图书馆员将不复存在。其实，这就是如今谷歌数字图书馆的样子。2004年，谷歌公司与美国纽约公共图书馆、哈佛大学图书馆、斯坦福大学图书馆、密歇根大学图书馆以及牛津大学图书馆合作，投资两亿美元，打造谷歌数字图书馆，在 2014 年时，这五家图书馆的 1500 万藏书将全部数字化。谷歌的雄心不仅于此，而是"整合全球信息，让人人皆可访问之利用之"，这与 2000 多年前的亚历山大图书馆有得一拼，却无需担心战火的毁灭。据说人类保存的图书总数大概也就在 1 亿种左右，若按谷歌现在的速度，在我有生之年是完全有可能看到这个收尽天下藏书的虚拟图书馆的完成的，这似乎也让人看到，将会有更多图书馆员遭"屠杀"的厄运。

这让喜新更恋旧的我有些悲喜交集。那时，我们是不是需要到博物馆里去看书的模样呢？那时，图书馆员是不是又如保安员哲罗德·比安一样，孜孜教诲同行"妥善看管汝之图书——此乃汝自始至终永为首要之职责"呢？

来自叙利亚的歌

"SHOAH"，古希伯来语，意思是"大灾难"、"浩劫"。第二次世界大战结束后，用来特指纳粹1933年到1945年对欧洲犹太人的屠杀，相当于英语"holocaust"。在波士顿市中心广场的犹太人屠杀纪念塔的进出口处，各有一块黑色大理石碑，上面分别写着这两个词。而在六座空心玻璃塔上，则密密麻麻刻满了七位数的数字，每一个数字代表一位在集中营死去的亡灵：在1933—1945年期间，他们一共屠杀了600万欧洲犹太人，几乎占了欧洲犹太人的一大半。穿过纪念塔，站在空心的玻璃塔下，有白色的雾气从脚底散出，有着几分毒气室的味道，这是这座纪念塔的最为特别的地方。不过，让全世界知道这座纪念塔的不是这些，而是旁边黑色石碑上马丁·尼莫拉牧师那首著名的忏悔诗：

> 起初他们抓共产党，我不说话，因为我不是共产党。
> 然后他们抓犹太人，我也不说话，因为我不是犹太人。
> 接着他们抓工会成员，我还是不说话，因为我不是工会成员。
> 之后他们抓天主教徒，我依然不说话，因为我是新教徒。
> 最后他们来抓我时，再也没有人为我说话了。

在成为牧师前，尼莫拉是一位军人，曾经支持过掌权之前的希特勒。不久，因反对纳粹的宗教控制而与之决裂。1937年被捕入狱，从此辗转各个集中营直到战争结束。20多年后的1976年，幸存的尼莫拉写下这首忏悔诗。正是这几行字让波士顿犹太屠杀纪念塔广为人知，也让许多踏着"自由之路"找寻到此的人，不由对纪念塔前方波士顿市政大楼多了几分尊敬。

知道"文化巡展"（Reel Festivals）纯属偶然。2月初的一天，突然看到叙利亚作家哈立德·哈利法（Khaled Khalifa）一封公开信在网上广为流传，于是寻踪而去，先是找到了哈立德·哈利法的Facebook，接着便发现了"文化巡展"（Reel Festival）——哈立德·哈利法公开信的英文版也出现在"文化巡展"的"Guest Blog"（http://www.reelfestivals.org/letter-from-damascus/）上，甚至比哈立德·哈利法本人的Facebook还传播得更广。同时，在这"Guest Blog"上，我还看到叙利亚作家、音乐家比尔·德拉蒙德（Bill Drummond）在黎巴嫩贝鲁特一条满是灰尘的狭窄街道上的咖啡馆里写的《我的阿拉伯之春》，以及叙利亚诗人格兰·哈芝（Golan Haji）加入"文化巡展"的通知。

什么是"文化巡展"？我几乎把这个网站看了个底朝天，依然不清楚"Reel Festivals"这两个单词代表的是一个什么组织或活动。于是，忍不住去信问活动总协调人丹尼尔·戈尔曼（Daniel Gorman）。丹尼尔很快回信告诉我，"文化巡展"是一群苏格兰爱丁堡的朋友们在2007年成立的。"其中有一些朋友在2006年的时候去过阿富汗，遇见了不少优秀的阿富汗艺术家、电影制作人、音乐家和作家。在返回苏格兰的时候，我们决定把这些人的作品介绍给英国的人们。我们认为这个主意不错，特别当时的英国卷入了阿富汗冲突。而我们试图展示阿富汗的另一面——人性的一面。这次活动进展得很好，甚至比我们起初想象得还要好，于是我们决定接下来把目光聚焦在伊拉克。接着，就是最近结束的叙利亚、黎巴嫩和苏格兰",这次"文化巡展"的一个成果便是诗集《我选择倾听——叙利亚、黎巴嫩和苏格兰诗歌选集》。

其实说白了,"文化巡展"就是爱丁堡一群文艺青年的"国际玩票"活动。2000 年 6 月,一群文艺青年决定一人出 200 英镑在爱丁堡市中心开一家"志愿者"咖啡馆,在这里,所有的人都是不领工资的志愿者。丹尼尔第一次听说这件事,觉得这些人疯了。9 月,他发现这家咖啡馆竟然真的开张了,于是他也成了厨房里的一位义工。在那里,他和他的朋友们一起看政治电影,一起讨论,这成为他生命中最为充实和重要的日子。他们还通过朋友及网络认识联系世界各地的艺术家、电影制作人、音乐家、作家和诗人等,大家定期一起聚会交流。"文化巡展"正是从此孕育而来。不过,它有着明确的定位,那就是每次都将目光锁定在有冲突与战争的地方,希冀通过展示这个地方的文化,让人们看到被报纸头条报道所遮蔽的另一面,并鼓励用艺术参与到国际问题当中去。就在《我选择倾听》中文翻译结束的时候,"文化巡展"之 2012 叙利亚文化展正在伦敦与爱丁堡举行(3 月 15 日——18 日),叙利亚政治漫画家阿里·菲尔萨特(Ali Ferzat),作家、音乐家比尔·德拉蒙德(Bill Drummond)、萨米·邱克尔(Samih Choukeir),小说家曼哈尔·萨拉哈(Manhal Alsarraj)、曼都哈·阿兹姆(Mamdouh Azzam)、格里拉·卡巴尼(Ghalia Kabbani)等以及英国本地的作家和艺术家参加了这次活动。除开阿里·菲尔萨特的作品回顾展与专题研讨会以及音乐会和朗诵会外,叙利亚已故的、最著名纪录片制作人奥马尔·阿米尔拉雷(Omar Amiralay)的《复兴社会党国家的一场洪水》(*A Flood in Ba'ath Country*)也成为这次活动的一个重头戏。

在网上看到这个消息后,我毫不客气地向丹尼尔请求要两幅阿里·菲尔萨特的作品作为《我选择倾听》中文版的封面和扉页。因为这两幅作品,最能说明文化巡展的意义所在,且不需要翻译,就能读懂。

我想中国读者肯定懂的。生于 1951 年的阿里·菲尔萨特从事漫画职业已经有 30 多年了，获奖无数。在他看来，时代总是会变的，人们不会永远停留在对统治者的恐惧之中的。一年前的他，就打破了自己的恐惧，开始给他们的总统以及领导人画漫画。"自 1963 年以来，我是第一个敢给总统以及其他高级官员画讽刺漫画的人。"不过，阿里·菲尔萨特为这个勇气几乎付出生命的代价。2011 年 8 月 25 日，阿里·菲尔萨特在下班回家路上遭到袭击，目标很明显，就是他的脸和手。之后，他又从行驶的车子里被扔了出来，丢弃在离大马士革家 50 里的地方。"没有人停下来，因为我看上非常可怕，血淋淋的。"最后还是一位卡车司机因为爆胎了，才停下来，将他送进城里。至今，阿里·菲尔萨特身上的伤还未能痊愈。"只要我的手指一恢复，我就会回去。"

而最初会突然不自量力翻译这本诗集，完全是被诗集名字所打动。《我选择倾听》（*I Chose to Listen*）名字取自诗集中第一首诗《声音》，这是叙利亚女诗人拉夏·埃姆朗（Rasha Omran）的一首短诗：

> 他什么也没有说（He didn't say anything）
>
> 是我（It was I）
>
> 正是我（Who chose）
>
> 选择了（to）
>
> 倾听（Listen）

在"文化巡展"的网上无意中看到这首非常简单的诗时，让我想起几乎每周都要经过的波士顿犹太人屠杀纪念塔一个黑色石碑上的一段话："那些死亡的人已经永远地不能说话了。那些见证了屠杀并幸存下来的人背负着沉重的记忆。通过他们的声音，我们要力图认清楚那些不人道的行为，偏见的种子正萌芽于此。记住他们的苦难，是为了铭记只要是一个团体迫害另一个团体，那就是危险与邪恶的。当你行走在'自由之路'到此停留时，请深思一下一个没有自由的世界的后果——在这个世界，基本的人权都没有保障。然后，记住只要偏见、歧视与欺骗被容忍，像这样的屠杀就有可能再次发生。"或许，我们什么也不能做，但又或许，我们可以选择倾听。丹尼尔在诗集前言中引用一位观众的话说：你若是知道了诗歌的作用，它就真的有作用了。我与丹尼尔一样，再信服不过这句话了。

　　最后，要感谢朱芳艺，她是一位雪藏在美国的诗人，正是有她的保驾护航，我才有勇气主动请缨，翻译这本诗集。

最早的"微博"和怀特的预言

有史可稽,最早的微博发自于一个叫北布鲁克林的村庄的谷仓内。60年前,在美国缅因州艾伦海湾的北布鲁克林村庄,有一个很大很古老的谷仓,有一位叫"微博"(Wilbur)的天真烂漫的家伙,被关在里面。他想获得他的自由而试图逃跑,但最终被捉了回去。他想改变自己被屠杀的命运,最终只能在孤独的夜晚独自绝望。就在这个时候,他的朋友夏洛,一位天生的网管和了不起的网民,向他伸出援助之手。夏洛把自己挂在网上,想呀想呀,想了一个夏天,终于想出了搭救她的朋友办法。她在自己的网上,为朋友"微博"写下有史以来最早的四篇"微博":"好猪"、"了不起"、"光彩照人"、"谦卑"。正是这四篇微博,让"微博"立即得到许多关注,乃至万众瞩目,最终得到了他的自由并改变了他的命运。

要查证这段历史非常容易,因为谷仓的主人E.B.怀特将这段历史写成了一本书,这就是大名鼎鼎的《夏洛的网》,如今,这本书已被翻译成20多种语言,发行超过1200万册。最近,为了纪念《夏洛的网》60岁生日,哈珀·柯林斯出版社还特别推出一个纪念版。纪念版特别之处在于增加了一个由美国童书作家凯特·狄卡密欧撰写的前言。2004

年，狄卡密欧凭借小说《人鼠之恋》获得美国儿童文学最高奖纽伯瑞奖，这也正是《夏洛的网》出版第二年后，怀特所获得的荣誉。在前言中，狄卡密欧说道："这本书的魔力在于：在它的书页中，有一些可怕的事情，一些难以忍受的事情发生了。然而，我们忍受了这种难以忍受的东西。而且，最后我们甚至感到欢欣。"而当时这本书的编辑乌苏拉·诺德斯姆宣称，她没有改一个字，尽管她曾建议将其中一章的题目从"夏洛之死"改为"最后的日子"，不过，作者怀特并没有听从她的意见，坚决不改一个字（可见，这可是无删改的信史）。

在新增加的前言中，狄卡密欧还说道："我不会说它是一本'童书'，我想它是一本可以给任何人——成人和孩子看的书，他们都可以从中领悟到些东西。"对此，我也想说，我也不会说这是一本童书，因为重看这本书时，我惊奇地发现这是一个预言，形象地讲述了今天在中国微博上发生的一些故事。黑暗中，"微博"倍感孤独。黑暗中，一个声音问他："你想要一个朋友吗？"这个朋友便是夏洛。正是这位朋友夏洛成为了"微博"的守护神。当"微博"知道了人类"最可耻的诡计"，将他养胖然后杀死他，把他变成圣诞的腌肉和火腿后，不禁号啕大哭："我不想死，我想呼吸甜美的空气，躺在美丽的太阳底下。""谁能救我？"他的朋友夏洛回答："我。"于是，了不起的网民夏洛在自己的网上为"微博"写下四篇微博，从而改变了"微博"的命运。而今，我常常在微博上发现这样的微博，他们柔弱而又坚韧，简短而又睿智。微博上的"夏洛们"如谷仓中的夏洛一样，更是一个神秘的存在，几乎没有外人可以知晓夏洛与"微博"的秘密。然而，如同怀特最后所写道的，在获得自由、有了生命保障的"微博"心目中，无人可以取代夏洛。在我看来，这便是如今微博的意义与原则所在，正是有了许多无数的夏洛，微博在我看来，变成一个温暖的存在。于是，那个羞涩老头怀特，在我眼里，便成了一位亚里士多德所定义的伟大诗人："诗人的职责不在于描述已发生的事，而在于描述可能发生的事，即按照可然律或必然律可能发生的事。因此，写诗这种活动比写历史更富于哲学意味，更被严肃的对待；因为诗所描述的事带有普遍性。"

实际上，比《夏洛的网》还要早三年，伟大诗人怀特还说出了另一个著名预言。1949 年夏天，怀特为《假日》杂志写了一篇其生命中最为著名的散文之一《这就是纽约》，在文中，怀特指出那时的纽约，"就像一首诗：它将所有生活、所有民族和种族都压缩在一个小岛上，加上了韵律和内燃机的节奏。曼哈顿岛无疑是地球上最壮观的人类聚居地"，然而，"在可能发动袭击的狂人的头脑中，纽约无疑有着持久的、不可抵挡的诱惑力"。作为一位纽约出生长大的纽约客，怀特敏感地体会到："纽约最微妙的变化，人人嘴上不讲，但人人心里明白。这座城市，在它漫长的历史上，第一次有了毁灭的可能。只需一小队形同人字雁群的飞机，立即就能终结曼哈顿岛的狂想，让它的塔楼燃起大火。"52 年后（2001 年 9 月 11 日），怀特这个可怕的预言变成残酷的现实，此时，离怀特在夏洛与"微博"的农场去世已经 16 年，人们似乎并没有记起他半个世纪前所发出的预言。

1985 年，86 岁的 E. B. 怀特去世。这位一生在"任何压力下都弱不禁风"、自小害怕出席任何场合的忧郁老人，将其一生的生活主题定义为"面对复杂，保持欢喜"，而"描写日常琐事，那些家长里短，生活中细碎又很贴近的事，是我唯一能做又保持了一点纯正和优雅的创造性工作"。然而这一点"纯正和优雅"的工作，却让《纽约时报》以"如同《宪法第一修正案》一样，E.B. 怀特的原则与风范长存"作为其讣告，这曾让我百思不得其解。待我真正琢磨出怀特预言的奥秘所在时，不得不赞叹这句讣告的精彩绝伦。原因很简单，因为怀特这位可爱的知性老头的"原则与风范"其实与《宪法第一修正案》一样，只有两个字——"自由"。

1940 年 7 月，当全世界还在为希特勒欢呼或是无动于衷的时候，甚至苏联都与其签订《苏德互不侵犯的条约》的时候，已在缅因州农场做了一年农夫的怀特，一向"浑身静穆"的、温和的怀特这次却"金刚怒目"，拍案而起，在《哈珀杂志》发表了其生平最为生猛的一篇文章《自由》。文章除了其一贯的幽默外，对希特勒的独裁与极权所表现出的愤怒与批评，不仅在怀特的几千篇散文中颇为特立，更是在当时作家中所罕有。在这篇文章中，怀特不仅预见了希特勒的可怕，更将隐匿于自己内心的"原则与风范"吐露笔端——"幸运的是，我没有试图改变世界——有人正为我改变世界，而且速度惊人。但是我知道，人类的自由精神一直存在于本性中；它不断再生，从未被火或血抹杀过。""今天，一个作家在怀着极大的满足感进行写作，因为他知道他将是第一个掉脑袋的人——甚至比政客们的脑袋掉得还早。对我来说，这样更好，因为如果尘世的命运拒绝给我自由，我就会变成行尸走肉；如果被法西斯主义统治，我情愿做一个没有脑袋的人。因为在那种环境中，脑袋将没有任何用处，我一点也不想承受如此沉重的累赘！"

实际上，终其一生，怀特从来没有写过什么长篇大作，除《精灵鼠小弟》、《夏洛的网》、《吹小号的天鹅》三本童书外，他只是为杂志写随笔与评论。不过，在怀特看来，作家的角色就是这个社会与时代的"监管者或是秘书"，"今天作家的一个作用便是发出警告"。从这方面说，怀特不愧为一个伟大的预言家——终其一生，他都在仗义执言，维护自由。他不仅是最先反对希特勒与纳粹的人，也是率先反对麦卡锡主义与"黑名单"的人，以及最早强烈反对氢弹试验的人。同时，他更是早早地对人类的环境、生态与食品安全以及技术所带来的危害提出过各种警告的人。而"自由"的"原则与风范"则贯穿始终。

在《夏洛的网》的最后，怀特写道："夏洛是无可比拟的。这样的人物不是经常能够碰到的：既是忠实朋友，又是写作好手。夏洛两者都是。"怀特亦如此。

服从的犯罪

一

50 年前 5 月的一个下午，剑桥大学评议会坐满了教师和学生，以及不少嘉宾，他们都是来出席剑桥大学展览性的公共活动之一 —— 一年一度的里德演讲。一个身材高大的人走向讲台，开始了他一个多小时的演讲，讲题是《两种文化与科学革命》。

他的这个演讲，按照剑桥大学知识史教授斯蒂芬·科里尼（S. Collini）的说法："至少做成了三件事：第一，他像发射导弹一样发射出一个词，不，应该说是一个'概念'，从此不可阻挡地在国际间传播开来；第二，他阐述了一个问题（后来化成若干问题），现代社会里任何有头脑的观察家都不能回避；第三，他引发了一场争论，其范围之广、持续时间之长、程度之激烈，可以说都异乎寻常。"[1] 这个演讲人便是集物理学家、公务员与小说家于一身的英国人查尔斯·斯诺（C. P. Snow，1905—1980）。

[1]　C. P. 斯诺，《两种文化·导言》，陈克艰、秦小虎译，上海科学技术出版社，2003 年。

在这次演讲中，斯诺对"两种文化"，即"科学文化"与"文学文化"的分裂现状作了"卓越"的描绘，指出"所有西方社会的知识生活都日益被分裂成两个处于顶端的团体"，即科学家与文学研究者，他们之间存在着一条互不理解的鸿沟。斯诺将这种分裂和鸿沟的存在归咎于人文知识分子对科学文化的无知与轻视——他们对于自己不懂热动力学第二定律一点都不感觉害臊尴尬，这就好比问一位科学家读过莎士比亚的作品一样，显然这会让他大失脸面。在斯诺看来，文学文化里"全是搔首弄姿，怨天尤人，离群索居，逃避世事那一套"；与"自恋"的文学文化不同，科学文化的基调则是"稳定的，健康的，异性恋的"，丝毫没有"偷偷摸摸和躲躲闪闪"。他甚至有些恶毒地说："知识分子特别是文学知识分子都是天生的卢德派（Ludditism）[1]。"而断言科学家们的"骨髓里装有未来"，"传统文化却在妄想未来并不存在来对世事作出应答"。

"两种文化"的提出，让当时的斯诺受到几乎一边倒的赞誉，被认为"诊断出了一个日益迫切的现代国际问题"，但也引起了当时被认为是"英语世界最独特、最有争议和影响力的文学批评家"、剑桥大学高级讲师 F.R. 利维斯长期的近乎疯狂的恶毒的、倒也不乏却中要害的攻讦，称斯诺是一个思想浅薄欺世盗名之徒。两人激烈的争辩甚至使得当时英国著名的歌唱喜剧二人组合"夫兰达斯与史旺"创作了一首有史以来唯一一首为热力学而作的喜剧《第一与第二定律》（*First and Second Law*）。

此后，关于科学与人文之间的论战，绵延半个世纪。如何看待斯诺的"两种文化"思想和所引起的争议呢？在剑桥大学出版社 1998 年

---

[1]　卢德派是 19 世纪初英国手工业者组成的集团，他们反对以机器为基础的工业化，在诺丁汉等地从事破坏机器的活动。

版的《两种文化》中，斯蒂芬·科里尼为之撰写了一篇几乎与正文一样长的导言。在近四万字的导言中，斯蒂芬·科里尼不仅对斯诺生平进行了详细介绍，也对"两种文化"提出的背景、引起的争议和反响作了较为客观公允的论述和评价，并对斯诺演讲以来不断变化着的学术分科版图、知识的日益专业化所带来的影响作了精彩的论述，以此来分析斯诺观点的意义和不足，以及"两种文化"命题的变化发展。

今天看来，当时斯诺的演讲显然是站在一个并不公允的立场上贬斥人文知识分子，为当时受到轻视的科学争地位、争名分的，甚至可以说，他是一个激进的唯科学技术主义者。他认为"科学是一种正确的精英政治，在这种政治里，全能的力量将足以克服社会不利因素而达到天下大治"。甚至在 10 多年后，他在为《两种文化》[1]修订本所写的前言中，还说道："我们必须用以反对技术恶果的唯一武器，还是技术本身。没有别的武器。我们无法退入一个根本不存在的伊甸园。"不过，正如斯蒂芬·科里尼所说："从斯诺写下那些东西以来，物理学或化学的教育，不见得就成了比历史学或哲学的教育更好地应付世界问题的准备。""两种文化"的命题比产生这一命题的环境更有生命力。

由此可见，斯诺在此的意义似乎不在于他的观点，而在于他所提出的问题：科学与人文，孰轻孰重？若要对此给出一个绝对肯定的答案几乎是不可能的。用一个简单的比喻，这就犹如问一个孩子，父亲重要还是母亲重要？是选择父亲还是选择母亲？我想，答案是不言而喻的，也是因时而异的（显然，这要取决于孩子是想去游泳爬山，

---

[1]　《两种文化》目前市场上有三个版本：C.P. 斯诺，《两种文化》，陈克艰、秦小虎译，上海科学技术出版社，2003年；C.P.斯诺，《两种文化》，纪树立译，生活·读书·新知三联书店，1994年；C. P. 斯诺，《对科学的傲慢与偏见》，陈恒六、刘兵译，四川人民出版社，1987年。三种版本的《两种文化》在内容上各有多寡。各版共有的核心文章是《两种文化》与《再看两种文化》。上海科学技术出版社版所据母本为剑桥出版社1998年最新版本，增加了斯蒂芬·科里尼的长篇导言，四川人民出版社版集成了斯诺的另一篇演讲《科学与政府》，生活·读书·新知三联书店版不仅收入了《科学与政府》，还收入了《科学在道德上的非中立性》等另外三篇演讲。

还是想吃饭穿衣）。若是斯诺在当今中国，也许他的演讲会是另一番面貌。

50年来，围绕着科学与人文的分裂以及相融的问题，科学界、人文学界乃至全世界，都为此一直争论不休却似乎并没多大新意，不停地借题发挥，让斯诺的演讲变得多少有些聒噪与空洞。这里，我并没有丝毫贬低这个演讲的意思，只是不希望斯诺另一个更重要的演讲，不要被这个过于喧嚣的演讲所遮蔽，乃至被忽略，甚至被遗忘。

二

作为思想家，斯诺的地位主要是由两次演讲奠定的，一次便是上面提到的1959年的里德演讲，另一次则是1960年在哈佛大学的演讲：《科学与政府》（1960年出版成书）。第二次世界大战期间，斯诺被临时调入政府部门，负责招募和部署物理科学家们为战争服务的工作。这一工作，"给了他接触大人物的机会，满足了他从内部观察权力运作的欲望"。这也使得他有了在哈佛大学的这次演讲。

《科学与政府》主要围绕着现代政府的决策方式及效应这一主题。斯诺首先指出："在我们这个时代，任何一个发达的工业社会的最不寻常的特征之一，就是不得不由少数人秘密地但又是以合法的形式作出那些最根本性的选择。然而，作出这些选择的人不可能对作出这些选择所根据的因素或它们导致的结果都具有第一手知识。"[1]

斯诺将这种令人感到忧虑的现实称之为封闭政治。在这样一种封闭政治中，重大的决策不是由一群见解不同的人的集团或一个选民区，以及更大规模的社会力量来达成，而是取决于少数人的意志和裁决。

---

[1]　C.P.斯诺，《对科学的傲慢与偏见》，陈恒六、刘兵译，四川人民出版社，1987年。

在这篇演讲中，斯诺用了很长的篇幅讲了一个"告诫故事"：两位科学家的两次冲突。故事主人公是英国科学家蒂泽德和林德曼，两人性格几乎完全相反，但似乎有一点相同：他们自尊心都非常强，都要让自己至少在某一个层面上做得很好。尽管两人都非常优秀，"在比较年轻的时候就已成为皇家学会的成员"，但"他们知道，他们绝不可能在纯科学上取得高水平的成功"，"这就决定了一切"。

战争爆发后，两人都从纯科学领域中溜出来，蒂泽德成为政府聘用的最高级别的科学顾问，林德曼却成为丘吉尔的私人顾问，两人之间多年的友谊逐渐消失殆尽，"一定存在着一种我们现在再也不可能弄清楚的、早就潜伏下来的深仇和怨恨"。这也导致了他们之间的两次冲突，在有关雷达抉择和空中轰炸问题上相互对峙和攻讦，并在很大程度上影响了政府的决策，留下一个"如此明显又如此令人啼笑皆非的教训"是，"封闭的政治的结果可能和公开的政治的结果恰恰相反。这是这种在封闭的政治中所采用的方式所具有的一种特色，也是作出秘密抉择的方式的一种特色。大概对蒂泽德最初作出的关于雷达的抉择有所了解的人不会超过一百人，对此起了实质性作用的人不会超过二十人，而最后作出抉择的人不过五六人"。

对于这两位科学顾问蒂泽德和林德曼在第二次世界大战期间英国政府的高层决策中所扮演的角色与所起的作用，以及他们各自为争取政府首脑人物的支持而互相攻讦的事例，斯诺作了详细的分析和评价，以此说明了封闭政治的决策过程、机制和特征，并将其概括为三种形式：委员会政治、等级政治和宫廷政治。斯诺认为，在封闭政治中，这三种形式常常相互交织和作用，从一种形式转变为另外一种形式。人们为了实现一定的目的，必定会采取三种形式中的一种。

据此，斯诺提出一个发人深省的问题：我们能否找到一种最为合理的决策方式？怎样才能防止这种情况可能导致的难以挽回的危险呢？然而，答案却是否定的。尽管，斯诺也提出了一些尽量避免危险的措施，如为防止决策权的高度集中，斯诺主张让科学家活跃于政府的所有层面，以增加有秘密决策权的人数和"预见能力"；建立一个目标清楚、"拥有行动权力"的委员会，"至少，它需要有视察和追询的权力"。否则它将有名无实。但这些，不过是一些改变决策层形象的表面措施，似乎无法从根本上解决这种不合理决策形式的弊病。

斯诺的这篇演讲在当年曾经引起十分强烈的反响，促使人们对一度鲜为人知的政府决策过程进行思索，更被誉为科学社会学中最有价值的思想之一。如果说，斯诺的巨大声誉是由里德演讲带来的，那么，他的思想价值更多地则体现在哈佛的演讲上。而实际上，说到底，"斯诺的公开宣言和小说作品都表明，他真正感兴趣的不是公众辨认，而是房门里面的事：他一直在设想'两种文化'的命题怎样去影响一小撮政治家及其顾问们的决策"，全面实现工业化，以缩小贫富差距而实现世界大同。

可惜的是，今天，我们在谈起、纪念斯诺时，总是不厌其烦地重复他在剑桥发出的声音，而忘记，至少是忽略了他在哈佛大学的演讲；我们总是一遍一遍地，乃至有些习惯性地描述着"两种文化"在科学界、文学界、教育界等方面引起轩然大波，而忽略了这个命题中斯诺更为关心的另一个重要内容：科学在政治中的地位以及对决策的影响，这才是"斯诺命题"中最核心、最紧要、更具有全球性的问题，也更具有现实意义的问题。

1968年，斯诺在距离温斯顿·丘吉尔发表其著名的"铁幕"演说的地点极近的一个地方，发表了他的最后一次公众演讲。他说："人们听到年轻人在问：走向何方？"斯诺如是说，他想用最简单的词语给出答案，这就是"和平，富足，地球上没有过剩的人口。这就是方向"。而斯诺指望，他提出"两种文化"的问题，能对实现这些目标作出贡献。

三

在第二次世界大战原子弹悲剧中，无论科学家的主观意愿和客观成就如何，作为帮凶，他们似乎都难辞其咎。1939 年德国化学家哈恩发现核裂变现象，为人类开发利用核能提供了基础。哈恩的这一发现，也促使爱因斯坦致信美国总统罗斯福，提醒他纳粹可能制造铀炸弹，并敦促美国政府研究原子弹，以对付德国纳粹。不过，美国成功研制原子弹后，并没有用来对付纳粹德国，而是投向了日本的广岛和长崎。奥地利作家容克在其 1956 年出版的《比千万个太阳还要光亮——核研究者的命运》一书中指出：第二次世界大战爆发时，政治家对核武器没有任何概念，当时世界上只有爱因斯坦、海森伯格、哈恩等 12 位科学家掌握有关核裂变的知识，这批物理学家本来可以避免被政客利用制造核武器，但是他们并没有这样做。他们试图依靠政府的力量，来推动核裂变的研究。

斯诺的这篇有关科学决策民主化、科学化的演讲《科学与政府》，主要也是对此而言。他在开篇后旋即指明，当我说"发达的工业社会"的时候，我首先想到的是我最感兴趣的三个国家——美国、苏联和英国。而当我说"最根本的选择"的时候，我指的是那些在最原始的意义上决定我们生死存亡的选择。例如，在 1940 年和 1941 年英国和美国率先从事核裂变原子弹研究的选择，以及 1945 年当原子弹制造出的时候，是否使用它的选择；还有在 40 年代后期美国和苏联制造氢弹的选择，以及关于制造洲际导弹的选择，这一次选择在美国和苏联导致了不同的结果。为此，斯诺一再提醒，在科学政策的决策方面，不应让个别科学家有过大的决策权，以期免遭这种人对同行的压制和对政府的操纵。

在逐渐远离原子弹和战争阴影、政治越来越务实的今天，蒂泽德和林德曼等个别科学家影响政府决策的故事，斯诺的提醒和告诫对生于和平年代的我们来说，似乎有些危言耸听或匪夷所思。不过，斯诺也提醒道："对于那些不是旨在破坏的一系列选择，也有同样的问题。例如，关系到人民身体健康的那些最重要的选择，也是由少数人秘密地以合法的形式作出的。一般说来，作出这些选择的人不可能深刻地理解做出这些选择的根据。"

如从这个角度观察，就会发现，随着如今学科与专业的日益细化，斯诺指出的这个问题不仅没有消失，反而更加明显。实际上，在"过去30年政治方面的经验里，最突出的是封闭政治的缺点，而不是其优点"（《两种文化·导言》）。如1997年，哈佛大学生物学教授爱德华·威尔森（Edward O. Wilson）在其名著《知识的统一》（*Consilience: The Unity of Knowledge*）中指出，尽管美国国会通过的议案有一半涉及科学技术，但几乎没有议员受过自然科学方面的训练。公共知识分子、专栏作家、媒体记者、思想库专家等群体的知识背景也有这样的现象。直到目前这种情况几无改变。

如何消除科学文化与人文文化之间的隔阂与鸿沟，避免由此产生的恶果呢？在《两种文化》1963年第二版中，斯诺添加了一篇名为《两种文化：一次回眸》（*The Two Cultures: A Second Look*）的短文，文中他乐观地提出了一种新文化——第三种文化[1]，这种文化正在浮现并弥合人文知识分子与科学家之间的沟通鸿沟，使得两者之间的隔阂最终得到缓和。斯诺承认，两种文化的划分，忽略了社会科学的存在，他举了来自社会历史、社会学、人口学、政治科学、经济科学、行政管

---

[1] 斯诺提出的"第三种文化"的概念与美国约翰·布罗克曼（J. Brockman）在其《第三种文化：洞察世界的新途径》（1964）中专门阐释的"第三种文化"概念是不同的。斯诺的第三种文化是两种文化冲突融合中产生的新文化，而在布罗克曼看来，所谓第三种文化，不是科学家与文学家、艺术家之间的沟通，而是科学家与大众直接的交流，他提出的第三种文化仍然属于科学文化。

理学、心理学、医学等各个领域的知识分子，在"两种文化"讨论中表现出来的沟通自然科学家和人文学者的某些共同的意向，他认为这些社会科学家们是能够形成"第三种文化"，以弥补"两种文化"之间的鸿沟。

斯蒂芬·科里尼在指出如今学科内部日益细化的同时，也指出学科之间出现了形形色色的综合性探索，"但在某种意义上，两者其实是同一方向的"，"除了'两种文化'的说法外，事实上，人们也不妨说有202种文化，或只有一种文化"。

那么，随着社会科学的发展和各种交叉学科或是综合性学科的出现，两种文化之间的鸿沟是否就减小了呢？答案似乎是否定的。

我们先不妨看下，我们所信赖的"作出选择的根据"——科学，有时是多么不可信赖，而我们却又如此迷信和轻信。

在斯诺的"两种文化"引起的长达半个世纪的科学与人文的论战中，最有趣的一次莫过于"索卡尔事件"。1994年，针对当时后现代主义中的反科学思潮的泛滥，美国的两位科学家生物学家格罗斯和数学家莱维特合写了一本书，叫《高级迷信》，公开回应当时出现的对现代科学的"蓄意诋毁"。1996年，纽约大学的量子物理学家艾伦·索卡尔（Alan Sokal）在看到这本书后，引起共鸣，于是动笔写了一篇长达20多页并附有109条详细注释（长达17页）和217篇出处无误的参考文献（长达18页）的洋洋大文《跨越界线：走向量子引力的超形式的解释学》，投寄给在美国批评理论方面的一流杂志《社会文本》（Social Text）。该文发表不到一个月，索卡尔在《大众语言》上发表另一篇文章《曝光：一个物理学家的文化研究实验》，称上文是一篇"诈文"，里面充满诸多常识性的科学错误，旨在检验和批评后现代科学文化思潮中盛行的那种虚假和浮夸之风、漫无边际的胡说以及对科学形象的任意扭曲。索卡尔的恶作剧很快刊登在《纽约时报》、《国际先驱论坛报》、《世界报》以及许多其他报纸的头条，并轰动一时，拉开一场"科学与反科学"的大论战，"'两种文化'在心态上可能比过去五十年任何时候还要分隔"（索卡尔语）。

索卡尔的这个恶作剧，虽然暴露了人文学者对科学的无知和随意曲解，却也让人突然警醒：谁能帮我们分辨我们所崇拜的，赖以作出决策的科学的科学性与真伪性？我们对科学的认识是："取决于对外在的实在的认识，还是完全由政治、文化、社会等因素建构而成的一种结果？我们承认科学与社会、人文之间是相互作用的，但这种相互作用和影响的程度或范围到底有多大？社会因素能否深入到科学内部，成为建构科学理论的重要因素？"[1]

不过，更让人心惊肉跳的警醒是：索卡尔若是认真的或是别有用心，其后果会是什么呢？在我们所迷信的科学家中，有多少会是"骗子索卡尔"呢？在如今我们被告之经科学检验证明过的东西中（如奶粉、药品、食品、饮用水），有多少是值得信赖的？更为可怕的是，在我们认为是科学的决策中（如某些浩大的工程、建设和科学报告）等，有多少是进行着的合法犯罪呢？

此时，我们似乎只能依赖斯诺所频繁使用的"道德"两个字，因为他确信，科学家群体比"文学知识分子"群体有更多的"道德健康"，"科学文化能赋予我们的最大财富是一种道德的文化"。

而此时，斯诺49年前在哈佛发出的声音越发显得遥远而又尖锐，他说：当你想起人类悠久而又黑暗的历史之时，你会发现可怕的犯罪出于服从之名远远多于出于背叛之名的犯罪。

---

[1] 王善博，《引发"索卡尔事件"的三重文化背景》，《理论学刊》，2005年11期。

薄暮中的格萨尔王

一

　　从海拔约 500 米的成都平原到约 4000 米的阿须草原，属于地理上的褶皱带，二郎山、折多山、海子山、雀儿山等高山雄立其中，大渡河、岷江、雅砻江、金沙江等大江穿行其间，若从空中看去便犹如一架巨大天阶西北倾，一直伸向那古老而神秘的青藏高原之巅。当我们翻过海子山，沿着雅砻江逆流而行，到达阿须乡时，已是第三天午后。阿须，藏语意为富庶之地，不过，与有着"新龙门客栈"之称的玛尼干戈相比，处于阿须草原腹地的阿须乡更为落寞，虽然有路，但只能自驾或搭车而进。若是在离此 120 公里的玛尼干戈搭车，常常三四天都等不到一辆车。此时，与其幻想出现一匹格萨尔王的骏马将你带入阿须草原，不如研究一下数十年前的教书先生任乃强是如何数次到达此地的。

　　1929 年初夏，"自束发受书，偏嗜地理"的任乃强辞去南充教职，接受当时在川康边防指挥部任职的同学胡子昂的邀请，首赴康藏地区进行考察。在途经瞻对（今甘孜州新龙县）时，与当地一位土司的女儿结成秦晋之好，在这场七天七夜的浪漫婚礼上，他第一次听到了屡闻不止的草地"蛮三国"，"时读散文，时而韵语讴唱，颇似内地的弹词"。1930 年，他将记录下的这段"蛮三国"以及介绍文字刊登在当时的《四川日报》副刊上，从此揭开了在雪域高原传唱上千年之久的《格萨尔》的面纱。

1943 年，受华西大学之聘，兼任华西大学边疆研究所研究员的任乃强，第三次赴康北考察，再次来到此地。这次，他看到了《德格土司世谱》和《林葱土司家谱》，发现了林葱土司家珍藏的《格萨尔》手抄本与木刻本，在对林葱土司家族和汉藏史料进行深入研究后，得出"余考格萨尔，确为林葱土司之先祖"的结论，并考证出："唐末吐蕃崩溃，各部复自独立，或拥法诸酋中，格萨尔最著烈。其生当北宋初期，其所建国，当今邓柯、德格、石渠三县地。势力盛时，似曾统一理塘、昌都、玉树二十五族，与康、道、炉、甘等县地，足以传承吐蕃正统之乌斯藏比肩。"格萨尔死后无嗣，由其养子继承岭国王位，是为林葱土司之始。其在宋代版图尚宽。元代建置土司，明代尚为康北第一土司。"转入清代，德格勃兴，林国衰弱，降为林葱安抚司。今林葱官寨尚保存明清两代印信号纸与诰命。"

为纪念先祖，林葱土司翁青曲加执政期间，即公元 1790 年左右，在格萨尔诞生处建立神殿一座以祀，即格萨尔神庙。"殿中供奉有格萨尔遗物甚多，清代末大部分古物被青海一喇嘛运至青海香达纳隆庆土司处，故神殿中仅剩格萨尔常用之军器及象牙印章等物"以及精美的壁画。

如今的阿须乡驻地在岔岔寺边，在依山而建的岔岔寺脚下的一处月牙形的草滩上，我们见到了那座出名却不起眼的格萨尔神庙——格萨尔诞生时，其母果萨撑帐篷之地。"两水交汇潺潺响，两岩相对如箭羽，两个草坪如铺毡。前山大鹏如凝布窝，后山青岩碧玉峰，左山如同母虎吼，左山矛峰是红岩。"此处的地形特征依然与史诗中"英雄诞生"中传唱的一模一样。然而，山形依旧，物却已非。走进小庙，才知任乃强当年看到的那座保存完好的格萨尔神庙，已在十年浩劫中成为废墟。如今，我们看到的是 1999 年在神庙旧址上按原貌重新修建的岭·格萨尔纪念堂。堂内正中塑有岭·格萨尔乘坐骏马的巨像，环绕他的是 13 种威尔玛战神以及岭国大佛、将士、女士等 100 余尊塑像。

二

　　在藏区，有着这么一句谚语："每个黑头藏民口中都有一部《格萨尔》。"民间艺人说唱《格萨尔》时，常用三句话来概括史诗的全部内容："上方天界遣使下凡，中间世上各种纷争，下面地狱完成业果。"传说中，格萨尔王为神子推巴噶瓦转世，自诞生之日起，便开始为民除害，16 岁赛马称王后，率领岭国 30 员大将，南征北战，降伏妖魔，建立了强大的岭国。其完成使命后，又闯入地狱拯救母亲以及一切受苦受难的众生，然后与母亲、爱妃一起重返天界，而他的故事则留在了每一个岭国人的口中，千年不衰，这才演绎出如今这部 150 多万诗行、1500 多万字的史诗，并逐渐流传于蒙古族、土族、裕固族、撒拉族、普米族、纳西族、白族、傈僳族、羌族等各个民族之间，产生了北方格萨尔、突厥格萨尔、格斯尔可汗、江格尔、昌·格萨尔、霍尔·格萨尔、朱古·格萨尔、阿尼·格萨尔等与之血脉相连而又各具特色的英雄格萨尔，甚至还出现罗马·格萨尔（即"恺撒大帝"）、汉·格萨尔（"关圣帝"）的说法。

　　据说"文革"前，在格萨尔神庙窄窄的净面上，仍贴有一副用红色土纸、黑墨正楷写的汉字对联："师卧龙将子龙偃月青龙，兄玄德弟翼德威镇孟德。"这副关帝庙中常见的联句，似乎仍将《格萨尔》误认为是"汉三国"的藏版，将格萨尔当作是"关圣帝"。

　　而最初西方世界对《格萨尔》的了解却是通过蒙古《格斯尔》的接触获得的。崇祯三年（1630），有人根据一个青海《格萨尔》说唱艺人的叙述，把部分内容译为蒙文版的《英雄格斯尔可汗》，于清朝康熙五十五年（1716）在北京出版，共 7 章计 177 页。这是《格萨尔》首次用文本形式刻印出来。1772 年，西伯利亚旅行家帕拉斯（P. S. Pallas）在麦马钦搜集到最初的《格斯尔》资料，并带回欧洲，在 1776 年出版的《蒙古历史文献的收集》（圣彼得堡版）一书中，他首次向世界介绍了这部史诗，论述了它的演唱形式及其有关的经文，并对主人公格萨尔作了评述。1836 年，俄国学者雅科夫·施密德（I. J. Schmidt）用活字版刊印了这个蒙文本，后又译成德文，于 1839 年在圣彼得堡出版。这是《格萨尔》在西方世界的最早出现。此后，不断有西方学者来到康藏地区寻找格萨尔。1946 年至 1949 年，时为巴黎大学教授的石泰安（R. A. Stein），受远东学院派遣深入到德格、邓柯等一带考察，得到了各种版本的《格萨尔》，其中包括一部三章本《格萨尔》木刻本，他根据藏文本逐字逐句翻译后于 1956 年在巴黎出版，题为《岭地喇嘛教版藏族格萨尔王译本》。这是第一个比较忠实于原文的国外译本。随后，他又接连出版三本研究著作，指出格萨尔的名字来源于古罗马的恺撒大帝，格萨尔是"罗马恺撒"的变音，"各民族史诗的英雄用相同的名字，在古代是一种普遍现象"，虽然"没有任何资料可以确切地说明，罗马恺撒的军威是怎样来到藏人中间的，从新疆这条通路似乎是可能的"。这种说法，在西方格学界仍颇有影响。

　　不过，在 18 世纪藏族学者松巴·益喜班觉尔看来，格萨尔却又是另一种形象。这位当时名闻全国、备受崇敬，曾被清乾隆皇帝多次亲自接见并封为"嘉那堪布"的大学者，在收到六世班禅白丹益喜两次去信询问《格萨尔王传》的有关问题后，一一作答，并写成专著《答问》之部，收入《松巴·益喜班觉尔全集》，藏于甘肃省拉卜楞寺。他在《关于格萨尔的答问》中说："所谓格萨尔的生地，是在德格左边、康地上部的林哇地区。此地名叫吉尼玛滚奇，格萨尔即生此地。""格萨尔降生为父亲森隆、母亲尕如的儿子。他生后不久，被其叔父晁同赶到黄河源头的扎陵湖、鄂陵湖及青海附近的拉隆玉朵地方。""格萨尔是一位武艺很高、机智勇敢的人，娶了梅萨绷姬和林加里的姑娘珠牡姬大小两房妻室。格萨尔的马叫做江郭叶瓦。""那时候，霍尔白帐王、黄帐王、黑帐王的匪军到了林哇地方，杀了格萨尔的祖父皆居谢尕和兄弟30人，掳走了叔父恰干和珠牡。珠牡被白帐王纳为王后。""格萨尔带了大批林哇军队来到牙才卡玛城，把铁链挂在城墙上，进入城里，杀了霍尔王和众多霍尔军。""以后格萨尔到邓部落去，被那里的猛犬追逐，马惊坠地，因而致死。"因此，他得出结论："格萨尔虽然实有其人，但《格萨尔王传》中的格萨尔，则是根据历史上的人物，而用了添枝加叶的渲染夸张，已经不是原来的真面目了。""格萨尔的故事，像汉族唐僧一样……是经过夸张和文学加工而成的。"

格萨尔究竟是传说，还是历史人物？格萨尔究竟有没有历史原型？至今格学界依然争论不休，尚无定论。不过，或如德国哲学家沃格林晚年所说："对我而言，学院哲学并不是真正的哲学；相反的，它们要求成为一种科学，那只不过是一个关于各种事情的讨论而已，讨论的内容根本不是关于我们存在的基本问题。"对于民间传唱格萨尔的百姓来说，无论格萨尔是历史还是传说，在他们心目中，格萨尔永远是那位骑在马背上、人神合一的狮子王，为他们带来安宁吉祥的英雄王。

2002年，德格县人民政府在岭·格萨尔纪念堂外开阔处，竖立起高达7米、重数余吨的格萨尔骑马征战铜像。神骏昂首扬鬃、刀剑辉映日月、英雄叱咤风云，在威风凛凛的格萨尔铜像前，一位满是沧桑却没有年轮的白发藏族老人，口诵真言，燃起桑烟，当香气浸透河滩时，我们依藏民习俗，手举哈达，举行了一个简短的祭拜仪式。接着，阿尼老人在格萨尔铜像前，为我们讲唱起千年的古老故事。

年近 70 岁的阿尼是目前四川藏区已知的最受欢迎的艺人。15 岁时，他梦见一位身穿白衣，骑着一匹白马，全副武装的格萨尔化身曼青热嘎（藏语音译，莲花生大师点化的名字），在梦中教授他说唱《格萨尔》的唱腔，便开始偷偷学唱《格萨尔》。在当时，他为此常常受到批斗。他的老师曾送给他一杆类似传说中格萨尔用过的九节马鞭，马鞭上挂着一个印有天然菩萨像的翡翠玉，与传说中格萨尔披过的铠甲片相似。他在给我们说唱时，手里依然握着那杆马鞭。说唱中的阿尼，并没有出现传说中如神附体的痴迷情形。在晃动的相机和猎奇的眼光下，他简短的说唱反而有些拘谨，眼中似乎总流露出一丝不自信与疑惑。

说唱完后，阿尼有些笨拙地为我们递上他的名片。明黄的名片上，用红字印着他的三个头衔："国家级代表性传承人"、"民间艺人格萨尔说唱家"、"藏族男高音歌唱家"。当我们表示钦佩时，阿尼的眼中掠过一丝得意。2003 年 9 月，坎坷一生的阿尼开始在德格县文化局上班，有了每月 300 元的固定收入，偶尔还有一点外出说唱时的演出收入，但大多时候属义务说唱。如今，阿尼的最大心愿就是把自己的 80 个唱腔传下去。目前，德格县文化局有一位汉族姑娘跟随他学习藏语，但阿尼希望他的孙女泽仁曲珍也能继承他的衣钵。阿尼的孙女虽对此有点兴趣，但似乎更崇拜从德格走出去的歌手亚东和台湾歌手阿杜。

在离开英雄诞生的这片草地时，淅淅沥沥的雨水又从天而降，一道彩虹出现，一头连接起草原，另一头伸向浩茫的天空。传说中，格萨尔王出现的时候，便有此景观。此时，已近黄昏，蓦然回首，那片草滩又恢复寂静，只有孤独的格萨尔王，独自伫立在阿须草原美丽而漫长的薄暮中。

三

在阿须乡,我们是在名字夸张得让我们不禁捧腹大笑的成都大饭店吃的饭,这似乎是当地唯一一家饭馆。老板骄傲地告诉我们,他最多的一次安排了近70人在里面同时用餐。不过,当我们一行近40人坐进这家小餐馆时,最外面一张桌子的脚已经伸到门外,最里面的桌子紧挨着灶台,若筷子再长一些,便可直接将锅里的菜夹进嘴里。晚餐时,当一位同伴在这个简陋的藏式小餐馆唱起韩红的《家乡》时,门外围着一圈看热闹抿着嘴笑的当地居民。一位身穿藏袍有些憨厚的中年妇人一直站在门口,脸上高原红纷飞,一只转经筒在她手上不停缓缓转动。

晚上,我们分别投宿在格萨尔王大酒店和一家新建的还未取名的客栈。格萨尔王大酒店,其实就是岔岔寺巴伽活佛的家,是一座典型的藏式家庭客栈。那天,我们没有见到巴伽活佛,因为他去成都看病了。在他那间在当地堪称豪华的会客厅中,我们见到了他的侄儿普雄。这是一个看上去几乎可以说非常"80后"的青年,帅气而开朗。他曾经到上海学习汉语,如今来往于北京与阿须之间,学习并兼做虫草生意。意外的是,我们还遇见一位在北京工作的上海姑娘余琼。傍晚和她一起走在阿须乡的小街上,不停有人与她打招呼,即便是骑在摩托车上飞驰而过的人影,也会为她留下一声被风拉长、只有她能懂的亲热叫声。为此,余琼颇为得意:"他们都奇怪我怎么什么人都认识,哈!"当然,搭车这样的难事,对她来说似乎是轻而易举的。而此时,她像活佛的家人一样,一边招呼我们,一边娴熟地做晚饭。"他们说我做的西红柿炒蛋好吃,所以我就给他们做这个。"她抬头笑着说。余琼很爱笑,笑容爽朗乐观自信,非常有感染力,这让我这位猎奇者的笑容变得虚弱与苍白,同时也让我迷恋和艳羡。

自 1999 年偶遇阿须后，十年来，余琼每年都会来这个地方，参与
或独立拍摄、撰写了《走进唐蕃古道》、《雪巴拉姆藏戏团》、《南派藏
医》和《回到德格》等康藏题材的纪录短片。晚饭后，余琼又给我们
介绍了她拍摄了十年、即将进入后期制作的纪录片《二十岁的夏天》。
片子记录了岔岔寺小喇嘛噶玛、民间画师多吉和刚通过藏医招工考试
的女孩觉安从十岁到二十岁的成长。噶玛是她第一次来草原时认识的，
"最初一直以为他是个女孩。当年他的一张黑白照上的笑容，着实打动
了我，于是每年回到草原我都会去看望他，看着他长大，小时候爱笑
的他如今已经变成一个冷峻而又庄严的小喇嘛。"噶玛也用 MP4 听迈克
尔·杰克逊的歌，他所在的岔岔寺并不排斥学英语和用电脑。"这三个
小孩儿特别坚持自己的传统文化，表面上看，外面的很多东西对我
们还是很有诱惑力的，但一细想，没什么可怕的。我们干吗要杞人
忧天呢？"

看完余琼纪录片的一些片段，夜还未深，我便被"护送"离开了
言笑晏晏的客厅，去另一家客栈住宿。因为阿须乡的野狗也名声在
外：白天不叫，晚上出来，且伤人。走在路上，才发现阿须乡停电，
只有两家客栈有灯光，都是自己发的电。与活佛家的格萨尔王大酒店
相比，这家还未取名的客栈少了一个让人留恋的客厅，只有一排客房，
每个房间三五个床铺。一个白色的陶瓷洗脸缸格格不入地绑在色彩艳
丽的藏式走廊中间，那是客栈唯一的盥洗处。穿着黑色藏服带着藏式
项链的女主人早早烧好了热水，只要有客人回房，便将热水提到洗脸
缸旁，站在一旁笑着看着你，未及开口，便及时递上热水或是冷水或
是洗脸盆。这让打小自己的事情自己做的我有些不自在，仰脸对她
说："你的项链真漂亮！"女主人依然只是看着我，抿着嘴笑。因为当
地的居民大多不懂汉语，那带着浅浅害羞与好奇的笑容，便是交流的
语言。

半夜 3 点，剧烈的高原反应让我起来，独自在月光下呕吐。抬头，望着亘古不变的星空与草原，又仿若进入一个没有历史的天荒地老的境地中，在那里，流逝的不是时间，而是我们自己。诗人昌耀的孤独一下将我击倒："静极——谁的叹嘘？/ 密西西比河此刻风雨，在那边攀缘而走。/ 地球这壁，一人无语独坐。"此时，我终于体会到他的《意义空白》：

> 有一天你发现自己不复分辨梦与非梦的界限。
>
> 有一天你发现生死与否自己同样活着。
>
> 有一天你发现所有的论辩都在捉着一个迷藏。
>
> 有一天你发现语言一经说出无异于自设陷阱。
>
> 有一天你发现道德箴言成了嵌银描金的玩具。
>
> 有一天你发现你的呐喊阒寂无声空做姿态。
>
> 有一天你发现你的担忧不幸言中万劫不复。
>
> 有一天你发现苦乐众生只证明一种精神存在。
>
> 有一天你发现千古人物在一个平面演示一台共时的戏剧。

四

不过，也正如诗人所警告的，"勿与诗人接触"，"在这些人冰凉的眼里，情感是危险的病毒"。从康定到道孚、炉霍、甘孜、德格一路走来，并不像诗人所说的那样，"所有的面孔都只是昨日的面孔，所有的时间都只是原有的时间"。恰恰相反，时间与历史流逝的痕迹清楚地在这里呈现，恰如正好也在康巴考察的台湾学者王明珂在他的寻羌田野笔记中所说："即使没有这次地震，灾前的羌族社会文化也将成为过去。我十余年的'寻羌'之旅所找到的并非传统，而是变迁。"

　　只是，当时代的巨浪翻滚上4000米的阿须草原时，似乎已是强弩之末，只来得及将一些最常见的东西撒落其间，便匆匆退去。在浪潮未逮之处，在那深藏在高原皱褶中的村庄中，时间似乎依然沦陷在历史某处。

　　虽然，巴伽活佛的吉普车、简陋藏式客栈中的彩电以及席梦思以及噶玛的MP4和电脑让我坦然对之，毫不惊讶。不过，当面对一个用仅会的汉语说着"钱、钱、钱"，不停向你乞讨的孩子；看到在泥泞路上踽踽独行的妇人搭上便车的感激笑颜，以及挂在墙上的北京留影所显示出的自豪；想到阿尼老人对其孙女前途的担忧以及簇拥在每个餐馆门口，守着一小袋菌菇的村民们的眼光时，诗人的浪漫与冥想似乎已成为浮士德式的精力过剩与矫情的心灵创伤，甚至让我觉得，用照相机对着他们以及他们的土地时，都成为苏珊·桑塔格所说的对他们的一种"占有"，一种比印刷品还要危险的东西。

　　在阿须草原，德格县文化局的一位工作人员，带我们参观完岭·格萨尔纪念堂后，指着院中的一块大石头，介绍说那是格萨尔曾经的拴马桩。接着，他又带我们看纪念堂不远处的一块并不奇特的大石头。据说格萨尔的母亲正是在这块石头上生下格萨尔的。当时，其母用力过大，将大石蹬裂，至今石头上留下两个深深的脚印。据介绍，单就甘孜州而言，有关格萨尔的遗迹就达数百处，如离岭·格萨尔纪念堂附近就还有格萨尔龙狮虎鹏宫遗址、贾察欧曲错宗遗址以及格萨尔王大将尼奔达雅的遗迹等；而在整个康区有关格萨尔的遗迹多达数千处，有关他的零星传说几乎比比皆是，随处可见。随意一块石头凹痕、一棵大树的疤痕、某座山峰的形状、一条河流的走向，似乎都有可能与格萨尔有关。这些零星的传说，反而让我感觉到格萨尔王的虚幻与远离，却又不忍说穿，只能是一笑而过。

　　在阿须乡成都大饭店吃饭的时候，我们得到一份宣传资料——一本又大又厚装帧精美的硬皮书《格萨尔文化在康北》，是"首届格萨尔暨康北文化旅游产业发展研讨会"的资料汇集，内容多是枯燥的论文、讲话和新闻报道。只有静心仔细阅读，才能在字里行间领略到格萨尔文化的魅力，如格萨尔绘画、唐卡、藏戏、舞蹈、雕塑等，以及有着藏族文明"活化石"之称的德格印经院。不过，在这本资料中，千年之前的英雄格萨尔王似乎成了文化旅游产业一个招牌而已，即便浓妆艳抹，也难以掩饰他的苍老与无力，犹如我们第二次与格萨尔的相逢。在返回甘孜县时，一位据说是神授的艺人在喧哗的饭厅里，为我们再次说唱起《格萨尔》。离开了草原，离开了故事的背景，老人在宾馆里的说唱更加难以吸引我们，似乎只是一个节目表演，其受欢迎的程度远远不及一位曾有幸踏上老毕的《星光大道》的孩子的演唱。那时，这位老人也远远站在一边欣赏台上的表演，身影落寞。

其实，一路上给我印象最深的不是格萨尔王的故事，而是时不时出现的泥石流造成的道路阻断，这让我们的行程远远大于计划的时间，几乎是披星戴月地赶路。最惊心动魄的一次是从道孚八美镇返回康定的路上。因道路阻断，我们在八美镇滞留了近6个小时，下午5点，才得以继续出发。然而一路都是滞行的车辆，只能逐段放行。行到事故点，我们不得不弃车步行，因为刚刚新修起的那段道路，无法承受过重的车辆，大卡车一律不能通行。待我们翻越山头，站在山顶，看着我们的中巴在不停的呼喊与牵引下，心惊胆战地驶过那段几乎不成路的山路时，掌声与欢呼声雷动山头。将近凌晨1点，我们终于越过折多山，回到了康定。当我们吃饱喝暖，躺在久违的床上时，不知仍有多少车辆滞留在那个荒芜的山头过夜。一直在前面开路的明可后来告诉我，那天晚上，他饿极了，于是在山头一个工棚里要了一碗白饭吃："哪里好意思吃人家的菜啊！只有一盘土豆丝，能分我一碗白饭已经很不容易了！"

　　这样的事情在这里似乎并不罕见。大约两年前，我独自来到八美镇，在返回途中，一场突如其来的大雪让翻越折多山的道路阻断将近一天一夜，直到第二天中午才慢慢放行。当时，我有幸搭乘上一辆成都驴友的中巴，走走停停向折多山顶驶去时，几乎每隔几步，便能看见一辆驶出路面的车辆。到达山顶时，在大雪中饿了一夜的路人，连我们师傅手中吃了一半的馒头也强讨而去。那一次，我们到达康定时已是下午6点，平时只需4个小时的路程，花了将近两倍的时间。在康定，一人匆匆吃完一碗龙抄手后，我们便马不停蹄地继续赶路，到达成都时，也是将近凌晨1点。

　　不过，这种让我感慨万分乃至大惊失色的事情，在那些康巴汉子看来，似乎是"万水千山只等闲"之事。在那些井然有序等待放行的康巴汉子的脸上，有着随遇而安的淡定与桀骜不驯的野性；在那些彻夜抢修道路维护交通的康巴汉子的身上，散发出强勇彪悍的血性与豪气冲天的干劲。此时，英雄格萨尔的征战马蹄声，在这粗犷恶劣的道路上，依然没有停止。只是为何，这场征战要持续千年之久？

　　或许，理解今人远比追悼古人痛楚！

一点常识

"眼睛在天堂，身体在地狱，灵魂在故乡。"一位刚从西藏回来的朋友在喜庆的饭桌上，用这句话幽默地概括她在西藏的感受，话音未落，集体喷饭。不错，这就是在高原的感觉，也应该是这种感觉——如果你有高原反应的话。然而似乎又隔了一层什么。到底是什么？我不知道。对于在百联又一城吃着日本料理的人来说，西藏，只能是一个形容词：神秘、圣洁、永恒，或是灵魂吧。那些藏在褶皱中的村庄和生活的人们，永远停留在历史的黑洞中。

8月在康藏旅行时，听同行人说台湾学者王明珂碰巧也在那里考察，但在一个县的面积就上万平方公里的甘孜，这种碰巧似乎并不意味着能有幸相逢。好在另一种相逢不会被时空阻挠。《寻羌——羌乡田野杂记》（以下简称《寻羌》）[1]几乎让我可以想见王明珂是如何穿行在那片高原的褶皱中的。

1994年，获得哈佛大学博士学位并在驰名国际学界之历史语言研究所获得终身聘职的王明珂，首次踏上大陆土地，"由北京到西安、西

[1]　王明珂，《寻羌——羌乡田野杂记》，中华书局，2009年。

宁，一路上造访各地考古与民族研究机构，到处递出我印着'哈佛大学博士'的名片，卖弄着我在西方苦读有成的学问。直到一天，我来到四川阿坝藏族羌族自治州的汶川，见到我硕士、博士论文中的研究主题——羌族……"至此，他的学术生涯发生了"令人振奋的转变"，"面对真实的羌族，我觉得自己对人、社会、民族、历史等的知识贫乏得可笑。于是此后到2003年，这10年间（除了1999年我身在美国），我每年都在羌族地区住上一两个月，在真实的'人'与'社会'面前从头做一个学生，重新寻找古代羌人与今之羌族"。《寻羌》便是他十几年寻羌之旅的见闻记录，介绍了生活在深山沟寨中羌村民众的生活与沟中文化和传说的点点滴滴。

汶川大地震之时，王明珂《羌在藏汉之间——川西羌族的历史人类学研究》[1]的出版，无意中让这本学术名著带上一份悲情和纪念。作为这部著作的副产品的《寻羌》，虽少了学术上深刻，但却更为有血有肉，更让人欷歔感慨——它打开了那些似乎永恒的黑洞，将那些藏在山沟褶皱中的秘密生动而真实地展示出来。"这不只为了纪念一些骤然消逝的过去，而更希望借着它来呈现羌族的独特之处——它们如一面诚实的镜子，映照着人们难以察觉的自我本相。"

因此，与《羌在藏汉之间》相比，这本《寻羌》无疑更适合我这个外行阅读，也更能纠正猎奇者我的一点错觉，或自我陶醉，或自我欺骗。诚如王明珂在后记中所说："即使没有这次地震，灾前的羌族社会文化也将成为过去。我十余年的'寻羌'之旅所找到的并非传统，而是变迁。""事实上，我从羌族那儿受到再教育：没有一个典型的羌族村落，没有一种各地羌族能用来彼此沟通的羌语，也没有一种共同的羌族文化。羌族似乎以一种幽默的方式，嘲弄着那些刻板学术方法

---

[1]　王明珂，《羌在藏汉之间——川西羌族的历史人类学研究》，中华书局，2008年。

与知识的虚妄。"

虽然，对于我来说，这种变迁和幽默有些让我不知所措，甚至有些失望和尴尬，但我得承认，王明珂老师的话绝对正确。

《寻羌》中记录了民国初期学者黎光明的一段田野考察笔记：

> 杨喇嘛是瘦瘦的一个身体中平的人，口下倒栽着一股花白胡子。他名慈争顿真，但是他已经讲究到使用名片，右方还题着"松潘灵宝寺喇嘛"。他递名片给我们的时候，解释道："林波寺要翻作灵宝寺才恰当，因为壬烹（林波）原是宝贝的意思。"马大爷却很不满意他公然把喇嘛二字印在名片上，因为"他哪里进过藏来？怎么配称喇嘛？不过一般人抬举他，称呼他喇嘛就是了"，这是马大爷早就对我们谈过的。

> 我们把我们的名片递给杨喇嘛以后，他在袋中掏出一支铅笔，在我们的名字旁边注上西番音；同时，马大爷向我们努一努嘴，使个眼色，意思是："瞧！这怪物公然玩这般讲究！"杨喇嘛既知道孙中山，并且听说过有蒋介石，但不知有南京也。更可惜的是他问我们道："三民主义和中华民国到底谁个的本事大？"

对此，王明珂说道：这段文字虽充满戏谑，但当时这位喇嘛的作为与黎光明的偏见均跃然纸上。为何那时以为松潘的喇嘛知道使用名片——某种新事物——是可笑的事？以我自己来说，为何当牟尼沟一位年轻喇嘛在接待我时不停地接手机，这样的举止也让我觉得荒谬可笑？或许这是因为，我们对"少数民族"、"边疆"的认识都被一些刻板知识所塑造——他们是边远落伍之人，因此应该与一些新事物不相称，他们又是我们同胞，所以对一些新事物该有常识。

不过，对于黎光明这位历史语言研究所最早期的研究人员之一在

20 世纪 20 年代末 30 年代初完成的，被认为"学术价值不高"而被尘封 74 年未出版的《川康民俗调查报告》手稿[1]，哈佛大学毕业的王明珂却给予了高度的评价，因为，"对于早已熟悉充满拗口的学术词汇、艰涩的西方理论以及故示客观之人类学论文的我来说，黎光明田野杂记式的报告却是十分清新可人。他从不隐瞒自己的主观偏见，更难得的是在那年头，他可能未曾听过'社会结构'，因此他不会以社会结构、模式来忽略个人。相反的，在他文中每个大小人物都活跃纸上"。"我读过许多中国近代史专著，熟悉大小史事及其前因后果，但没有哪一本著作如黎光明的报告那样给我一种身在历史中的'感觉'。我也读过许多人类学著作，它们中也没有一本如黎光明的报告那样能有血有肉地描述'人'，包括文中不经意流露的他'自己'，而让我感觉身在当时社会之中。"

或许，用王明珂的这些话来评价他自己的田野笔记有些不太适合，但我也找不到更适合的话。我想，如果想亲身感受羌人和他们的山寨，最偷懒也最理想的方法就是读这本笔记吧。

而对于在这本田野考察笔记中有些突兀的陌生的黎光明，王明珂还花了不少文字介绍和感慨：

> 黎光明离开史语所后，有几年从事教育工作，后来便投身于军政——这才是他以及他周边的朋友所热衷的革命事业。年轻时黎光明曾与一帮朋友从事反军阀学潮，因此被大学开除，而后他们大都进入黄埔军校。黎光明则因信奉伊斯兰教，难以适应军中生活，所以转入中山大学，毕业后进入历史语言研究所。因此，

[1]　该手稿后由王明珂编校出版，见黎光明、王元辉，《川西民俗调查记录 1929》，王明珂编校、导读，台湾"中央研究院"历史语言研究所，2004 年。

他身边尽是整天谈革命的朋友。1929年与他一同到汶川、松潘考察的王元辉，便是这样一个黄埔军校出身的革命青年。20世纪40年代的先头几年，王元辉被国民政府任命为十六区行政督察区专员，负责整顿川康边区军政民政，铲除鸦片是他最主要的任务之一。他的革命同志，黎光明、汪一能，也在这几年分任靖化（今川西金川）与松潘县长。

1942年，王元辉率军铲烟，在懋功（今川西小金）被护烟的会匪、村寨兵勇围困在县城内，赖地方势力出面斡旋才得脱身。1943年，汪一能在松潘铲烟，在安顺关附近被会匪及村寨民兵俘虏，受尽凌虐而死。1946年3月，黎光明刚上任靖化县长才两个月，便设宴伏杀当地掌握鸦片买卖的袍哥头子杜铁樵。以当时的局势来说，黎光明此举几乎是杀身成仁。袍哥武装党徒当晚便围攻县府，次日，县府被攻下，黎光明受害并遭到曝尸之辱。

读到这些资料时，我想起毛老师的父亲杜杰曾对我说"吃万恶肉"的故事。他说，小时候曾听得大人说，那时松潘有个县长"汪万恶"，到处铲除没收村寨百姓种的鸦片。后来有一天，消息传到热务沟里，说是在安顺关那儿抓到了汪万恶，沟中老少都奔到外头看热闹。他说，汪万恶是个胖子，他死了后还有许多人去抢着挖"万恶肉"吃。近五年来，我多次打金川过。金川也就是黎光明死于其县长任上的靖化。我想起汪一能，想起黎光明及王元辉。我想起1928年历史语言研究所所长傅斯年致电滞留成都的黎光明，催促他赶紧到岷江上游去做调查，并要他"少群居侈谈政治大事"——又仿佛见到在成都的茶坊里，这一帮青年热切地谈论国事。谁料得到，最后他们多以生命来说明"莫道书生空议论，头颅掷处血斑斑"。望着金川街上熙熙攘攘的人，我想，谁还记得黎光明？这儿的人又是怎么说他呢？

本着八卦精神，在对黎光明以及当时的西康进行强劲搜索后，我还找到一本同样有趣的书：任乃强的《西康图经》。

1921年，接受"五四"新文化洗礼的任乃强从北京回到家乡南充，协助张澜搞地方自治，建立了四川第一所现代中学——南充中学。1928年，在南充中学教授四川乡土史的任乃强出版了《四川史地》一书。由于该书是近代第一部全面研究四川历史地理沿革的著作，出版后影响颇大。当时，川康边防指挥部的胡子昂处长正受川康边防总指挥刘文辉之命，邀请专家考察康区，以备开发。见到此书后，他当即致函请同学任乃强入康考察，任欣然前往。

1929年初夏到1930年孟春，"自束发受书，偏嗜地理"的任乃强辞去南充教职，首赴康藏地区进行考察，先后考察了泸定、康定、丹巴、道孚、炉霍、甘孜等11个县，"周历城乡，穷其究竟。无论政治、军事、经济、宗教、民俗、山川风物，以至委巷琐屑鄙俚之事，皆记录之"（《西康图经·自记》）。到返川时，记录了数十万字的第一手资料。他将其整理成文，分为7类，共300条，取名为《西康诡异录》，从1930年5月起陆续在当时的《四川日报》副刊上登载，其中最著名的是关于《格萨尔王传》的两篇文字。这其中还藏着一段佳话。

在途经瞻对（今甘孜州新龙县）时，任乃强深感当地文化之魅力，停留达三个月之久。他发现康人有着"内地汉人不及的四种美德，即仁爱、节俭、从容、有礼"，在闻知当地甲日土司夺吉郎加有三位美且慧的女儿后，便请人做媒上门提亲。夺吉郎加将唯一待嫁的女儿罗珠青措许之。

婚礼按藏汉两种习俗举行，前7天在官寨按藏俗举行，后3天在县府按汉俗举行。婚礼期间除举行赛马、跳锅庄外，每天傍晚，人们都聚集在寨廊上，如痴如醉地听新娘的大姐却梅卓玛说唱草地的"蛮三国"，"时读散文，时而韵语讴唱，颇似内地的弹词"。在新娘的协助下，任乃强边听边记，并翻译成韵体汉文，才知"所载尽仙佛故事，与三国演义无涉"。返川后，他将记录下的这段"蛮三国"及其介绍文字刊登在当时的《四川日报》副刊上，成为最早以汉文译介《格萨尔》文字，也让这段汉藏联姻的佳话平添几分浪漫。

　　返川后，在妻子的帮助下，任乃强陆续撰成《西康图经》（新亚细亚学会出版，民国二十二年十月初版）"境域篇"、"地文篇"、"民俗篇"三卷。此书发表后曾在国内外引起广泛重视，推动了全国藏学研究，被誉为"边地最良之新志"，"开康藏研究之先河"。虽然任乃强的《西康图经》获得的学术地位和赞誉与黎光明尘封的手稿相比有天壤之别，不过，两者却有一个共同的特点，那就是生动有趣，既可以当学术著作看，也可以当作游记来读，仿若能回到那个年代的康巴。美中不足的是，我看到的是1932年初版的影印本，这次是身体在天堂，眼睛在地狱了。

瞧呀，一些人

罗塞特：美国自由出版的"守望者"

　　如果你是一位生活在 20 世纪 60 年代的美国文青，想引起一位穿着黑色高翻领毛衣、抽着香烟、眼睛里充满对灵魂的渴望的姑娘的注意，最好的办法莫过于在房间里放上一摞格罗夫出版的书，如贝克特、尤奈斯库、格里耶、米勒、金斯堡、凯鲁亚克、切·格瓦拉、马尔科姆·X 等。这些书不一定非得要读，但一定要显而易见。

2012 年 2 月 21 日，被视为 20 世纪美国最有影响、最危险的出版家巴尼·罗塞特（Barney Rosset）去世，《纽约时报》一篇文章如此怀念道。从法国的荒诞派戏剧到先锋派小说家，从垮掉派诗人到黑人抗议文学，从贝克特到大江健三郎，从情色文学到革命文学，罗塞特的格罗夫出版社与《常青评论》不仅是"60 年代文化革命的一个中心"，更是当时革命文艺青年必不可少的"装备"之一。

一

作为 60 年代文化革命一个中心的"中心"，罗塞特无疑是那群放浪形骸、"反抗一切"的中产阶级孩子们的先锋与代表之一。虽然他与凯鲁亚克同龄，不过与出身贫寒的凯鲁亚克不同的是，罗塞特 1922 年 5 月出生于芝加哥一个中产阶级家庭，独子。父亲是银行家，思想保守，却把罗塞特送进当时一所思想极其自由的学校——弗兰西斯·W. 帕克学校（Francis W. Parker School）。这所学校如此激进，"老师甚至会安排学生互相睡觉"。在那里，罗塞特度过了他称之为"最幸福的 17 岁"：班长、橄榄球明星、田径赛州纪录保持者、学校最漂亮女生的男朋友。此外，他还出版了一本油印杂志《反对一切》，参加了左翼性质的美国学生联盟——罗塞特的一生似乎可以从这里得到解释。

1940 年，罗塞特成为斯沃斯莫尔学院（Swarthmore College）的一名新生，"我之所以选中它，主要是因为当时那个到处招生的人在西班牙内战时是个救护车司机"。正是在这里，他发现了亨利·米勒——在一家书店他买到了米勒 1934 年在巴黎出版的一本禁书《北回归线》，"在学校的英语课上当然不可能发现"。米勒小说中的异化感与他一拍即合。"里面的性描写并没有打动我，真正吸引我的是小说里米勒的反美国情感。他生活在这个国家不幸福，他有一种天生追问为什么的才能。"于是，他的新生英语论文便以《北回归线》和米勒的另一本书《空调噩梦》为主题，"我的论文充满反美的情调，说的都是为什么我们生活在这个讨厌的国家。我的教授认为我和米勒都充满偏见"，最后罗塞特的论文得了一个"B–"。

在读了《北回归线》之后，罗塞特决定离开让他"感到厌恶和绝望"的斯沃斯莫尔学院去墨西哥，过一种波西米亚式的生活。不过，4 个星期后，身无分文的罗塞特仅仅到了佛罗里达州之后便不得不返回学校。按校规，任何课旷课两节就挂了，史无前例的罗塞特只好去面见系主任，虽然系主任不计前嫌对他说："让我们假装没有这件事。"但罗塞特依然对学校毫无好感。新学期开始，他转学去了芝加哥大学，仅仅3个月后又转学去了加州大学洛杉矶分校。几个月后的1942年他应征入伍，成为通信兵部队摄影部里的一位陆军少尉。服役期间，他还被派往来到中国昆明。在看了斯诺的《西行漫记》之后，他对延安和毛泽东充满向往，而"此时中国的中央政府充斥着我所见过的最庞大的一群贪污者和恶棍"。

第二次世界大战结束后，罗塞特又回到芝加哥大学学习，同时还加入芝加哥共产党。当时，芝加哥共产党"要求每一个党员一个星期卖五十份《工人日报》。我拿到我的那份就扔进垃圾桶。因为我没有勇气穿梭在芝加哥南边，向那些黑人卖这些报纸，所以我就直接扔了"。不过，罗塞特依然被评为最佳销售员，因为他自己掏腰包把自己的那份全买了。"一份报纸5分钱。便宜！"

此时，富家子弟罗塞特还动用了家里25万美元拍了一部纪录片《奇怪的胜利》(Strange Victory)，反映的是第二次世界大战退伍军人中黑人所受到的歧视，但影片几乎没有任何反响。于是，1948年，罗塞特和他的高中同学、后来著名的抽象表现主义画家琼·米切尔（Joan Mitchell）一起去捷克斯洛伐克放映影片。他俩对当时的捷克共产党和社会主义充满好奇，然而在那里所看到的一切让他们感到厌恶，"到处都是严格的控制。我们什么也没有说，像逃出地狱似的逃去了法国，在那里我们又变成了堕落的资产阶级懒鬼"。在法国，罗塞特与琼结婚，接着两人又回到纽约。琼成为格林威治村里的一位画家，而罗塞特又去纽约新学校攻读文学，并在1952年拿到了自己的第二个学士学位。

少年时期的罗塞特，几乎可以说是塞林格《麦田里的守望者》的霍尔顿的现实版，叛逆颓废却又充满理想。幸亏家中有足够的钱供他苦闷，才不至于像凯鲁亚克最终沉溺于酒精，反而不小心闯出一番大事业，成为自由出版作家的守望者。

二

　　"要破产，做出版"，这似乎是一条放之四海而皆准的真理。即便是后来成为出版大鳄的罗塞特也如此说："如果你想做出版，你首先应该继承有一大笔财产，如果没有，那你就应该和一个非常有钱的女孩结婚。最好是两者兼有，如果你一个都没有，那就不要做出版。美国一些好的出版商都如此。"罗塞特这番话无疑是夫子自况，能做上出版首先得感谢他银行家的父亲。

　　1951年的一天，罗塞特妻子琼的一位朋友敲开他公寓大门，告诉他在格林威治村格罗夫路有一个小小的出版社要出售。这个出版社三年出了三本书，其中一本是第一位职业女英语作家阿芙拉·本（Aphra Behn）的选集。在父亲的资助下，罗塞特花了3000美元买下这家出版社，"那个时候我无所事事，我想这个一定很有趣"。当时，罗塞特的目标很明确，就是要出版亨利·米勒的《北回归线》。不过，那个时候《北回归线》依然是禁书，罗塞特所能做的依然是无所事事。

　　1954年，罗塞特接到伯克利教授马克·肖勒的来信，请他出版未删节的D.H.劳伦斯的《查特莱夫人的情人》。当时，诺夫出版社已经出版过该书的删减版。虽然罗塞特本人并不喜欢这本书，"里面的阶级意识以及劳伦斯式的紧张刺激一点都不吸引我"，不过罗塞特清楚地知道，"D.H.劳伦斯的地位和知名度都比米勒好，在法庭更容易被认为是'文学'"。因此，他决定先出版《查特莱夫人的情人》作为试水。不过即便如此，他还是为这本书的出版做了长期的精心准备。

　　1957年，他先在自己的《常青评论》创刊号上发表了马克·肖勒教授对于劳伦斯小说的一篇评论；接着在第二期又刊登了艾伦·金斯堡遭禁的诗作《嚎叫》作为试水；直到 1959 年，他才出版了《查特莱夫人的情人》，并选择通过挑战美国邮政局来为这本书辩护。"因为邮政局是联邦政府机构，如果他们逮捕你，你就上联邦法庭，而不必在地方法庭上为这本书辩护。如果打赢了邮政局的官司，就等于联邦政府宣布这本书没有禁。当时我们就是这么设想的，而事情进展也正如此。"1959 年 6 月，《查特莱夫人的情人》一出版，美国邮政部长亚瑟·萨摩菲尔德（Arthur E. Summerfield）即下令，禁止在邮局邮寄（罗塞特称之为发行）这本"猥亵"的书，并对格罗夫出版社进行起诉，罗塞特则有备而战。

在美国，邮政局有他们特别的法庭，法官和公诉人是同一个人，这对罗塞特似乎不利。不过，罗塞特带来了一堆著名的作家和学者来做证人。比如马尔科姆·考利，"他真是一位绝佳的证人，因为他是一个聋子，听不到公诉人的任何问题，反而好好给他们上了一堂课"。而他自己则在法庭上说道："本人认为《查特莱夫人的情人》是一部伟大的著作，也是所有说英语的人们的一份重要的精神财富。作为一个自由出版人，本人也在寻求因出版好书而带来的刺激和挑战，还有可能盈利的机会。"不过，法官贺拉斯·格雷高里依然判他们败诉。

尤其值得一提的是，罗塞特聘请的辩护律师便是一直致力于推翻禁书令"猥亵法令"的查尔斯·伦巴。他是美国小说家诺曼·梅勒的表哥。梅勒曾写过两部令出版商为难的小说。伦巴建议梅勒用一种新的拼法，代替其中一部小说《裸者与死者》中"最令人不安"的那个词汇。在另一部小说《鹿园》中，有 6 行字被出版商认为是不堪入目的。伦巴设法让这个出版商因为拒绝出版《鹿园》而付给他表弟一笔补偿。《查特莱夫人的情人》让他第一次走上法庭，他向下达禁令的美国邮政部长萨摩菲尔德说道："引起性趣并不等于猥亵。"在一审败诉后，他和罗塞特继续上诉。1960 年 3 月 6 日，联邦法院作出最后裁决，撤销对此书的禁令，理由是——"集中而生动的性描写本身并不构成淫秽"。不过，这个理由没有结果那么讨罗塞特的欢心，因为"对于审查制度而言，他是一个极端主义者"，甚至对此有些上瘾了。

终于在 1961 年，在一次与米勒玩乒乓球的时候，罗塞特用 5 万美元买下《北回归线》的版权并付之出版。美国邮政部长萨摩菲尔德先生再次下达禁令，不过在闹上法庭之前，他又移除了这个禁令。虽然没有了邮政局的查禁，罗塞特这次却有着应接不暇的地方官司。"地方警察走进书店，要求把书下架，并逮捕书店老板。""在布鲁克林，警察直接逮捕我，然后控告我和米勒合谋一起写了这本《北回归线》——说我在 1933 年委托米勒在布鲁克林写了这本小说！这可能吗？那时我才 10 岁，而米勒是在巴黎写这本小说的。"实际上，当时的罗塞特接到了来自全美 21 个州的 60 多起要求禁止这本"淫秽、下流、猥亵、肮脏、充斥着虐待狂和受虐狂、令人恶心的书籍"的官司。在芝加哥，当一名检察官指控罗塞特利欲熏心时，罗塞特则当众宣读他那篇"B–"论文，以证明自己对米勒长期以来的兴趣，最后罗塞特赢了这场官司，"我记得我离开法庭的时候，有些迷路了，当时正在下雪，但我很开心，我想，哪怕就在这里倒地突然死去，那也很好"。这几乎是罗塞特最为津津乐道的故事。相比之下，米勒本人倒非常没有自信，他甚至写信告诉罗塞特，他担心的是小说成为大学课堂里的作业，没有人愿意看。事实上，米勒的担心成为多余——《北回归线》与格罗夫当时的其他一些书，成为超越那个时代的经典。

1964 年，联邦法院推翻福罗里达州的禁令，裁定《北回归线》不是一部"黄书"，因为"它有社会价值（socially redeeming）"，所有有关《北回归线》的官司才彻底结束了。不过，罗塞特却不同意"社会价值"这个观点，"我的理由是任何东西都应该，也可出版。我认为一个人如果有言论自由，他就有自由言论"。不管罗塞特满意与否，这场官司注定载入史册，并视为美国《宪法第一修正案》和美国言论自由发展的一个里程碑，其意义不仅仅是让格罗夫出版社在那一年卖了10万本精装本和100万本平装本的《北回归线》，而是为作家们打开了一扇自由表述的大门。

1962年，《北回归线》官司四起的时候，罗塞特又出版了威廉·伯勒斯1959年在巴黎首次出版的《裸体午餐》，并首印10万册。这部汇集吸毒、同性恋、性爱等禁忌题材的小说立即在波士顿被禁，直到1966年麻省最高法院移除了这项禁令，这可以说是美国文学审查制度所遭遇的最后一役，从此之后，几乎没有文学作品再因为"淫秽法令"而遭查禁。

几乎与此同时，罗塞特还出版了约翰·里奇的《夜城》、凯鲁亚特的《在路上》、小休伯特·塞尔比的《布鲁克林黑街》、让·热内的《鲜花圣母》和波莉娜·雷阿日的《O的故事》等书，每一本都堪称惊世骇俗，用罗塞特的得力干将理查德·西弗的话说就是："我们几乎每年制造一枚炸弹。"不过，罗塞特却无须担心昂贵的律师费了，也无须罗塞特银行家父亲的资助了。1962年，格罗夫出版社卖了200万，但在付完诉讼账单后，亏损40万美元。不过到了1964年，他们的利润惊人。1967年，格罗夫上市，并在美世大街（Mercer Street）上建造了一栋六层楼的办公楼，安装了空调和行政主管专用电梯，大楼前门设计成"G"形，这是格罗夫的首字母。

此时的格罗夫已经有大约300个员工，一个图书俱乐部一个仓库一个电影部门，"甚至还有专门的电梯员"。"在最鼎盛的时候，仓库里失窃的书比出版社放进去的还多。联邦政府甚至允许我们雇佣侦探！不过，这并不管用。他们用货车一车一车把书拉走。最后，在放走这些窃书贼之后，我们也不得不放弃这个仓库。"

三

如今回首，人们常常忘记曾经的那位迷惘少年，而津津乐道罗塞特对美国图书出版审查制度的挑战以及勇气，如《花花公子》的创始人休·海夫纳就曾英雄相惜地说道："罗塞特是最好的家伙之一，他在图书出版界影响如《花花公子》在杂志界的影响一样，打破了许多束缚和边界，出版了一些非常重要的著作。"

实际上，这或许只是罗塞特的一面。在格罗夫的书单上，除了那些经典外，还有许多让罗塞特为之骄傲的维多利亚时期的情色小说。这让当时的罗塞特和格罗夫出版社不是一般的"声名狼藉"。1969 年，《生活》杂志发表一篇人物文章，称罗塞特为"贩卖脏货的老东西"，"他做任何事情都是凭着本能的冲动"；《星期六晚邮报》一次则以罗塞特从阴沟里爬出来的画像作为封面。甚至连罗塞特的同事也认为，"情色"不过是一个卖点，可以让一些不太具有商业价值的书好卖些。但罗赛特否认这一点，他说："情色让我兴奋，我喜欢情色，我认为它很性感，就这么简单。"是的，一切就这么简单。罗塞特和他的时代似乎就是这么简单，然而真正了解，却又不是那么简单。

"要想知道我是什么样的人，就看我出版的书吧！"罗塞特曾对自己纪录片制作人如是说。这确实是了解罗塞特的一条捷径。实际上，罗塞特的出版传奇几乎数不胜数。如早在 1952 年，他就在杂志《梅林》上发现了萨缪尔·贝克特，1953 年两人第一次见面，从此成为了"亲爱的萨缪尔"和"亲爱的巴尼"，罗塞特甚至还给自己的一个儿子取名"贝克特"。1954 年，《等待戈多》出版，首印 1000 册。那时的贝克特是如此没自信，特意写信告诉罗塞特，他作品中的某些描写，如果用英语表达，可能会比法语更显淫秽，因而可能惹上官司。最后，在 2.5% 版税与 150 美元之间贝克特挑选了后者。相比之下，罗塞特却非常乐观，他表示"选择战斗"。虽然在头两年，这本书只卖出去400册，然而，这本用150美元买断版权的书最终以1美元的价格卖了100万本，如今已经超过250万本。又如早在20世纪60年代，罗塞特就出版了大江健三郎的《个人的体验》和《教我们超越疯狂》的英文版，1994年大江健三郎获得诺贝尔文学奖，罗塞特还被邀请去参加颁奖典礼。可以说，格罗夫出版社几乎网罗了那个时期最为夺目的作家。

与此同时，被称为"美国文学不法之徒圣经"的文学杂志《常青评论》也办得红红火火。1957年，罗塞特创办《常青评论》。在创刊号上，他将从巴黎带来的埃米尔·卡杜（Emil Cadoo）的裸体照印在上面，其中一张还作为封面，同时还有贝克特的诗歌和小说以及马克·肖勒教授的一篇对劳伦斯小说的评论。不幸的是，当时，有一位在那工作的妇女看到这期杂志里"可怕的内容"，回家告诉了她那在刑警队做暗探的丈夫。结果，这些杂志还没来得及装订便全部去了警察局。最后，得力于伦巴的律师的精彩辩护才让罗塞特免于逮捕。"这是一个令人沮丧的开始。"不过，罗塞特依然选择了"反抗"。第二期《常青评论》刊登了金斯堡遭禁的诗歌《嚎叫》（删减版）以及其他"垮掉一代"的作家，这是"垮掉一代"第一次在历史中集体亮相。起初杂志只印5000本，但旋即又加印了5000本，以当时堪称昂贵的价格1美元全部售出。很快，这本杂志从起初季刊变成双月刊，后来又称为月刊。

1964年，"为了获得更大发行量、更多的读者和广告"，第32期《常青评论》改版，从传统平装书版式改成大型杂志，增加了彩色摄影页。在这期杂志上，刊登了梅勒、热内、伯勒斯、尤奈斯库和穆西尔的小说，格拉斯、迈克卢儿、坎德尔的诗歌，以及胡特的一出戏剧，阵容之豪华几乎成为20世纪文学杂志的一个典范。《常青评论》的发行量也从2万册左右逐渐上升到15万册。此外，《常青评论》还培养了一大批评论家，苏珊·桑塔格那篇著名的《反对阐释》就登在这本杂志上。

与那个时代所有文学青年一样，罗塞特的兴趣当然不仅仅是文学，政治也是他所热衷的。他甚至抱怨他的好朋友贝克特不够左。当黑人民权运动领袖马尔克姆·X遭暗杀后，双日出版社的纳尔森立即表示拒绝出版他的自传："我不希望我的秘书因为这本书被杀。"罗塞特在出租车中听到这个消息后，立即用2万美元买下这本书的版权。"这本书棒极了。虽然现在马尔克姆像圣徒，但那时他是一个边缘人。"当切·格瓦拉死后，罗塞特亲自跑到玻利维亚大山里积极搜寻他的日记，并在《常青评论》做了一期格瓦拉的专辑：除格瓦拉的《玻利维亚日记》节选外，还用保罗·大卫画的格瓦拉的头像作为封面，海报贴遍了纽约城的地铁与公交中。这次，罗塞特的行为引起了反卡斯特罗的人的愤怒，1968年7月26日深夜，一颗手榴弹从二楼的窗户扔进了罗塞特的办公室。凌晨，罗塞特接到秘书从一楼打来的电话。她注意到一楼地板上那幅格拉瓦的头像有一个明显的刺伤。罗塞特却表示欣赏："我喜欢他们所做的这些。他们是一些浪漫的家伙。"或许，用文学家福楼拜的一句话来形容这位左派文青更为合适："一切政治我只懂得反抗。"与其用理性去寻找或是诠释他出版的理由，不如说是一种浪漫与自由的情怀让其所以然。1962年，罗塞特决定出版南美诗人的一本诗集，首先遭到了其销售总监索贝尔反对，因为"没有人听说过这个家伙，这样的书我是卖不出去的"。罗塞特说："我没觉得你能卖出去。"索贝尔问："那为什么还要出它？"罗塞特："你知道的，每次当我们把某本书放到值得出版的那部分中时，那么这就是值得做的。"罗塞特出版的这本诗集叫《孤独的迷宫》（*The Labyrinth of Solitude*），是奥克塔维奥·帕斯的第一本英文出版物。它以9篇内涵深刻的文章赞美了墨西哥人民的文化和性格，现在仍然再版。1990年，帕斯获得了诺贝尔文学奖。多年后，索贝尔有些羞怯地说："这绝对是一场胜利的赌博，但并不是他坚持出版的真正原因。"

四

整个 60 年代是美国社会各种运动风起云涌的年代，也是格罗夫出版社的黄金年代。到了 70 年代，那些曾经叛逆的中产阶级孩子迅速脱去嬉皮士的外衣，变成雅皮士回到了中产阶级队伍，格罗夫的辉煌也戛然而止。多年后，罗塞特再回首往事时，也不禁喟叹："整个事情都不像是真的，那不是一个真实的年代。"

首先给罗塞特迎头一击的是他的内部员工与女权主义者。1970 年，格罗夫内部职工试图建立工会，罗塞特则试图开除其中几名，其中有女权活动家罗宾·摩根。这位女权主义者组织一群妇女围攻办公室，指责"格罗夫通过羞辱、诋毁女性赚了百万黑心钱"。

当然更大的打击来自电影投资市场的失败。1968 年，罗塞特在法兰克福书展上看到一篇介绍瑞典电影《我好奇（黄）》[*I Am Curious (Yellow)*] 的电影，当即从法兰克福坐飞机把这部影片买下。这部影片花了 10 万美元，这在当时可是一笔不小的数目。同时，罗塞特也清楚知道这部影片，如同他出版的小说，必定会引起大麻烦——影片虽然是反映瑞典阶级斗争和妇女权利的，但有着大量的情色镜头，甚至有男子正面裸体像。果然，无论在哪里放映，影片最终都会导致放映人被捕。罗塞特不得不一个州一个州地一边放映一边打官司。有一个戏院拒绝放映，罗塞特干脆买下这个戏院，在放完影片之后又卖掉这个影院。最后有十个州彻底禁止放映该片。1971 年马里兰州最高法院认定这部电影"淫秽"并禁止放映。接着，官司闹到了联邦最高法院。法官威廉·道格拉斯因为他书里的一句话曾出现在《常青评论》上，主动要求撤换。而陪审团对是否禁止上映该片的投票结果是 4：4。这意味着马里兰州的判决有效。"我们输了这个官司。但实际上，这个时候这个问题已经没有任何意义了。因为我们已经在美国的每一个主要城市放映过了。"这部影片是一个巨大的成功，它让罗塞特挣了数百万美元；然而同时也是一个大灾难，它让罗塞特疯狂购买外国影片，然而，这些先锋电影几乎一夜之间就失去市场——"1970 年所有的艺术影院都倒闭关门了，开始放映分级的色情电影。《我好奇（黄）》是一个开始，也是结束。我们毁灭了我们自己的市场。"格罗夫的神话几乎一夜之间结束。

1972 年，负债累累的格罗夫不得不贱卖新大楼，《常青评论》也停刊。1985 年，罗塞特被迫卖掉格罗夫出版社。第二年，他被格罗夫的新老板解雇，并闹上法庭。离开格罗夫后，罗塞特在网上继续出版《常青评论》直至去世。1993 年，格罗夫出版社与大西洋月刊出版社合并，成为格罗夫 / 大西洋公司（Grove/Atlantic Inc.）。

2008 年，罗塞特被授予美国国家图书奖杰出贡献奖，形容他是"那些为在美国自由出版而战斗的作家们的坚强战士"，以表彰他对《宪法第一修正案》保障的言论自由的捍卫和对美国文化的贡献。

帕斯提奥的双重魔咒

一

1949 年，忧郁的阿多诺在其论文《文化批判与社会》的最后写道："奥斯维辛集中营之后，写诗是野蛮的。"是年，流亡多年的阿多诺返回德国，而他的命题却从此争论不休。对此，诗人恩杰斯·贝格在评论犹太裔诗人萨克斯时说："如果我们要生存下去，就必须反驳这个命题——阿多诺关于'奥斯维辛集中营'的命题，只有少数人能做到这一点，而萨克斯就是这少数人中的一个。"对于这个反驳，阿多诺在 1966 年出版的《否定辩证法》中不完全地修正了他的命题，承认"这也许是错误的"，但实际上，哲学家阿多诺对他那个时代"最强硬的判断"似乎依然是一个可怕的魔咒，这可由一串自杀的名单来证明：1951 年，没有死于毒气室的波兰诗人布洛夫斯基开煤气自杀；1970 年，用诗化的语言成功再现了集中营中犹太人悲惨命运的奥地利诗人保罗·策兰从塞纳河米拉波桥上跳下；1987 年，极有可能获得这一年诺贝尔文学奖、从奥斯维辛集中营幸存的作家莱维自杀。在我看来，从另一个阵营的集中营中幸存下来的诗人奥斯卡·帕斯提奥，也未能逃脱这个"魔咒"。

　　1945 年第二次世界大战结束之时，有 8 万名 17 至 45 岁罗马尼亚籍德国人被装在运牲畜的车厢里，运送到苏联的劳改营。他们在那里要像牲口一样劳作，为罗马尼亚的纳粹追随者抵罪，直到 1949 年才得以还乡。在这里面，有 2009 年诺贝尔文学奖获得者赫塔·米勒的母亲。"母亲为我梳头发时，她会告诉我她的头发是如何被剃光的；她不会告诉我她在劳改营怎么学会的，但她会教我如何给土豆削皮，把皮削得很薄很薄，不会有任何浪费。"2012 年 5 月初，在纽约参加"2012 年笔会：世界的声音"国际文学节的米勒，在接受记者采访时说道。此时，适逢她的小说代表作《饥饿的天使》[1] 推出英译本。这本小说正是以这段特殊的历史和鲜为人知的劳改营为背景的。在米勒的童年里，这个劳改营几乎是挥之不去的存在，其中就有"赫塔，这个可怕的名字"，"我的这个名字来自于我母亲在劳改营里的一位朋友。她死了。我的母亲向她承诺，若是她有女儿，就用她的名字。这件事不是我母亲告诉我的，而是我的祖母告诉我的。那时，我还很小，我还不知道劳改营是什么，但我周围的东西都与劳改营有关"。

　　此外，在被押往苏联劳改营里的还有小说主人公的原型——诗人奥斯卡·帕斯提奥。帕斯提奥 1927 年出生于罗马尼亚特兰西瓦尼亚的锡比乌市，作为德国人的后裔，他的家族一直说着祖先们的古老德语。多年后，成为了诗人的帕斯提奥说，这种双语环境，不仅让他洞察到写作的可能性，更是让他看到"教条思维的局限性"。1945 年，17 岁的他被送往苏联劳改营，在那里，他度过了五年可怕的生活。60 年后，已经是 77 岁高龄的诗人帕斯提奥与赫塔·米勒合作，将自己的那段经

---

[1]　Herta Müller, *The Hunger Angel*, Metropolitan Books, April 24, 2012。中译本为：赫塔·米勒，《呼吸秋千》，余杨、吴文权译，江苏人民出版社，2010 年。

历写成小说，他还曾特意带米勒去看如今位于乌克兰境内的那所集中营。2006 年，帕斯提奥获得德语文学最高奖——毕希纳奖，专程从柏林赶到法拉克福书展出席书展之后的颁奖仪式，并拟在书展上与米勒一起朗读他们合作的小说。当时该书已给"慕尼黑翰瑟出版社以包揽帕斯提奥著作出版权的方式，准备于次年出版"。然而就在书展开幕的前一天晚上，帕斯提奥因心脏病发，在借宿的友人家中的沙发上去世。小说未能如期出版，米勒在后记里解释，由于伤心过度，她整整一年未能动笔。2009 年 8 月，小说出版，署名赫塔·米勒。该年 10 月，米勒获诺贝尔文学奖。而对于集中营的幸存者帕斯提奥来说，这个巨大的荣誉却是一个"野蛮"的生命无法承受之重，且仅仅是阿多诺"魔咒"的第一重。

二

2010 年 9 月，慕尼黑大学学者西纳特公布了他在罗马尼亚安全部里找到的帕斯提奥的秘密档案。同时，帕斯提奥鲜为人知的生平也浮出水面。1949 年从劳改营返回家乡后，帕斯提奥写了一些诗歌揭露劳改营生活，并批评苏联，并引起了秘密警察的注意。这些在当时都是非常危险的资料，帕斯提奥非常清楚这些。1955 年，他将这些诗歌复制了一份，保存在他的一位朋友那里，并向朋友发誓，他会保守这个秘密。然后他烧毁了自己的诗歌，去了罗马尼亚的首都布加勒斯特大学学习德语文学。在大学期间，他很快又陷入危险的境地，因为他总是和一群资产阶级诗人和作家在一起"鬼混"，很快引起了秘密警察的兴趣。他们跟踪到了他的老朋友，并找到了那些危险的诗歌，然后用莫须有的罪名判了他的朋友 7 年监禁。接着，他们直冲帕斯提奥而来。

在秘密警察 4 年的监视威胁下，帕斯提奥妥协了，1961 年 6 月 6 日，他签下了一份"线人声明"，接受代号"奥拓·施泰因"的线人工作，此时他已经大学毕业到罗马尼亚广播电台工作。不过，令研究者西纳特奇怪的是，在帕斯提奥的秘密档案里，除开一张字迹潦草的纸条外，并没有发现帕斯提奥提交的任何"报告"，而那张纸上所写的内容显然是"用来对帕斯提奥施加压力的"。与此相反的是，秘密档案里却有着大量"告发"帕斯提奥的"报告"，他的同学、大学老师、朋友，甚至他的母亲似乎都在告发他。"很显然，帕斯提奥害怕了。他的生活里到处都是叛徒。"此外，有研究者指出，帕斯提奥害怕的另一个原因是，尽管他结婚了，但实际上，他与小说中的少年雷奥一样，是一个同性恋者。他"害怕这个被人发现，并受到迫害"。因此，他深藏自己，他在秘密警察那里走过场，身边没有一个人知道他的内心世界。1968 年，他拿到一个奖学金去维也纳，然后趁机去了联邦西德，一开始住在慕尼黑，然后去了西柏林，并在那里度过了余生。对于他的逃亡和"工作表现"，罗马尼亚国安局在 12 月 13 日做了一个"结论"："在与我组织合作中，'奥拓·施泰因'未表现出兴趣，只做表面应付。今年 4 月，他受歌德学院邀请，赴奥地利学习创作德语诗。'奥拓·施泰因'从奥地利进入联邦德国，拒绝返回罗马尼亚社会主义共和国……鉴于上述情况，我们建议从线人网里删除'奥拓·施泰因'，批准对他展开调查。"（可参见王容芬，《德国文学界的一桩公案》，《读书》，2011 年 2 月号）

与"奥斯维辛集中营"战斗了大半生的阿多诺曾小心提醒道，"奥斯维辛集中营"绝不仅仅是由纳粹主义所引起的例外的"野蛮"事情。将数百万犹太人、同性恋者、残疾人、罗姆人、少数民族等全部屠杀的集中营是前所未有的，不过，对阿多诺来说，更为可怕的是这种野蛮的杀戮所表现出的"理性"与"科学"，即在"野蛮"之中表现出的"文明"——集中营正是人类知识内部制造出来的，人类应该如何抵御呢？阿多诺没有给出答案，但他指出："收容所中死去的不是人，而是样品。"在集中营中，所有的人都等同均一为物体，所谓"个性"与"个人空间"是完全不存在的，人完全被"同一化"。在阿多诺看来，奥斯维辛集中营中极端的对个人生命的漠视，正是西方文明几千年来追求同一性原则发展的必然结果。"奥斯维辛集中营证实纯粹同一性的哲学原理就是死亡！"

且不管阿多诺的结论是否过于绝对或是悲观，至少他提醒我们对"同一性"的警惕，不管这种同一性看上去多么美好、多么光辉、多么理想，但只要个人空间消失，人便会消失，集中营以及杀戮便会出现。不管它以什么形式出现，都是野蛮的，有时更为野蛮，正如著名的纳粹猎人西蒙·维森塔尔（Simon Wiesenthal）感叹，就镇压国内人民而言，史塔西（民主德国的国家安全部）比盖世太保更可怕。与之相比，罗马尼亚安全部的秘密统治有过之而无不及。1989 年，罗马尼亚总统尼古拉·齐奥塞斯库被执行枪决。20 年后，早已在 1987 年移居德国的赫塔·米勒依然无法忘记罗马尼亚安全部给她带来的恐惧。2009 年，在经过多次申请之后，她终于看到了自己的档案。2009 年 7 月 23 日，她在德国《时代周报》发表了一篇很长很长的文章《罗马尼亚安全部：除了名誉，什么都有》（见《香港文学》，2009 年 12 月号），叙述了罗马尼亚安全部与之后的罗马尼亚情报局对她进行的长达 20 多年监控与毁谤。在安全部的档案里，米勒的名字叫克里斯蒂娜，3 卷，914 页，建立于 1983 年 3 月 8 日，一共出现了 30 个特务的名字。

在罗马尼亚安全部，米勒的档案归类在"巴纳特行动小组"里罗马尼亚裔德语作家的档案里。"国家安全部对每一个少数民族作家都设有专门的部门。管德语作家的部门叫做'日耳曼民族主义分子及法西斯分子'，匈牙利语的部门叫做'匈牙利国土收复主义者'，犹太人的部门叫'犹太民族主义分子'。只有罗马尼亚语的作家们才有幸放在'文化艺术'部门的监管下。"在这里，人渐渐消失，一个更为庞大的集中营若隐若现。对此，1987 年，米勒与同是作家的丈夫理查德·瓦格纳移居德国。而在 1968 年，与米勒一样同是德语作家的罗马尼亚人帕斯提奥只能踏上一个人的逃亡之路。到了德国后，帕斯提奥做的第一件事便是向德国机关和美、英、法三国有关部门自首，交代自己"不光彩的过去"，此后，他似乎从未向任何人提起，他的朋友、他的编辑，甚至是赫塔·米勒，他都未曾提及此事。他沉默低调，孤身一人，没房没车，过着极为简朴的生活，写着天才般的诗歌，40 多年来共出版诗集 40 多部，并获奖无数。他去世后，其遗嘱将其全部积蓄建立帕氏基金会，并指定了包括米勒在内的管理人。基金会每两年颁发一次 4 万欧元的帕斯提奥奖金。不过，在其遗物中却发现一张 2001 年关于罗马尼亚国安局的谈话稿，谈及自己这件往事："我不打算想，也不打算说一句话抬举这种从机关到实现其目的都令人恶心的玩意儿……我在 34 年前就已经主动向这些部门作了交代，毫不保留——也是为了清算，使我能有一个重新做人的疗伤过程，把这种恶心玩意儿扔到阴曹地府，见鬼去！"

三

然而，对于帕斯提奥的沉默，米勒感觉"像打了她一个耳光"，在帕斯提奥档案公布后，她表示说："只知道帕斯提奥向德、美、法、英当局交代过，以为只是挂名线人，没想到他真告过密，决定不再袒护他。"并宣布："我们将在帕斯提奥基金会里设一个专案组，对帕斯提奥展开全面调查。我们现在必须以帕斯提奥为例，展开对专制统治下，作家与秘密警察勾结的调查，但这不是一朝一夕就能完成的。"（王容芬《德国文学界的一桩公案》）在纽约"2012 年笔会：世界的声音"国际文学节上，米勒似乎对此依然耿耿于怀。她说，尽管只发现了四件告密材料，而且写得都比较含糊没有什么价值，但是小说中所描写的阴谋与背叛在生活中真实出现时，她感到非常震惊和难过。"他和我是很亲密的朋友，我无法想象他真的那么做过。"不过，她觉得要考虑到当时特殊的环境："在20世纪50年代，如果你不那么做，那就得坐20年的牢。所以，我可以理解，你刚从劳改营出来，难道又回监狱待20年吗？这是一种可怕的敲诈。""假如在他去世前，我知道这件事，我可能会放弃这项合作。不过，若是这件事一直没有发现，我和他一直合作下去，这将多么可怕！"

在《纽约时报》读到这段话时，我不禁惊呼，这个米勒太野蛮了。同样是这篇文章（*Naming Her World*, *Part by Part*，2012年5月18日），也提到了米勒在罗马尼亚国安局的秘密档案。得克萨斯州立大学一位罗马尼亚出生的学者瓦伦蒂娜·格拉加，曾将米勒早期的一部小说《单腿旅行》翻译成英文，也曾考察过一些米勒在秘密警察局的档案，并惊讶自己的发现："我印象最深的是，档案里的许多事情已经在她的写作中艺术地表达出来了，她的写作是如此的真实。和其他人一样，我很吃惊，她身边的许多人都不得不告发过她：她的邻居们，蒂米什瓦拉一家戏院的主管，她曾教过书的一家幼稚园的老师，她还一直把这位同事当作是朋友。"文章两相对比，褒贬不言而喻，这让我更不由再惊呼，这个《纽约时报》太野蛮了，太野蛮了！且不说文章未对帕斯提奥做线人的事情进行任何背景交代，单这种对幸存者过于轻率的对比与谴责就过于野蛮了。

实际上，相对于身家清白、慷慨激昂的米勒，背负着双重魔咒、一辈子都在沉默中忏悔的帕斯提奥更能触动我。比帕斯提奥小一岁的罗马尼亚裔作家、奥斯维辛集中营的幸存者维厄瑟尔在小说《昼》中描写了一个这样的"我"："我将自己当作一名死者，我不能吃、喝、流泪——因为我是一名死者。我将自己想象为一个死人。——死后的梦中，我是一名将自己想象为生者的死者。"帕斯提奥很容易让我想起这个"将自己想象为生者的死者"的"我"。此时，他再次落入阿多诺的"魔咒"。对于诗人恩杰斯贝格的反驳，阿多诺的回答实际上是这样的："日复一日的痛苦有权利表达出来，就像一个遭受酷刑的人有权利尖叫一样。因此，说在奥斯维辛集中营之后你不能再写诗了，这也许是错误的。但提出一个不怎么文雅的问题却不为错：在奥斯维辛集中营之后你能否继续生活，特别是那种偶然的幸免于难的人，那种依法应被处死的人能否继续生活？"

寻找孔飞力

　　当温文儒雅、一头银发的孔飞力教授拄着拐杖为我打开贝德福德小镇附近一座老年公寓的大门时，坐了40分钟地铁再40分钟大巴，又在雨中走了5分多钟，几次迷路、一身湿透的我，不仅尴尬，还突然慌张起来，有着一种不真实的混沌感觉：我见到孔飞力了?！唯有两天前因一场小车祸而撞伤的膝盖生疼生疼。

　　2012年5月4日，我向在哈佛大学的朋友说：好了，这次我可以采访孔飞力了，请帮忙联系一下。在此之前，朋友曾对我几次说起孔飞力，并说他是"哈佛镇校之宝"，这当然引发我的无限向往以及职业病，却无奈师出无名。幸亏不久便得知《叫魂——1768年中国妖术大恐慌》再版的消息，让我有了采访孔飞力的理由。当天，朋友便将孔飞力的邮箱地址给我，并为我写了一封介绍信，我立即咬着笔头也给孔飞力写了一份自我介绍信，并希望能在一个星期后采访他，因为我需要起码一个星期的时间准备。那时，对于孔飞力的所有认识都来自从复旦庆云书店淘到的一本遥远的小书《叫魂——1768年中国妖术大恐慌》[1]（以下

---

[1]　孔飞力，《叫魂——1768年中国妖术大恐慌》，陈兼、刘昶译，上海三联书店，1999年。

简称《叫魂》），显然，对于一次采访来说，这是远远不够的。于是接下来的一个星期，我一边等待着回信，一边重新看《叫魂》以及相关资料写采访提纲，并请国内两位大学历史系老师帮我审查提纲。显然，这份"人云亦云"匆匆写下的提纲是非常糟糕的；更糟糕的是，迟迟没有得到孔飞力的任何消息。我不得不开始对朋友施压，请求发动一切力量帮助寻找孔飞力；同时，我重新开始搜集资料，重新准备采访提纲，开始了"一半是海水一半是火焰"的寻找。

5 月 15 日，朋友转来他的第一位朋友的回复：孔飞力最近身体很不好，而且他去年就搬去老年公寓居住了，很少出来。试图联系孔飞力最后一位博士生，但 Email 似乎已失效。收到这个消息的时候，我正在看 1977 年 9 月 19 日孔飞力的老师、史华慈教授给哈佛大学文理学院院长亨利·罗索夫斯基（Henry Rosovsky）写的一封推荐信，在信中他说道：

> 如果以我个人的倾向来界定孔飞力教授，我认为他的研究是精当的，因为虽则如此，他的研究领域绝不是狭窄的。他的第一本书就奠定其在 19 世纪中国地方政治和社会史研究领域的先驱地位，目前他又企图把研究领域拓展到 20 世纪。正巧研究生们对当前许多对于中国社会和政治的大规模全球性的一般性泛泛而谈深为不满，他们渴望研究区域的、地方的、乡村的历史，当然我极力推荐孔飞力还不仅仅是基于他的研究领域比较"时髦"，更是由于他的作品显示出他惊人的博学，一种对于理论和比较方法的深切的关注，以及优秀的智力精确性。通过某种非同寻常的方法，孔飞力将历史学这种方式与对人类意识生活和知识分子历史运动的深层关注结合起来。在他新近一篇题为《太平理想的起源：中

国叛乱的跨文化考察》[1]中，我们可以发现孔飞力关于19世纪早期太平天国宗教观念和地方政治社会状况的敏锐而细致的分析。孔飞力教授目前正指导着一项研究中国20世纪地方政治史的计划。孔飞力的学生都爱戴他，他在芝加哥大学表现出了特别出色的教学和行政管理的才能。我坚信孔飞力教授必将卓越地保持哈佛近代中国史研究的领先地位。

这封编号为"ACC#14133，BOX16"的信至今保留在哈佛档案馆，也正是在这封推荐信下，1978年秋，博士毕业后在芝加哥大学中国研究中心工作15年之久的45岁的孔飞力重新回到了哈佛大学，这一次，他是接替老师费正清接任希根森（Francis Lee Higginson）历史讲座教授职位的。也正是在这一年，孔飞力加入了费正清主编的《剑桥中国史》第10卷《剑桥中国晚清史（1800—1911）》的撰写。接着，1980年至1986年，又担任费正清东亚研究中心主任。在学术界，他被认为是第二代美国中国学学者代表之一，甚至被一些学者认为是费正清的接班人。比孔飞力小1岁却早5年入费正清、史华慈门下的师兄保罗·柯文，在其1984年出版的著作《在中国发现历史——中国中心观在美国的兴起》中，对师弟孔飞力的评价几乎与他们的老师史华慈一样。在他看来，孔飞力1970年出版的《中华帝国晚期叛乱及其敌人：1796—1864年的军事化与社会结构》，几乎体现了当时美国史学新思潮新取向的所有特点，"标志着美国的中国史研究的一项重要突破"。与费正清、列文森等第一代中国学研究者"西方冲击—中国回应"模式不同的是，孔飞力为代表的第二代研究者则"转向一种更加真正以对方为中心的史学，一种植根在中国的而不是西方的历史经验之中的史

---

[1]　载《社会与历史的比较研究》，1977年7月。

学"。也正是在 1984 年，51 岁的孔飞力再次来到北京，发现了乾隆时期 "叫魂案" 的资料。1990 年，《叫魂》由哈佛大学出版社出版，当年即获得该领域最高奖 "列文森中国研究最佳著作奖"，评语是 "本书对于专制统治的原动力作了细致、强有力却依然十分准确而又得体的探讨"。而另一位著名美国中国历史学者魏斐德（Frederic Wakeman Jr.）在《纽约书评》中给予的评价是："一位在西方世界首屈一指的中国历史专家所写的关于东方古老国家的伟大著作。" 这正是最为中国读者所熟知的孔飞力。

无论是学术成就还是行政工作，在我看来，孔飞力都俨然是一代学术宗师，这不仅增加了孔飞力在我眼里的神秘感，也越发激起我寻找他的欲望。一方面，我继续向哈佛的朋友施压，让他再找找孔飞力的学生或是朋友；另一方面，我亲自跑到哈佛校园去问，希望能在那里找到孔飞力的其他联系方式；与此同时，我还发信给曾在波士顿做过访问学者的国内朋友，问其是否有可能帮我联系上孔飞力。然而，寻找的结果只是更加增添了孔飞力的神秘。5 月 18 日，在发出求助邮件后，我按捺不住跑到费正清研究中心、罗宾逊楼里的历史系以及与哈佛燕京学社共一个楼的东亚系里寻访了一圈，除了终于分清楚了这四个机构的区别与联系以及地理位置外，一无所获。当天晚上，我收到国内朋友转发来的邮件，邮件说："孔飞力是一位非常低调的人，每次来波士顿，我都是通过邮件联系，然后在办公室与他见面。实际上，我也没有他的电话。" 我再三对照这位教授给我的孔飞力 Email 地址，发现与起初我的朋友给我的、后来我在哈佛历史系网页上查到的以及在历史系问到的 Email 地址一样，我开始陷入绝望。可是除开等待朋友们以及朋友们的朋友们的消息，只有继续在文字资料中寻找孔飞力。

幸亏，孔飞力既非那种著作等身的 "大学问家"，也非那种 "出口成章" 的 "公共知识分子"，自 1964 年哈佛大学博士毕业到芝加哥大

学任教起至今，其近50年的学术生涯只不过出版了四本书，除了已经
翻译成中文出版的《中华帝国晚期叛乱及其敌人》和《叫魂》，还有两
本著作。一本是2002年斯坦福大学出版社出版的《中国现代国家的
起源》，这本关于近代中国政治思想变迁的小书，是其1994年在法兰
西学院讲学时四篇讲义的结集。书的扉页上写着"纪念本杰明·史华
慈"。另一本则是2009年出版的《他者世界中的华人》，这是其20世
纪90年代中期之后海外华人移民研究的集成。在涵盖了一千多种学术
期刊和超过一百万图像、书信以及其他资源，被认为是世界上最值得
信赖的学术资料库之一JSTOR中，输入关键词"Philip Kuhn"时，只
显示了71条条目。我仔细查看了下，其中四篇为学术文章，分别发表
于1967年、1977年、1984年、1995年，依次为《太平叛乱时期的团
练地方防御系统》（《哈佛亚洲研究杂志》）、《太平理想的起源：中国
叛乱的跨文化考察》（《社会与历史的比较研究》）、《区域研究与原则》
（《美国艺术与科学学会公报》）、《中国现代国家的观念》（《哈佛亚洲研
究》），即使这四篇文章作者均为孔飞力，那也几乎是十年磨一剑。此
外，1篇为"Philip Kuhn"纪念1999年11月去世的史华慈教授的文章，
20篇为"Philip Kuhn"所撰写的"review"（书评或是评论），30篇是
其他人撰写的关于"Philip Kuhn"的"review"（书评或是评论），其余
16条与"Philip Kuhn"几乎没有多大关系，只是文章提到过这个名字。
而在《纽约书评》网站内搜索时，只发现1991年5月魏斐德发表的为
《叫魂》所写的一篇书评《古老中国的巫术》（*That Old Chinese Black
Magic*）。除此之外，再除三个百科上的简单介绍之外，我所能找到的
只是1989年12月19日，《纽约时报》发表的一条孔飞力母亲的讣告。
从这条讣告我才知道，孔飞力的母亲原来不仅是一位作家，还是20世
纪20年代《纽约客》杂志和《现代历史》杂志的编辑。1931年，她与
孔飞力的父亲结婚，而当时他的父亲是《纽约时报》伦敦站的总编辑。

1933 年 9 月 9 日，孔飞力出生在伦敦。

然而，资料中的孔飞力越发丰满，现实中孔飞力越发遥远。5 月 31 日，哈佛朋友转来第二位朋友迟来的回信，原来这位教授最近正忙着从波士顿搬家去加州。他说他自己至少有一年没有见到孔飞力了，他曾联系过孔飞力，但没有联系上。幸运的是，他有孔飞力最后一位博士生的 Email。结果，当天晚上我便接到孔飞力最后一位博士生的回信，依然是没有任何消息，让我感到无比气馁，决定彻底放弃。

第二天起来，我依然有些不甘心，于是决定再次去哈佛校园碰碰运气。这次，历史系二楼办公室里一位和蔼的女人耐心地听完了我的讲述，然后拿出校园黄页，打了两个电话，然后对我说："我建议你给他写信，我给你他的办公室地址。"说完，在一张便笺纸上给我写下孔飞力办公室的地址。于是，那天下午，我拿着那张小纸条在哈佛校园里转了两大圈，却没有找到孔飞力办公室所在地。我当时真有些怀疑这个地址是否正确。因为上面写着孔飞力的办公室在东亚系，而这个东亚系与我之前所去的东亚系不是一个地址，我试图按地址找到办公室所在，可是奇怪的是，却怎么也找不到那一条路。两个小时后，我不得不放弃，因为夜幕已经降临，我又开始迷路。

6 月 2 日，我一边看着资料，一边给孔飞力写信，将自己的寻访过程以及采访目的诉说了一番。6 月 3 日星期天，在教堂做完礼拜后，我央哈佛大学另一位朋友做向导，与我一同寻找。这一次，我们先奔去与哈佛燕京学社同一栋楼的东亚系，然后再跑到哈佛燕京学社所在的另一栋楼，然后折回再沿着校园主干道路一路找寻，突然被我发现了隐藏在其间的那条小路。原来，孔飞力办公室所在的东亚系坐落在私人住宅区内，从外面看，完全是一栋居民住宅，待我绕到房子后面才猛然发现，原来辛苦找了半天的这个东亚系，就在哈佛燕京学社与东亚系的那栋楼的后面，两栋楼背靠背，中间有一条小暗道相连。明知这个地址能联系上孔飞力的希望也挺渺小的，但我依然有些欣喜，立即在哈佛校园科学中心的电机房里，找了一位在写论文的同学帮忙，将我写的信打印出来（在校园外的打印店中打印非常贵）。第二天一早，我便去了邮局，按着地址将自己的信与最后一线希望发出。回家后，立即将这封信发给孔飞力，然后告诉自己这是最后一次努力。因为这一天是 6 月 4 日，我找孔飞力刚好整整一个月。此时，我已经不抱希望也不能再抱有希望了，我已经决定接受编辑的意见，仿照法拉奇的《寻找玛丽莲·梦露》，写一个《寻找孔飞力》。

然而，奇迹总是在意想不到的时候出现。或者也许只有意想不到的才叫奇迹吧。第二天下午，突然发现邮箱中有一封回复，显示发信人为"Kuhn"。一时间，我呆了好几秒，之后狂喜才慢慢涌上心头。在邮件中，孔飞力解释说，这段时间一直病着，无法看邮件，也无法出门。而他对《叫魂》再版一无所知，但表示现在随时可以接受采访。同时给了我他的地址，原来，孔飞力住在距离波士顿 15 英里（24 公里）的贝德福德小镇。邮件中，孔飞力还向我保证："即便你已经回中国，我保证我们也能弄出来。"这句话让我顿时觉得一个月的辛苦已经得到了所有的回报。我立即大呼小叫，发邮件告诉国内的编辑与哈佛的朋友，我终于找到孔飞力了，我终于找到孔飞力了！待高兴劲头过后，我才调均呼吸，给孔飞力回信约采访时间。于是，一个星期后，我背着电脑、照相机、录音笔以及路上的干粮，手捧着红玫瑰，全副武装出发了。

采访在孔飞力的小公寓里进行了整整三个半小时。已近耄耋之年的孔飞力虽然说话缓慢，思维却非常清楚活跃，且幽默风趣、直爽痛快。对当下政治时事，尤其是美国与中国的时事，他异常关心。公寓里散落的书，也多与其历史研究和中国有关，在其客厅的小书架上，还有一本《现代汉语词典》。在客厅沙发后面的墙上，挂着一副精美的巴斯海峡地图。"那是塔斯马尼亚岛，漂亮吗？"孔飞力问。边上则是一副澳洲中国农场的画像。20世纪90年代中期之后，孔飞力的学术兴趣转向海外华人移民，而这正显示了其他晚年的学术兴趣。作为一位美国知识分子，他对美国的批评异常激烈，时不时"damn it"一下，甚至一次动用了"bull-shit"（"废话，放屁"的意思），这让我不禁莞尔；而对中国的态度，一如其对中国历史研究的态度，认为始终需要尊重中国独特的传统，虽然一些问题确实让人义愤。在小客厅的正前方，挂着一个大玻璃框，里面夹着的是2008年11月5日《纽约时报》的头版，那一天，奥巴马击败共和党候选人约翰·麦凯恩，当选为美国第44任总统。其封面报道正是《奥巴马：扫除种族障碍的决定性胜利》(*Obama: Racial Barrier Falls in Decisive Victory*)，配有奥巴马一家四口的照片。采访结束之时，我问孔飞力："为什么挂这个奥巴马在这里？"孔飞力笑答："我喜欢呗。"

采访结束后的几天里，我一直在整理采访录音写稿，然而，随着稿子的渐渐成文，起初的成就感渐渐变成一种挫败感，我不得不承认，这是我最辛苦、最认真、最成功的一次采访，但也是最糟糕、最失败、最无知的一次采访，稍不留神，孔飞力便消失在历史深处，无处寻找。

一位美国外交官眼中的蒋介石

1988 年 1 月 13 日，蒋经国去世。时任美国驻台湾地区代表的丁大卫萌发了为蒋立传的念头，不过这位蒋经国基金会顾问，却拒绝由基金会出钱，写一本官方传记。1994 年年底，丁大卫赴台湾出席蒋经国基金会董事会议之余，拜访台湾《中国时报》董事长余纪忠先生，并请余纪忠先生赞助蒋经国传记一事，余纪忠慨然允诺。丁大卫返回美国后，找到了他在美国国务院长期共事的老朋友陶涵（Jay Taylor）。陶涵欣然受命，并于 1995 年夏开始了《蒋经国传》的写作。3 年后，书稿完成，交哈佛大学出版社审定。哈佛大学出版社极其慎重地委托哈佛大学历史系主任何伟林（William Kirby）和哥伦比亚大学政治学教授黎安友（Andren Nathan）审查该书稿，两位学者给出的意见是：无论是从史学还是政治学的角度看，《蒋经国传》都是极其精辟之作，建议出版。陶涵的英文初稿原有 800 多页，哈佛大学出版社认为太长，后浓缩删减为 435 页。2000 年 10 月，《蒋经国传》(*The Generalissimo's Son: Chiang Ching-kuo and the Revolutions in China and Taiwan*) 英文版由哈佛大学出版社正式推出，而时报出版公司的英文版正是从这个版本翻译而来。

《蒋经国传》出版后，在西方学界好评如潮，哈佛大学出版社决定资助陶涵继续写《蒋介石传》，这一次，陶涵又花了整整 5 年时间来完成这部传记。2009 年 4 月，陶涵的《蒋介石与现代中国》(*The Generalissimo: Chiang Kai-shek and the Struggle for Modern China*) 由哈佛大学出版社作为重点图书推出，随后被评为英国金融时报 2009 年历史类好书、吉尔伯奖 2010 年最佳图书，并深获好评，甚至有学者认为，该著作"将会成为一本经久不衰的权威之作"。

已过古稀之年的陶涵经历其实非常简单，自 1957 年起开始从事外交工作，60 年代初，在台中学过两年中文，后来在台北专门负责撰写政情报告及分析；亦曾任职香港美国总领事馆。80 年代初，中美建交后，出任美国驻北京大使馆政治参事；后调任白宫国家安全会议担任中国问题专家，现为哈佛大学费正清研究中心研究员。

坐地铁从首都华盛顿跨过波多马克河，便到了弗吉尼亚州阿灵顿县，著名的五角大楼便坐落这里。曾在许多地方住过的外交官陶涵，最后也将家安在这里。虽已退休，但陶涵依然挺忙。往复几次信函后，采访终于得成。温文儒雅、彬彬有礼的陶涵几乎和想象的一样，屋里的仿古中式家具和一些中国摆设，显示出主人与中国不同寻常的关系。而对面则挂着一块仿古门牌，写着"陶寓"二字，让人忍俊不禁。书房中一面墙的书更是透露了主人的兴趣，与陶涵的交谈便是在地下室的书房中进行的。

在其 1961 年出版的《袁世凯传 (1859—1916)》中，加拿大皇家学会会员、华裔历史学家陈志让说道："现代意义上的传记，从来没有，至今也未能在中国出现。"陈志让抱怨，他手上的资料尽是一些没有说服力的资料碎片，明显带有偏见，甚至可能是编造的。而他所能做到最好的是"通过看穿一个人来写一段历史，而不是根据历史来写一个人"。陈志让的抱怨几乎是困扰近代历史人物尤其是政治人物传记写作的最大问题。而蒋氏父子传记最为独到的地方正是其独一无二的资料。为了写蒋经国传，陶涵访问了160余位与蒋经国有直接关系的人，专程去台湾三次、大陆两次，到过台北、北京、南京、宁波、溪口、奉化、南昌、赣州等地。不过，最新奇的是其中莫斯科以及美国国家档案局迄今未公开的一些资料，以及陶涵运用《资讯自由法案》（*Freedom of Information Act*，简称 FOIA），要求美国中情局、国防部、国务院等单位提供的涉及蒋经国而尚未解密的文件。英文版的《蒋经国传》，注释和索引就多达90页。而《蒋介石与现代中国》中所引用的资料更是令人叹为观止，注释多达2000多条。在哈佛大学出版社为《蒋介石与现代中国》所建的网页上，专门列出书中所引用的新资料和第一手材料便有15项。其中，最引人瞩目的是对蒋介石日记的引用。

自1915年起，蒋介石便开始撰写日记，每天清晨用毛笔写，除西安事变和因病住院期间外，从不间断，直到1972年7月21日因手疾方停止，其中1915年、1916年、1917年和1924年这4年已佚，共63册。1975年蒋介石去世，将日记留给蒋经国。1988年蒋经国辞世，又将父亲和自己的日记交给三子蒋孝勇。1996年蒋孝勇离世，两蒋日记由其妻蒋方智怡保存。2004年12月，蒋方智怡代表蒋家将这些日记暂存斯坦福大学胡佛研究院，期限50年。这些日记运到胡佛研究院后，胡佛研究院用了300万美元对这些日记经技术处理放入恒温档案库，并用缩微胶卷进行拍摄，然后再影印出来。2006年3月，这些影印出来的蒋介石日记开始正式对外开放。陶涵的《蒋介石与现代中国》正是利用这些日记的第一本传记，书中2000多条注释，其中有420条便引自蒋介石日记。

蒋介石日记内容相当丰富，除了蒋介石对个人道德的自我反省外，还有大量篇幅记载了他的个人感情、重大历史事件描述、分析等。"我认为蒋介石日记是客观的资料，他告诉我们所有事，甚至是他个人真正想法。"陶涵以"反攻大陆"为例表示，尽管蒋介石不停鼓舞、说服国人反攻大陆的希望，然而在他日记里却明白表述他的绝望，认为无法以武力反攻，此生反攻无望，或许下一代才有可能。因此在陶涵看来，不仅蒋介石日记，许多名人的日记都能提供相对公平的研究资料。

正是通过这些日记和其他新资料，以及 5 年的寻访和阅读，陶涵发现蒋介石是一个"高度矛盾的人"——"他是一个现代的新儒家，但也支持女权，也能接受宋美龄同性恋外甥女孔令伟公开穿男装。他是一个强烈的民族主义者，但不介意自己除了两个非婚生孙子之外，所有的孙子女全是欧亚混血儿。他没有太多领袖魅力，大体上也不为同侪所喜欢，但有时他的坚决、勇气和清廉往往也使他颇受爱戴。他是个很自我约束的人，但却具备气势凌人的个性，表面看来沉着、不苟言笑，脾气极坏，却又笑容可掬，偶尔伤感啜泣。从日记分析，他是位虔诚的基督徒。可是，一旦面临对国家存亡、统一或他本身统治地位的威胁，他会不惜诉诸残暴手段。在日记中，他有时候会陷入偏执的怒吼，但是碰到危机又往往能够冷静分析事理。"

因此，在陶涵笔下，一向刻板、单薄的蒋介石形象变得有血有肉，也更加丰富复杂。如 1931 年 12 月初，宋庆龄来访，向蒋介石说，如果他肯释放被捕的共产国际特务牛兰及其妻子，莫斯科可以安排遣返蒋经国。宋美龄力促蒋介石接受。蒋介石在日记中写下：死于革命的 30 多万官兵"犹亲生扶养之子"，他怎能把个人需求置于国家利益之上？ 1941 年 6 月 18 日，蒋介石读到某西方通讯社报道德国和土耳其签署条约的译文后在日记中写下："德之攻俄，毕不出数日矣！"并召见当时中共驻渝代表周恩来，促中共向斯大林示警。6 月 22 日，纳粹两百万大军进攻苏联。1971 年 7 月 9 日，尼克松派基辛格秘密访华，直至 6 天后基辛格一行离开北京，尼克松才宣布。蒋介石在其日记中写道："以静制动，以正克邪。"对此，耶鲁大学历史系教授史景迁在

《纽约时报》对该书评价道："通过对蒋介石日记的慎选引用，陶涵成功表露蒋介石的个人特质。陶涵拒绝一般认为这些日记不值一哂，毫无历史旨趣的想法，相反的，日记引文搭配上重大政治、军事局势的生动细述，他让我们更贴近这些还在成形的思考。因此某种程度上，陶涵在蒋介石与他置身的世界之间建构了更具个人感性的联结。"

除日记外，在《蒋介石与现代中国》中，陶涵引用的新资料和第一手资料还有秦孝仪编纂的十二巨册《"总统"蒋公大事长编初稿》，在莫斯科发现的共产国际组织和中国共产党以及毛泽东、周恩来的重要联系以及当时在中国的共产国际组织，哥伦比亚大学中国口述史研究室 2002 年发布的张学良将军的一些文件、日记和录音采访"年轻的将军"，胡佛研究院档案图书馆 2003 年公布的宋子文档案，20 世纪 40 年代后期到 1975 年处理驻大陆和台湾的美国外交官的采访 CD，运用"资讯自由法案"在美国中央情报局、美国国家档案馆获得的机密文件以及新近出版的一些回忆录、哈佛大学学术会议论文以及数百次采访，这些资料的运用不仅让蒋介石变成一个有血有肉的人，也让人对许多历史事件有了进一步的了解。如几乎占了全书三分之一篇幅的蒋介石与史迪威将军、马歇尔将军之间的关系。作为美国外交官，陶涵在这方面似乎有着得天独厚的优势，光引用的资料便有"史迪威记事本、史迪威助手窦恩将军回忆录、陈纳德回忆录、陈纳德助理艾索浦致罗斯福总统特别助理霍浦金斯函件、蒋介石政治顾问拉铁摩尔回忆录、丘吉尔第二次世界大战回忆录、艾连娜·罗斯福自传、英国参谋总长阿兰·柏洛克日记、东南亚战区盟军总司令蒙巴顿元帅日记、驻中印缅战区战略情报局主管伊福乐上校著作、共产国际驻延安联络员兼塔斯社驻延安特派员彼得·弗拉基米洛夫的《延安日记》、美国政治学会会长白鲁恂著作、美国驻华使馆三等秘书谢伟思回忆录、中国外交官陆以正回忆录以及湘雅医院美国医生葛林的日记"等，为人从另一个角度看待抗战时期和内战时期的蒋介石与国民政府，提供了一个独特的视角。如在陶涵看来，中国内战的胜负不仅取决于国共两党之间的战斗，还取决于其背后的国际力量支持。

同时，陶涵也没有回避蒋介石的几次"极端行为，已可怕到无视道德，甚至是堕落"。"如 1947 年他下令或批准的三二八事件，1947 年至 1948 年把数十万大军送进东北遭歼灭，以及 1949 年撤守台湾后头几年的大规模执刑。这些行为不仅违反人性，而且以蒋本身的目标来讲，也没有必要。"不过，在陶涵看来，蒋介石在台湾 25 年，"以经济和社会指标而言，他相当成功，替台湾的经济奇迹奠定基础——这份成绩在他撒手人寰时，可谓功大于过"。此外，陶涵记载，据第二次世界大战时的中国战区参谋长魏德迈将军本人所述，蒋介石曾告诉魏德迈将军："如果我至死还是独裁者，不过与其他独裁者一样与草木同朽；可是如果我成功地为民主政府建立真正稳固的根基，我会永远活在每个中国人的家庭中。"

陶涵笔下的蒋介石是复杂的。历史中的蒋介石究竟是独裁者，还是民主社会的推手？是一位失败的军阀，还是一位颇有远见的政治家？随着新的资料出现或是时间的变化，蒋介石的形象或许又会有新的变化。面对难以识别的历史和今日的台湾，或可谓：青山遮不住，毕竟东流去。

玛丽·科尔文：对权力说出真相

"他们说他们的目标只是恐怖分子，这是一个彻头彻尾的谎言（lie），他们正在攻打一个遍布饥寒交迫贫民的城市。"这是 2012 年 2 月 21 日晚上，英国《星期日泰晤士报》美籍记者玛丽·科尔文（Marie Colvin）通过卫星电话，在叙利亚的霍姆斯市（Homs）接受美国有线电视新闻网（CNN）新闻记者安德森·库珀采访时，对霍姆斯市所进行的报道。库珀特别提醒听众，很少记者会用"谎言"（lie）这个词。几个小时后，这位用自己的声音戳穿谎言的战地记者被炮弹击中，与之一起遇难的还有 28 岁的法国摄影记者雷米·奥克利克（Remi Ochlik）。

从斯里兰卡到前南斯拉夫，从伊拉克到利比亚，有着近 30 年战地记者经验的科尔文几乎踏遍所有战场。1986 年，突袭利比亚的"黄金峡谷"行动后，她成为第一个专访利比亚前最高领导人卡扎菲的西方记者，此后，她采访卡扎菲的次数比全英国记者加起来还多。

1999 年 8 月，东帝汶通过全民公决，宣布独立，但随后亲印尼派与独立派发生冲突。当时，有 1500 名妇女儿童被亲印尼派军队包围在东帝汶首都帝力的联合国维和部队基地。维和人员早已撤离，在场的其他人员也准备撤离，但科尔文却选择留下来，继续采访报道，直到 4

天后这些难民全部获救送往澳大利亚的医院治疗。在报道中，科尔文写道："当我从医院出来时，我只想要一瓶伏特加马丁尼酒和一根烟。"出院几天后，科尔文回到纽约的一个宾馆，宾馆服务员认出了她。在那几天，她的餐盘里多了一大瓶免费的伏特加。"感谢上帝，东帝汶的恐慌终于在纽约的宾馆被治愈了。"

　　1999 年 12 月，她跟随车臣反政府武装采访时，在极度的寒冷中徒步穿越高加索山，曾掉进齐腰深的冰水里，每天最多只能喝一碗面糊。晚上，她跟十几个车臣士兵挤在一个 6 米长、2 米宽的地方休息。有一次睡到半夜，科尔文被身下的硬块硌醒了，一摸，居然是两枚手榴弹。"这帮亡命徒在遇到突发情况时，很有可能发动自杀式袭击，连我一起炸个稀巴烂。这种事情每天都可能发生千百次。"

　　2011 年 4 月，在斯里兰卡国内战争中，她深入到泰米尔北部地区，那是政府军和猛虎组织交战区。就在她匍匐穿过边境线的时候，一个士兵向她扔了一颗手榴弹，榴弹片击中了她的眼睛和前胸，这一次她失去了她的左眼。为此，她不得不戴上海盗们才用的黑眼罩。她的朋友、英国女作家海伦·菲尔丁送她一只化装舞会上用的眼罩。科尔文用颤抖的手点燃一支香烟后说："我这辈子也没想过自己会成了戴眼罩的女人，可有什么办法，生活变了。"

　　不过，科尔文并没有变，一如既往地勇敢，更加关心战争中普通人的苦难：她总是戴着一个黑眼罩，手拿着笔记本和笔，第一个抵达现场。她的独眼形象成为她的标志；她的报道更是获奖无数。然而这些传奇与荣誉反而让科尔文有一种负罪感，"有时感觉自己就是个伪君子，因为我总是要回家的"。"我不是一个典型的战地记者，因为我注重的是战争中的人性。"因此，在报道中，科尔文不只是做一些采访写一些稿子，还会和当地人一起感受战争的残酷。一次，她驾车行驶在波黑战场上，看见一名男子坐在路边，眼中噙着泪水，盯着旁边的一堆丘土看。她跳下车与他攀谈，劝慰男子。这位男子告诉科尔文，那是他妻子和孩子的坟墓。于是，科尔文将他的故事写下来，追问战争的元凶。即便有着"中东疯狗"、"非洲雄狮"的之称的卡扎菲在她眼里也更像一个人："卡扎菲是一个生活在自己想象王国中的人，他其实很缺乏安全感。"英国著名编辑罗伊·格林斯拉德指出，她的报道的精髓在于"她对于政治、战略或武器毫无兴趣，而只在意那些无辜受害者的命运"。

2012 年 2 月初，科尔文隐藏在一辆越野赛车车顶上，成功潜入叙利亚境内，开始对霍姆斯市暴乱的报道。科尔文形容这是"历来最凶险的一役"。现居大马士革的叙利亚作家哈立德·哈利法（Khaled Khalifa）在 Facebook 上向我介绍说，霍姆斯市距大马士革 160 公里，那里非常危险。要想帮助里面的人非常困难，不过还是有一些青年人进去。而科尔文就是被青年革命者带进霍姆斯市的。

20 日，科尔文的母亲联系上科尔文希望她能撤离，科尔文回答："我要再完成一个报道。"21 日晚，她接受 CNN 记者电话采访："今天，我看着一个孩子死去——非常可怕。一个只有两岁的孩子被击中，弹片钻进他的左胸，医生只能说我什么都做不了。孩子的肚子一起一伏，直到死亡。这样的事情不断发生。"没有任何渲染，电话中科尔文的声音冷静而又透着愤怒："叙利亚霍姆斯城里 2.8 万名平民，男人、妇女和孩子在炮火中绝望地寻求避难所，这是我见过的最惨的景象。""为什么没有人来阻止每天都在霍姆斯发生的这样的谋杀？！"她的母亲在纽约家中听到她的报道，第二天凌晨 5 点，母亲接到电话，被告之科尔文的死讯。已是满头白发的母亲难掩悲伤："如果你知道我女儿，你就知道让她撤离前线是徒劳的……这就是她的命运……她知道自己的信仰和自己的内心。"

生于纽约长岛的玛丽·科尔文是家中五个孩子中的老大，自小勇于挑战。1978年，22岁的耶鲁大学大四学生科尔文参加了一个改变她一生的研讨会。研讨会讨论的是著名记者约翰·赫西关于日本广岛遭原子弹轰炸后情况的报道，这部美国20世纪新闻业的巅峰之作，深深地震撼了科尔文。"赫西是我职业生涯中的第一位导师。他让我想去报道真实的事情，也让我相信，这些报道能够改变世界。"从此，她决定投身新闻行业。这一年，大学毕业后的她成为合众国际社的一名夜班记者。不久，被派往巴黎，成为巴黎记者站的主任。然而她觉得美国通讯社的报道"只注重事实，没有感情"。1986年，她放弃主任一职，加入英国的《星期日泰晤士报》，成为一名战地记者，直到其遇难。

2010年11月12日，科尔文在伦敦一个纪念遇难战地记者的纪念会上说道："我们的任务就是对权力说出真相。我们发回的报道就是历史的第一手稿。"

对于玛丽·科尔文与雷米·奥克利克的死，哈立德·哈利法说：他们为真相而来为真相而死，叙利亚人是不会忘记的。叙利亚女诗人哈拉·穆罕默德（Hala Mohammad）则称他们是在"拯救真实"。是夜，霍姆斯市，叙利亚人手挽手在炮火中大声呼叫：我们不会忘记你们！不要杀死真相！

迪克·克拉克："最老的少年"

"今天，DJ之王死了，他的名字叫迪克·克拉克。"4月18日，美国著名电视人迪克·克拉克因心脏病去世，美国摇滚歌手查比-切克在接受电话采访时说，对于歌手来说，能站在克拉克所主持的《美国舞台》表演："就像得了诺贝尔奖，从下午3点到5点半，没有人在街上，所有人都在看《美国舞台》，你能想象吗？"另一位摇滚歌手汉克·巴拉德则形容早期《美国舞台》上的克拉克"是一个大人物，是当时美国最大的人物，比总统都重要"。

是的，这就是迪克·克拉克。他既不是歌手，也不是音乐家，然而正是他主持的《美国舞台》，在20世纪50年代末将摇滚之火点燃整个美国，改变了美国的流行音乐文化，也让他成为一个家喻户晓的人物。

人在幼时便知道自己的终身志向，是快乐的；若是再遇上天时地利，便是幸运。迪克·克拉克便是这样一位快乐而幸运的人。1929年11月，克拉克出生于美国纽约市的芒特弗农。13岁那年，他参加了杰米·杜兰特和盖里·摩尔的现场广播音乐会，便立志从事广播行业。17岁的时候，他在父亲和叔父经营的电台开始了自己的职业生涯——填补一位去度假的天气预报员的空缺。之后，他去了锡拉丘兹大学攻读工商管理专业，担任校园电台 DJ。大学毕业后，克拉克在父亲的电台当了一段时间的播音员，但很快就换了份不错的工作，成为纽约州尤蒂卡市电视台 WKTV 的新闻主持人。

一年后，1952 年，费城 WFIL 电台为克拉克量身打造了一档内容轻松的午后节目《迪克·克拉克的音乐大篷车》，几个月后，电台下属的电视机构策划了一档新的电视节目《舞台》，这档节目起先以播放音乐表演录影带为主，但很快青少年们就厌倦了这种死板的播出形式，他们希望能跟随音乐摇摆起舞，所以节目适时而动，逐渐演变成了歌舞秀。当这档电视节目知名度日渐高涨时，电台把克拉克的节目也改名为《舞台》，尽管当时它的受众群体并不是青少年。1956 年夏天，歌舞秀《舞台》的主持人鲍勃·霍因醉酒驾车被逮捕，从而被开除，于是，年轻的克拉克登上了"舞台"。

"我当时 26 岁，看上去很像那种既懂音乐又不畏镜头的毛头小子，所以当他们问我'你想来干这份工作吗'，我当即就说'我当然想'！"克拉克后来回忆说。1957 年，在克拉克的说服下，ABC 电视网络决定将《舞台》节目在全国范围内播出。"这个节目在费城拥有巨大的观众群。在费城 65% 的人收看这个节目。它力压所有的竞争节目。我说没关系。不仅仅是费城，这是一种世界通用的语言。在任何地方它都会这么火爆。请相信我们，它会奏效的。给我们五个星期的时间。1957 年 8 月，他们的确做到了，而且就如他们所说的，剩下的就是那段被世人所熟知的历史。"同年 10 月，节目更名为《美国舞台》，在美国广播公司（ABC）的经营下面向全国电视观众放送。接下来的几年时间里，节目吸引了近 2000 万观众收看，而节目广告语"伴随节奏摇摆起舞"也风靡全国。从 1957 年到 1987 年结束之前一段时间，克拉克一直是《美国舞台》的主持人，而这个节目也成了寿命最长的电视节目。帅气健谈的克拉克，成为美国青少年的音乐启蒙人，同时也引领了美国 20 世纪 50 至 60 年代初期的平民运动风潮。而在这里走出去的音乐人更是无数，如摇滚之父比利·哈雷、摇滚先锋杰瑞·李·刘易斯、杰克逊五兄弟、传声头像（Talking Heads）、顽童乐队、麦当娜等。"可以说，迪克创造了美国的青少年文化，并在一代人身上留下了永恒的印记；而对艺人来说，能在迪克的节目中表演，那就意味着一切，因为只要你出现在那个舞台上，你的歌曲就必能进入排行榜前十名。"著名音乐人保罗·安卡在克拉克去世当天接受媒体电话访问时说。

作为美国电视上的常青树，《美国舞台》促进了 40 项重要广播形式的诞生，并促成了摇滚乐与视觉多媒体的完美融合。尽管有批评说，《美国舞台》有意为摇滚乐"遮丑"，忽略摇滚乐对性和暴力的渲染，但不得不说，《美国舞台》极大程度上引领了美国文化潮流。当时，美国的许多音乐形式都由黑人所创制，但一直处于被忽视的地位，克拉克和他的制作人托尼·曼马瑞拉，就首次尝试将黑人请到《美国舞台》演播厅进行演出，如 18 岁的查比·切克，让一群深色皮肤的少年组合和黑人歌手查比·切克一起合作表演 The Twist，此后这首歌曲又相继出现在电影《发胶》（Hairspray），以及克拉克制作的《美国偶像》里。"那是我第一次在面向全国的电视节目上和黑人小孩交谈，这样的安排对于节目本身和我来说，都是一个挑战。我那时居然紧张到手心不断冒冷汗。"1958 年，克拉克就提拔了当时一流的黑人流行组合——杰克逊五兄弟。"当时还不允许他们和白人共同跳舞，所以杰克逊只和自己兄弟跳。我们正等待着一场历史性的变革，但这一切姗姗来迟，"克拉克 1998 年接受杂志采访时如此提到，"当时我们将杰克逊兄弟带上舞台，试图融合各肤色人群的时候，没有发生任何消极影响，没有混乱，没有斗争，一切都在千万观众面前悄然展开了。"此后，越来越多的黑人音乐人出现在《美国舞台》上。有评论认为，一直到 20 世纪 70 年代，《美国舞台》都为美国广播电视的种族多样性做出了表率作用。

"我们这么做并不是因为我们是改良家、自由派，而是很单纯地认为这么做是理所当然的。"

除《美国舞台》外，克拉克最为出名的另一个舞台便是时代广场。自 1928 年起，纽约的新年一直由小提琴手基·伦巴杜领导的老牌乐队奏响。1972 年，克拉克带着指针姐妹（The Pointer Sisters）组合和乡村摇滚歌手琳达·龙斯塔特登上时代广场，以全新的方式进行辞旧迎新，并进行电视直播，自此"迪克·克拉克新年狂欢倒计时"成为千千万万美国人一年一度欢聚一堂的传统节目。40 年来，许多美国人的每一年的最后几秒都是在他的倒计时中度过的，并与之一起迎接新年，因为克拉克犹如魔术师，总是能将最好的表演嘉宾请到节目中。不过，克拉克最为值得称道的是其 1973 年为 ABC 创办的全美音乐奖。格莱美奖是由美国国家唱片艺术及科学学会成员投票决定的，而全美音乐奖则由购买专辑的民众决定。这种"民主化"的奖项立即引导了流行音乐的方向，使其成为美国三大音乐奖之一，如今全美音乐奖获奖次数最多的男女歌手分别是迈克尔·杰克逊和惠特尼·休斯敦。

当然，说起克拉克，不可忽略的是他的商业头脑。就在他主持《美国舞台》的第一年，他就有建立自己制片厂的雄心。1961 年，他在接受《纽约时报》采访时坦言："我和会计、税务专家、律师们讨论问题时，总是异常兴奋。"从 20 世纪 60 年代开始，克拉克站在《美国舞台》这一巨人的肩膀上，逐渐建立了自己的娱乐帝国。他制作了大量音乐节目，随后又在颁奖礼、喜剧、电视剧、脱口秀、儿童节目和电影中大展拳脚，收获颇丰。他成立的公司已制作并播出上千小时的电视节目，同时，他还拥有自己的私人餐馆和剧院。他的制作公司在成立 37 年后，2002 年以 1.36 亿美元的价格卖给一群私人投资者，而他依然是主席和主要执行官。然而回顾一生，克拉克这样说道："我一生中最宝贵的财富，就是我从来没有与失去对热狗和汉堡的热爱，从没失去在集市中闲逛的乐趣。"

克拉克的工作从来没有放松过，直到2004年中风，让他不再口齿伶俐。他的脾气也是出了名的坏。他的一位下属形容他是"拿着跑秒的暴君"。"人们说为什么你这么努力工作？你在还是孩子的时候就挣够了足够退休的钱！而我却说，每个人都要幸运地活出自己幻想的青春。"克拉克说道："我想在13岁时从事广播事业。而我17岁时才踏入这个行业，我不想停下来。"克拉克在他漫长的职业生涯中赢得了无数的奖项和荣誉，入选过美国几乎所有的名人堂，获得过5次艾美奖（包括艾美奖终身成就奖）以及皮博迪奖。而他那张最为人所知的、永远像男孩的脸，则为他赢得了"世界上最老的少年"的绰号。

"格调"之外的保罗·福塞尔

对社会历史学家和文化批评家保罗·福塞尔来说，最大的真相来自于 20 岁。那一年，他在法国参加第二次世界大战。德国人的弹片撕裂了他的背部与大腿，战友的鲜血和内脏喷在他的身上，他的中士死在他的臂弯中。他意识到，战争中没有罗曼蒂克，只有泥泞、寒冷、死亡、愤怒与恐惧。

"我所做的一切事情背后都有那场战争。"几十年后，福塞尔在接受《华盛顿邮报》采访时说。那时，他正在写他的那本《伟大战争与现代记忆》，用诗人和作家的作品展示战争是如何被浪漫化和理想化，又是如何被赋予道德与宗教色彩的，而最后当战争的真相毁灭了这些幻想之后又发生了什么，以此展示第一次世界大战是如何改变西方社会与文化的。有整整一年的时间，他都在自己的房间里读第一次世界大战时期英国士兵写给家人的信笺、讲述战争真相的杂志以及他们在战壕里写的诗歌。"所有的战争都是讽刺的，因为所有的战争都比预期的糟糕。所有的战争都会掉进讽刺的境地，因为它们总是戏剧般地与预期的目标背道而驰。"在书中，福塞尔写道。这本 1975 年出版的具有"革命性影响的"《伟大战争与现代记忆》，最终成为历史写作的典范，获得美国国家图书奖、国家图书评论奖以及爱默生奖等多项大奖，名列现代图书馆"20世纪最伟大的非虚构类图书排行榜"中的第75位，并让福塞尔从一位默默无闻的18世纪英国文学研究专家一下移位文化名人。

1924年3月22日，保罗·福塞尔出生于美国加州帕萨迪纳一个富裕家庭，父亲是一位著名律师。福塞尔就读于加州帕默那学院，1943年参军入伍。虽随军进入欧洲，但他错过了诺曼底登陆。之后，他随第103步兵师来到法国南部，1944年11月11日，他第一次上前线与德军作战，身负重伤差点丧命。获得两枚勋章后，福塞尔重新回到帕默那学院，但战争改变了他。1996年，他在自己的回忆录《制造战争：一个怀疑论者的形成》中讲述了自己在政府虚伪的宣传与盛行的流行文化中所看到的战争。因此，他放弃了自己起初所选择的新闻专业，而改成文学。1947年获得学士学位之后，他又在哈佛大学获得英语文学专业的硕士、博士学位。毕业之后，他先后执教于康涅狄格大学、德国海德堡大学、伦敦大学国王学院、宾夕法尼亚大学。

1975年之前，恐怕谁也不会料想到1975年之后的福塞尔会成为文化名人。那时他正行走在狭窄的学术路上，出版了好几本关于18世纪英国文学的学术著作，如《18世纪英国的诗律理论》、《英国奥古斯都时代人文主义的修辞世界》、《萨缪尔·约翰逊生平与写作生涯》等。他的《诗歌韵律与诗歌形式》，被认为是一本很好的诗歌入门教材，而"萨缪尔·约翰逊是他心目中的伟大英雄"，福塞尔一位超过30年的密友、普罗维登斯学院18世纪英国文学教授约翰·斯坎伦说道，尽管福塞尔身在学院，不过，"他喜欢把自己植入到美国日常生活中去"。这就是写下《格调》与《恶俗》的福塞尔，也是1999年之后被中国人所知道的福塞尔。

在1983年出版的《格调》中，福塞尔用辛辣嘲讽的语言，根据人们日常生活方式如衣着、家庭摆设、房子的样式与格局、开的车、休闲与运动方式、看的电视与书等，将美国社会分成九个等级，拥有一辆奔驰是骄傲的中上阶层的标志，而一块破旧的东方小地毯则是更高阶层身份的证明。"完全不吸烟是很有上等人范儿的，可是，假如引人留意自己的不吸，那就立刻沦为中产阶级了。"在他看来，美国中产阶级是最为虚荣和势利的阶层，他们像螺丝钉一样可以被随意替换，因而最缺少安全感，生活也最焦虑。该书一出版便引起美国轰动，评论十分对立。一方面好评如潮，另一方面也受到来自社会各阶层的猛烈批评，认为福塞尔夸大了美国的等级偏见，对人类的弱点过于尖酸刻薄等。

那么什么是"恶俗"呢？在1991年出版的《恶俗》中，福塞尔定义道："恶俗是指某种虚假、粗陋、毫无智能、没有才气、空洞而令人厌恶的东西，但是不少美国人竟会相信它们是纯正、高雅、明智或迷人的东西。"然后将恶俗的日常事物、恶俗的大众传媒、恶俗的精神生活一一进行了批判。此书可视为《格调》的姊妹篇。那么，什么是有格调有品位的生活呢？这或许是福塞尔希望他的读者读完其书之后得以深思的。颇为讽刺的是，这两本书在中国似乎被"恶俗"地消费掉了，俨然成为"伪中产阶级"的生活指南。

2012年5月23日，88岁的福塞尔在俄勒冈州去世。他的继子科勒·博林达说："就理解战争的恐惧来说，他是那个世界的士兵。"实际上，战争才是福塞尔写作的主题，在其一生出版的20多本书中，有一半是围绕战争，如《因原子弹及其他文章，感谢上帝》（1988）、《男生的十字军东征：1944年至1945年美国步兵在欧洲西北》（2003）等。"我认为，如果一个人没有亲身经历战争，那么他是不适合写战争历史的，因为在战场上发生的事情，绝对不可以想象。"不过，尽管福塞尔对战争冷嘲热讽，但他也承认，战争给他留下的心理创伤虽然是不可避免的，但也让他受益匪浅。"你认识到了一个更多维度的你，这在你不得不上战场之前是想象不到的。这非常有用，它会让你知道你到底是谁，知道你该如何度过你的余生。"

戈尔·维达尔：最后一位"奥古斯都"

在美国同性恋运动史上，1948 年被视为破冰之年。这一年，金赛博士的学术著作《人类男性的性行为》出版，从科学角度指出同性恋者是一个备受压抑的少数群体。也是在这一年，戈尔·维达尔的《城市与栋梁》与杜鲁门·卡波特（1924—1984）的《其他的声音，其他的房间》两部同性恋小说出版，引起广泛争议。如今，这两部小说常与约翰·霍恩·伯恩斯（1916—1953）的《美术馆》（1947）、艾伦·金斯伯格（1926—1997）的《嚎叫及其他诗》（1956）与詹姆斯·鲍德温（1924—1987）的《乔万尼的房间》（1956）等放在一起，作为 1969 年"石墙酒吧造反"之前早期同性恋运动的代表，而其中还是以戈尔·维达尔的《城市与栋梁》影响最大。

与之前或是同时代的同性恋作品的半遮半掩相比，尤其与卡波特的《其他的声音，其他的房间》的出版"个人秀"（其小说封面的个人照片引起的关注胜过小说本身）相比，维达尔的《城市与栋梁》可以说是第一部落落大方描写同性恋群体，揭开其神秘生活面纱的小说：为了找到自我，英俊少年吉姆·威拉德离开了家乡弗吉尼亚，在花园旅馆中，他发现了一群同性恋者。起初，他的反应是"厌恶和惊恐"，但随着交往深入，他渐渐被这群人的生活所吸引，并熟悉了他们的"行话"，了解了他们的世界，甚至迷恋他们的"艳事"。用今天的标准看，这部成长小说"温和且谨慎"，然而在当时却是一个丑闻，"堕落且色情"，当时的文学界和批评界，尤其是《纽约时报》，都将他列入"黑名单"，以至于后来一段时间，他不得不放弃写小说，用笔名"Edgar Box"写一些神秘故事。接着为了生活，他先是写电视剧本，后又写舞台剧本和电影剧本，其最成功的一部剧本莫过于《最佳男人》（The Best Man）（1960），在1964年改编为电影之前，在百老汇演出520场，至今依然以《戈尔·维达尔的最佳男人》之名活跃在百老汇的舞台上。

虽然至今维达尔依然被同性恋者视为楷模，甚至将他比喻为从天堂带来火种的普罗米修斯，但维达尔却坚决拒绝"gay"这个标签，而更愿意认为自己是一个普遍主义者（universalist），或是说混合物："一旦你有了这事是同性恋的念头，你就会接着说这是非同性恋的想法。接下来就会无药可救。""并不是每个人都是非此即彼的，因为有的人是各种倾向的混合体，范畴会不断瓦解，随之会被荒谬接管。"虽然常与卡波特相提并论，但高大英俊、富有阳刚之气、说话刻薄毫不留情面的维达尔与长着娃娃脸、嗲声嗲气、喜欢奇装怪服哗众取宠、身高1.61米的卡波特之互不相容几乎是人所共知的。维达尔甚至将卡波特比喻为"闯入文坛的肮脏动物"。1975年，卡波特在其写作中说维达尔被肯尼迪主持的白宫踢了出来，维达尔以诽谤罪将其告上法庭，卡波特勉强向其道歉。

维达尔的这种骄傲，甚至霸气，是有底气的。与一心想混入名流而不惜自毁形象的卡波特相比，虽然父母也自小离异，但比卡波特小一岁的维达尔却可以说真正出身名流。1925年10月3日，小尤金·卢瑟·戈尔·维达尔出生于美国的西点军校。父亲老尤金·维达尔是那里的第一个飞行指导员以及足球教练助理。作为航空领域的先行者，他发现了三条航线，并曾做过富兰克林·罗斯福总统任下的航空商务局负责人。维达尔的母亲是一位演员，俄克拉荷马州民主党参议员托马斯·戈尔的女儿。维达尔青少年时最美好的记忆正是和他的外祖父戈尔在一起。戈尔参议员从幼年时代起，眼睛就几乎全瞎了，维达尔从小给外祖父读各种各样的书，有时还陪伴外祖父到参议院去。维达尔一生对政治的热情正是从此而来。多年后，他回忆说："大概在十三四岁的时候，我就想成为一位政治家。但那时我知道我是一位作家，我正在写作。吃惊的是，如今回头看，这么多年我一直是那个样子，没有任何改变。""表面上我与每一个人都相遇过，但我知道实际上我没遇到任何人。"

也正是 14 岁时，维达尔将自己的名字简化为两个单词——"戈尔·维达尔"，因为听上去更文学。此时，他在华盛顿的圣阿尔本兹学校上学，在这里他遇见了他一生中唯一全心爱过的人——吉姆·特布林（Jimmie Trimble）。在 1995 年出版的回忆录《重写本》中维达尔说，吉姆正是《城市与栋梁》中吉姆的原型，也是他"一生中为未完成的事业，我们是一个整体"。然而，吉姆死于第二次世界大战，年仅 19 岁。

1942 年，在菲利普·艾克赛特学院毕业后，17 岁的维达尔参军，在阿留申群岛上飞行，给军船配送供给。同时，他也开始了自己的小说创作。第一部小说《维利沃》以海上风暴为背景，讲述了两个海员为争夺一名妓女而闹得不可开交。这部有着海明威风格的小说出版于 1946 年，第二年他的第二部小说《黄色木头里》出版。接下来一年出版的《城市与栋梁》是他的第三部小说。随后他的小说创作中断，直到 1960 年代，他才重新写小说，写有《卡尔基》（Kalki）、政治三部曲《华盛顿特区》（Washington D.C.）、《波尔》（Burr）和《1876》等十几部政治历史小说。不过，让维达尔获得巨大声誉的更多要归功于他更为丰盛且犀利的时政批评。他曾于 20 世纪 60 年代与 80 年代两次竞选国会议员位置，虽然两次都失败，他却视自己为"影子总统"，说"如果大家遵从我的建议，人类没有解决不了的问题"。并认为小布什是美国历史上最愚蠢和最危险的总统，嘲笑西奥多·罗斯福是软绵绵的美国男人，挪揄里根始终不渝地"沉醉于防腐剂的艺术"。1993 年，他凭借评论集《美利坚合众国》获得美国国家图书奖。2009 年，又获终身成就奖。

在其生命的最后，维达尔认为自己是奥古斯都式的人物，绝无后来者。此话虽然一如其骄傲自负本色，但也颇为准确，确实没有几位美国作家能像他那么多才多艺，并都取得颇高成就。他一生创作长达 60 多年，出版有 20 多部小说，20 多部散文随笔集，20 多部剧本以及两本回忆录。

1950 年，维达尔遇见了此后相伴 53 年的伴侣霍华德·奥斯丁。此后的时光中，他们在意大利和加州两地轮流居住。2003 年，维达尔卖掉了意大利的房子，正式定居加州。这一年的 11 月奥斯丁因病去世。2005 年 2 月，他被安葬在华盛顿岩石小溪公墓，墓碑上并列刻着他与维达尔两人的名字。

在其回忆录中，维达尔吐露了自己与奥斯丁的秘密：他们从来没有在一起睡过。他还回忆道，奥斯丁在临终前问他："时间是不是过得太快了？"维达尔说："当然很快。我们一直很幸福，众神都无法给予的人世间的幸福。"9 年后的 7 月 31 日，维达尔在其加州家中去世。

希尔顿·克雷默：信念的捍卫者

希尔顿·克雷默最有名的一段逸事是他与伍迪·艾伦的一次"正面交锋"——一次晚宴时，时任《纽约时报》首席艺术评论员的克雷默恰巧坐在伍迪·艾伦的身边。艾伦问他："坐在你激烈批评过他们作品的人身边，你会觉得尴尬吗？""不会，"克雷默毫不犹豫地回答："我期望他们会为自己糟糕的作品而尴尬。"

两人所说的"作品"是 1976 年上映、伍迪·艾伦主演的影片《正面交锋》（*The Front*）。影片讲述的是麦卡锡主义盛行之时，几位上了当局黑名单的共产主义作家的荒诞遭遇。导演虽不是艾伦，却颇具伍迪·艾伦电影的后现代风格，这自然引来以保守闻名的克雷默的批评——发表了他那篇最为著名的文章《黑名单与冷战》。文中，克雷默批评影片"破碎"的开头，并哀叹：历史修正主义成为流行文化的燃料，"勤奋地将 40 年代末的恐惧和争议转化为 70 年代的娱乐和畅销作品"。文章引来激烈争议，读者来信如雪崩一般飞来，当时克雷默《纽约时报》的一些同事都不与他说话了。

不管"尴尬"的逸事是真是假，却颇能说明克雷默的批评立场与风格。

克雷默 1928 年生于麻省的格洛斯特小镇，1950 年在锡拉库扎大学获得英语学士学位。此后，他先后在哥伦比亚大学、社会研究新学校、哈佛大学、印第安纳大学等学校攻读研究生课程，不过没有完成任何艺术史的课程。1952 年夏天，在印第安纳大学学习但丁和莎士比亚的他，偶然认识了《宗派评论》编辑菲利普·拉甫，正是他鼓励克雷默走上批评之路。1952 年 12 月，该杂志发表了当时著名评论家哈罗德·罗森伯格一篇关于“行动绘画”的文章，对此，克雷默写下《美国新绘画》进行反驳，反对将“行动绘画”及抽象表现主义绘画当作一种“心理事件”来理解，这“否定了绘画艺术本身的美学功效，试图将艺术转移出唯一可以被真实体验到的范畴、美学的范畴”。在他看来，罗森伯格的文章是“智力欺骗”，“它将艺术本身贬低为与心理材料同等的地位”。直到 2004 年，克雷默获得美国国家人文基金会的一枚奖章，在接受采访时依然如此说。

这篇文章发表于 1953 年的《宗派评论》，这让克雷默几乎一夜成名，成为一位艺术评论家，如他在 1966 年的一篇回忆文章中所说，“在我还未确定这是否是我想要的就给了我一张职业入场券”——双周刊《艺术文摘》邀他定期写评论；当时最有影响的批评家克莱门特·格林伯格请他给《评论》写文章。1954 年，克雷默成为《艺术文摘》的编辑；1965 年，成为《纽约时报》艺术新闻的编辑；1973 年又成为首席评论员，在这里，他不停鞭笞惠特尼博物馆、古根海姆博物馆、现代艺术博物馆等纽约现代艺术“殿堂”，同时不遗余力地抨击以推动前卫艺术为宗旨的惠特尼双年展，甚至用“哗众取宠”、“垃圾”等词形容这个双年展。

作为新保守主义的代表人物，克雷默当然不可能接受激进的左翼政治观点，也不可能接受 20 世纪大众艺术家与批评家的无政府主义的美学观点，这种立场导致他 1982 年从《纽约时报》辞职，与钢琴家兼乐评人的塞缪尔·里普曼一起创办了以精英与保守闻名的《新批评》杂志，并列出一长串"攻击"目标：艺术博物馆中流行文化大众文化的渗入；政治对艺术作品以及艺术组织管理的入侵；美国国家艺术基金会的无能；文化中知识趣味的普遍下降，等等。90 年代，他同时也为《纽约邮政》和《纽约观察者》撰稿，抨击他的前东家《纽约时报》为自由教条主义的堡垒。实际上，在其 50 多年的批评生涯中，他一直坚守自己的立场——坚定拥护现代主义与无情批判后现代主义。他抨击流行艺术、概念艺术和后现代艺术等一切前卫艺术，极力贬低他们的意义，一直强调杜尚的存在是现代艺术发展的祸害，"正如马戏团的领班、权威、恶魔和守护神"。为此，他常常哀叹 20 世纪 60 年代后现代艺术的兴起以及带来的改变，正是在那个时候，批评家与学者将美学扔到脑后，而宁愿通过政治镜头来对艺术进行判断。对此，任职《纽约观察者》15 年之久的主编彼得·卡普兰有着颇高评价："我尤其庆幸能够有希尔顿的文字，他真的是信念的捍卫者。"不过，他的同行、批评家唐纳德·库斯比则说："他确实对现代主义有很好的把握——也许把握得太好了一些，以致忽视了其他东西。"《新批评》现任编辑罗杰·金伯尔则认为，克雷默"最重要的品质是独立。他看到什么说什么——这是如今社会日益缺稀的品质"。

2012 年 3 月 27 日，在过完 84 岁生日两天后，克雷默，这位被其老东家《纽约时报》称为"世界上最偏激也是读者最多的艺术评论家之一"，因心脏衰竭去世。其生前最为赞赏 100 年前美国作家、评论家威廉·狄思·豪威尔斯针对纽约文学界所说的一句话："树敌容易保持难。"据此，克雷默说："一个人必须努力工作才能让敌人一直存在。从某种程度上说，我是成功的。"

大丈夫、小偷与间谍

—— 1906—1908 年在中国西部的外国探险家

一

马达汉（C.G.Mannerheim，1867—1951）的《马达汉中国西部考察调研报告合集》[1]（以下简称《报告合集》）和《百年前走进中国西部的芬兰探险家自述：马达汉新疆考察纪行》[2]（以下简称《纪行》）这两本书是我离开夏日塔拉草原、离开皇城阿瓦和昂噶（爷爷和奶奶，裕固语）家的前一天晚上，裕固族朋友安晓冬特意来与我告别时，向我推荐的，这也是 12 月初从祁连山回来后一直看的闲书。

离开牧场的那天，刚下过一场大雪，很冷，阿瓦和昂噶早早躺进羊粪烧的热炕上休息了。我坐在火炉边，看着裕固族作家铁穆尔记录他们民族历史的一本书《裕固民族尧熬尔千年史》[3]和他多年采访整理的一本口述史《在库库淖尔以北》，这是我那一个月来断断续续看着的

[1] 马达汉，《马达汉中国西部考察调研报告合集》，阿拉腾奥其尔、王家骥译，新疆人民出版社，2009 年。
[2] 马达汉，《百年前走进中国西部的芬兰探险家自述：马达汉新疆考察纪行》，马大正、王家骥、许建英译，新疆人民出版社，2009 年。
[3] 铁穆尔，《裕固民族尧熬尔千年史》，民族出版社，1999 年。

书。快十点的时候，介绍我去草原牧民家却一直没见面的安晓冬，突然给我电话，要来与我告别。

在生于70年代的安晓冬身上，已经很难看到裕固族人的特征，实际上他的母亲是藏族人。与藏、蒙、汉族通婚，在这里其实已经是普遍现象，甚至我没有发现一个家庭完全是裕固族人。他们的生活已经渐渐汉化，与西部汉族家庭区别不大。不过，当我们的话题聊到裕固族时，安晓冬掩饰不住骄傲，说："你知道马达汉吗？他最近有一本书出版，里面有一个报告是专门针对100年前的裕固族的，我姐曾翻译过这个报告，但现在这个书的译本不是她翻译的。这本书在当当可以买到。"安晓冬强调。

安晓冬的姐姐安惠娟翻译的马达汉的报告《访撒里与西拉尧乎尔》（尧乎尔，即尧熬尔，也即现在的裕固族），我在《皇城区志》（皇城属于甘肃省肃南裕固族自治县，裕固族聚居地）后面的附录中看到，但我没好意思向牧场兰阿瓦要这本书。因为安晓冬的推荐，回上海后我在当当上买了马达汉的《报告合集》以及《纪行》，因为我非常惊讶于100年前马达汉对裕固族作的这份非常专业的人类学、语言学、历史文化方面的科学考察，里面有着无数冷静的表格、数字和描述，犀利又冷酷，以至于我想到他拿着头盖骨测量仪，用"诱人的匕首、镜子和鼻烟"等来奖励那些勇敢面对测量的人时，内心总是有一种不舒服的感觉，却又不得不承认这确实是一份了解裕固族面貌的好资料，并不得不佩服他对裕固族的历史以及当时的部落分布、人种特征、语言的考察和分析。因为即便热情接待我的昂噶是裕固族一个部落头目的女儿，即便有着铁穆尔的书作指导，我仍没弄清楚裕固族的历史以及他们之前的部落，始终也只能说几个非常简单的裕固族词语。而同样只在那里待了十几天的马达汉，便将撒里与西拉尧乎尔的10个部落以及之间的区别拎得清清爽爽，还用表格对比了这两个部族的语言词汇表，并生动地记录下当时裕固族人的生活情景。

甚至是马达汉一些毫不客气的评价，也让我心虽不悦但却诚服，如："尧乎尔（即现在的裕固族人）看来本性不好娱乐。没有看到有弹奏的乐器，甚至不跳舞，也没有合唱。""总的说来，尧乎尔人给人一种忧郁的印象，常常抱怨经济困难。他们也相当坦率地谈他们的情况。他们牧场的草太粗糙，几乎像芦苇，他们的牲口不多。无可否认，他们的经济状况很差；但与中亚见的赤贫状况相比，他们的情况还不能被认为是非常坏的。"

再次看完这份报告时，突然感觉平日里看到的穿着民族服装戴着民族头饰整日载歌载舞的图像有些像周正龙的老虎照片，非常真实却找不到模特，这让我尴尬得大冷天冒热汗，几乎一个月不想再搭理冷酷无情的马达汉，而是兴致勃勃地和那位"与中国结婚"的瑞典人斯文·赫定（Sven Anders Hendin，1865—1952）以及让人爱恨交加的英国人斯坦因（Aurel Stein，1862—1943）一起在西域探险。

二

19世纪末20世纪初，中国西部出现了一大批形形色色的外国人，其中以探险家、考古学家与情报人员居多，而斯文·赫定、斯坦因和马达汉则可谓这三种人的典型代表。"古今多少事，都付笑谈中"，如今过多地执着于他们的是非功过，似乎已没多大意义，但由文见人观己，却是各有滋味。

1906年至1908年，就在马达汉在中国西部进行考察的同时，当时已发现楼兰古城的斯文·赫定也在进行他的第四次中亚探险，这一次，他的目标是西藏。虽然他未能抵达目的地拉萨，却走遍羌塘无人区和阿里，弄清楚了外喜马拉雅山（西藏冈底斯山脉）一带的地理状况，填补了"地图(欧洲版)上的空白"。这几乎是斯文·赫定一生中最为得意的事情之一。

"人在幼时认清了他终身事业的趋向,是快乐的!那实在是我的幸运,当我 12 岁的时候,我的志向已是很明显的了。"这是斯文·赫定那本大名鼎鼎的自传《我的探险生涯》[1]中的第一句话。1880 年 4 月 24 日,瑞典极地探险家诺登瑟德乘坐"威加"号载誉而归,整个斯德哥尔摩为之狂热。亲眼目睹这一盛况的 16 岁的斯文·赫定从此决定了自己一生的事业:到"从来没有西方人去过"的地方,做"第一个西方人"。可以说,地理上的发现与征服成为他最大的乐趣,"冒险去克服无人知晓的地方和力争不易成功的事业都是有趣的,这些使我有不可遏制的冲动",让他名扬天下的两项功绩——发现楼兰古城和填补地图(欧洲版)上西藏的大片空白——也正是基于此而成就的。

因此,看着斯文·赫定在《我的探险生涯》中简洁而生动的叙述,跟随他飞蛾扑火般的执着步伐,从八个方向横穿冈底斯山八次,不仅有着身临其境般的刺激,也让人生发出"大丈夫生当如是"的感慨。此外,与早期探险家大多不尊重中国人的感情不同的是,斯文·赫定笔下总是充满了人情味,上到王公贵族、班禅活佛,下到乞丐流浪儿、仆人随从,甚至在倒毙的骆驼、不得不遗弃的狗和为了活命而被迫宰杀的羊身上,都能感受到他笔端流露出的真情和难抑的哀思。在西藏林加庙,面对住在漆黑小屋中进行苦修的喇嘛,斯文·赫定用了少有的长篇幅表达自己的尊敬与迷惑,多年后他回忆道:"过了很久,我在夜间总还想起他,就是现在已过了 17 年,我还疑惑他是否尚在洞中活着。即使我得到允许和权力,为了我的生命的缘故也不愿释放他,同领他到日光下。在这样伟大的坚决的意志和圣洁的人面前,我觉得自

---

[1] 斯文·赫定,《我的探险生涯》,李宛蓉译,新疆人民出版社,1997 年。

己如一个鄙陋的罪人和懦夫。"当有人问他，你不惜以自己、你仆人和骆驼的生命，冒着极大的危险到那干涸的沙漠去作长途旅行，有什么好处？他的回答是：因为从未有欧洲人经过那里。这句话极像登山运动员的回答：为什么要登山？——因为山在那里。

尤其值得尊敬的一件事是，1926 年，61 岁的斯文·赫定再次来到中国，组织领导了中国近代史上第一个平等的非侵略性的科学考察团——"中国西北科学考察团"，其在谈定条约时便主动提出："此行所获历史遗物，全数留存中国。"1927 年至 1935 年，由斯文·赫定和中国学者徐炳昶共同带领的在"中国西北科学考察团"在中国西北进行了 8 年的科学考察，在这次考察中，斯文·赫定每天坚持写笔记，这让他的《亚洲腹地探险八年》[1] 成为一幅那个时期的中国"清明上河图"，真实生动。此外，"我们与中国朋友的合作是最完美的。我们在一起情同手足地工作，没有丝毫嫉妒、龃龉或误会。我们没有介意国籍或民族，唯一目的是为国际的科学服务"。因此，这次考察被称为"流动的大学"，为中国现代地质学、地理学、考古学、气象学、地形测量学、动物学、植物学、地磁学等众多学科奠下最坚实的一个基础，也使得以"找宝"为唯一目的的探险队或科考队从此无法成行。在书中，他一再表示，不与各国古董商做交易。当他要率领汽车考察队出发时，"经常光临我们院子的古董商使已经相当紧张的空气更加炽热，他们不停地喊叫。我不会与他们做买卖，既不会也不可能与这些人达成任何交易"。

1952 年，斯文·赫定在斯德哥尔摩病逝，享年 87 岁。曾有人问他为什么不结婚。他的回答是："我已经和中国结了婚。"

---

[1]　斯文·赫定，《亚洲腹地探险八年》，徐十周译，新疆人民出版社，1997 年。

三

与此不同的是，若是读斯坦因的《西域考古记》[1]，虽然无法否认这位精通英、法、德、拉丁、克什米尔、波斯、希腊、突厥、梵文等多种语言，并用 10 年时间翻译克什米尔诸王史的学者对敦煌学作出的贡献，但总觉得少了一份光明磊落，字里行间显露出的狡诈与得意总让人不是滋味。

与马达汉、斯文·赫定同时，1906 年 5 月 29 日斯坦因第二次来到中国进行考察，按照斯文·赫定绘制的地图的指引，在楼兰古城挖掘；次年 3 月来到敦煌，期间正好碰上敦煌一年一次的香会，"那形形色色的人群成千上万密密麻麻，都来到这里，使我们深受震撼。因此我认识到，这里虽有许许多多好东西，可以带回去研究，但开始还是只能限于在本地考古研究，不能拿走东西，否则激起众怒，后果不堪设想"。不过，这位与斯文·赫定同样执着的学者显然不甘心，1906 年 5 月 21 日，他再次来到敦煌，将帐篷支在对面，"准备先在这里耗着，因为我那时心中又有另一种期望"。

斯坦因的期望正是放在王圆禄的身上，虽然"此人悠忽不定，极难捉摸"，用许多银子引诱都"不曾让他听信我的话"，但在与王道士斗智过程中，斯坦因终于找到契机，他发现"王道士虽然全身上下俗不可耐，可是一说起唐僧，他竟也那般痴情，正像我对待考古研究那样虔诚"。于是，他向王道士叙说自己"循着唐僧西天取经的道路，翻山越岭、跨海过河，受尽无穷苦难，从印度远道而来，为的就是追随玄奘法师的踪迹，来寻找大师当年从印度取回的经文，如果石窟里那些经文真是从印度翻译过来的，那说明玄奘法师在冥冥之中也同意我

---

[1] 斯坦因，《西域考古记》，向达译，中华书局，1946 年。

拿回去研究。最后又说了一大堆感人肺腑的话，这一番话让王道士备受感动"。当天晚上，王道士终于从石窟中拿出几卷经书给斯坦因，竟然都是玄奘法师音译的经文。这一巧合，让"王道士惊讶，唐僧果真显了灵，不让这位外国人进去恐怕都不行了"！自此，斯坦因胜利攻破王道士的防线，用几十块马蹄银便购得文卷24箱、佛像5大箱。后经整理，完整的文卷有7000件，残缺的有6000件，此外还有其他文物。而斯坦因认为"我与他之间的交易应该是很公平的，从他那种说不尽满足的脸上就能看得出来"。1906年6月12日，斯坦因满意地离开敦煌。7月，敦煌县因抗缴采买粮发生农民"暴动"，"知县的衙门在动乱期间遭到了抢劫和焚烧"，这让已经到达安西的斯坦因"毫不犹豫地再次鼓足勇气，在千佛洞的窖藏里又挖掘了一把"。他派出自己的"永远热心的秘书"蒋师爷，再次向王道士提出收购计划，这次王道士"出让了230捆写本，大体上包括将近3000件典籍卷子，绝大多数都是汉文佛经和藏文佛教著作"。而这次"从千佛洞获取的一切，只破费了政府大约130英镑的经费。写在棕榈叶子上的单独一页梵语写本，再加上其他一些'古物'，就值这个价钱了"[1]。1914年，斯坦因第二次到敦煌，见到王道士。"王道士给我拿出账本，仔细记着我捐给他的银子总数，十分自豪地对我说，石窟前的那些新盖的寺庙和寮房都是用我捐的银子盖的，还说我很仗义，后悔当初没有听蒋师爷的话，干脆向我多要些银子，把所有的文书都让我运回去。我为他的忏悔感到十分高兴。""最后我又捐给他许多银子，将他藏起来的5大箱子600多卷敦煌文书搬了出来。"

斯坦因和王圆禄在敦煌莫高窟进行多次秘密交易的结果，给英国带去了敦煌藏经洞出土文物中最重要的一部分，即所谓的"斯坦因搜

---

[1]　见1907年10月14日斯坦因致珀·斯·阿伦的一封信。

集品"。同时，斯坦因也给西方人带去了一个让他们一直视为浪漫传奇的"来自千佛洞的'道士的故事'"。前英属印度总督寇松勋爵于 1909 年 3 月 8 日给英国皇家地理学会会长莱奥纳多·达尔文少校写的一封信中曾兴高采烈地说："在考古学发现史上，几乎没有任何事件能够比斯坦因博士在敦煌石窟里与王道士之间的长时间讨价还价更富有戏剧性、更富有成果。据我所知，这次讨价还价的收益现在存放在伦敦，将会提供另一批证据，展现东方和西方之间那些神奇的会合点，中亚充满了东、西方的会合点。"但他们的浪漫与得意，对中国人来说却是一种创伤与耻辱。前几年，不记得哪个出版社，将斯坦因的《西域考古记》改编成《斯坦因西域盗宝记》[1] 出版，虽然从某个角度说或许要感谢斯坦因的行为，但看到这个题目，却让我有一种痛快的感觉。

20 世纪 20 年代，因非法向斯坦因、伯希和、华尔纳等外人盗卖藏经洞文物的王圆禄，遭到各方唾骂，精神失常（或是装疯卖傻），晚年过着悲惨的生活。1931 年 6 月 3 日，死于莫高窟，终年 80 余岁。这位可怜无知、一生都过着贫贱生活的道士，终究也只是历史的替罪羊。因为敦煌文物的更大流失，在当时的官员手中。步斯坦因后尘，法国教授伯希和（P. Pelliot）来到敦煌，"经过多般诱惑，让王道士将我剩下的许多卷子看一看"。"到时很高兴，显然又将此换了许多银子，结果伯希和教授一共弄走 1500 多卷剩下文书中的精品。"1909 年，伯希和回巴黎路过北京，他携带的文书被中国专家发现，立即上书朝廷抢救剩余文献，清政府这才电令陕甘总督清查藏经洞，所剩文物全部运往北京。至此藏经洞的价值虽然被国人所认识，却导致了更大的厄运，经卷文书在运送途中遭到沿途官绅雁过拔毛般的截盗。更为惨烈的是，运送车辆抵达北京，负责接收和押解的新疆巡抚何彦升伙同亲家李盛

---

[1]　马克·奥利尔·斯坦因，《斯坦因西域盗宝记》，海涛译，西苑出版社，2009 年。——编者注

铎将经卷运往自己家中，将其中大批精品据为己有，继而转卖到日本。40 000多件经卷文书最后入藏京师图书馆时，仅剩下8600多件。更为可耻的是，为了怕因经卷的件数缺少而被追究责任暴露此事，他们将较长的经卷一撕为二来充数。

斯坦因最后一次回到千佛洞时，王道士给他讲了这个故事："那些文书写本在装车时都是粗粗打捆后用打车运走，也没有登记数量，结果车子停在敦煌衙门口时被人偷走了许多，沿途到北京，不知被偷掉多少。后来，果然有人拿一大捆唐代佛经问我要不要。到张掖和新疆的路上，我又收到许多密室中的卷子。"

念及此，对于斯坦因，亦不知是感激还是继续恼恨？陈寅恪先生的悲叹"敦煌者，吾国学术之伤心史也"怆然响起。

四

不过，若对比再读马达汉的《报告合集》，则另有一番滋味在心头。

无疑，芬兰人马达汉与瑞典人斯文·赫定、英国人斯坦因一样，也是一位极富传奇、让人着迷的人物：他来自一个瑞典裔的贵族家庭，其家族于17世纪移入芬兰—瑞典王国属下的一个省。随着近代以来瑞典从一个欧洲强国衰落为相对次要的国家，芬兰也于1809年易手成为依附于俄国的一个自治大公国。因此，在生命的前30年，马达汉在俄国担任军官，参加过1904年的俄日战争，与沙皇尼古拉二世保持了良好的私交，并在第一次世界大战中为俄国出生入死；十月革命，他辞去俄国军职，回国帮助芬兰摆脱俄国而独立，直至1946年辞去芬兰总统职位为止，他几乎都在抵抗俄国的控制和入侵的岁月中度过。因此，作为未来一位优秀的军事家政治家，早年的马达汉在中国的考察也是目的明确的。

1906 年至 1908 年，由于俄国总参谋部的指派，马达汉对新疆、甘肃及内地进行了政治、军事、地理、文化等诸多方面的考察。其行经路线，自俄境塔什干、安集延而至清境喀什噶尔、阿克苏、焉耆、吐鲁番，再由河西、甘陕而终至北京。在北京，马达汉完成了呈交俄军总参谋部的长达 173 页的《上校马达汉男爵奉旨于 1906—1908 年穿越中国新疆和中国北方诸省至北京之旅的初步考察报告》，并附有数十幅自己绘制或收集的从新疆到内地重要道路、河川和城市方位图，以及有关各省的政治、经济、军事、地理、历史和民族的统计资料。这份"引人入胜"的报告，使得马达汉回圣彼得堡受沙皇尼古拉二世召见的时间，从原定的 20 分钟延长到了 1 个小时。"这份'殊荣'为马达汉日后的晋升铺平了道路。"

马达汉的这份《考察报告》是《报告合集》中两个报告之一，但其实可以说《考察报告》是他的正产品，而《访撒里与西拉尧乎尔》只是一个副产品，或是说一个伪装。他自己在正产品《考察报告》中毫不掩饰地说："做人类学测量和搜集许多民族学实物，主要是为了当着我旅伴们的面，进而当着中国当局的面，为自己的工作增添一点学术的色彩。"而实际上的旅行目的，马达汉在《考察报告》前面详细地列出 6 条，以及 6 项特殊任务。用一句话说，就是从军事角度考察新疆和西北边境地区，以便为当时的沙俄进一步侵略中国制定战略计划；用两个字概括，就是"间谍"。

若借用马达汉冷静客观的脑子来评价，马达汉无疑是一位冷静且强悍型的优秀间谍，且不论一路上自然环境的险恶以及缺水少粮，就他在卡加寺，动用火枪"以防凶狠的唐古特喇嘛"，在五台山不顾严密监视和阻挠执意谒见达赖喇嘛，便可想见他强悍的脸庞。而他的敬业精神可以毫不愧疚地面对任何劳动奖章，哪怕是行走在路上，他还在想着如果俄国部队进来，哪座桥需要爆破，哪座桥可以就近取材加固，哪条道路可以不受牲口的影响。甚至到了兰州，因为碰巧过年长假不上班，他为因此无法开展他的间谍工作而恼火不已。

不过，我始终没有弄明白马达汉是如何进行他的间谍工作的。因为在报告正文中，只能看到一个和探险者所写并无二样的见闻录，而附录中却有着各省有关军队、兵工厂的详细数据，详细到每一个营或旗的步兵、骑兵、工兵、马兵、炮兵、军官的数量、心态和作战能力的评价，以及军工厂火药场的子弹生产数量、拥有的步枪、大炮等兵器的数量，看得人直为当时岌岌可危的清政府冒冷汗。好在时过境迁，100年后的我不必为当时的清政府捏把汗了。但最后看到马达汉短短3页的"专门的结束语"中，指出的"那些哪怕是一个最外行的和毫无经验的探险家，在中国北方各省旅行期间所目睹的中国现阶段最为鲜明、最具代表性的特征"后，又不由得再三捏把汗，特摘录如下：

> 全世界都知道了中国的觉醒，但从目前改革（指清政府推行新政）的情形来看，这一觉醒多大程度上包括了愚昧无知的人民大众，改革行动及纸上谈兵的理论多大程度上对国家的现实生活产生了直接的影响，对这一切最清楚不过的人，大概就是不仅熟悉这个国家社会生活之脉搏的几大中心，而且还曾有机会了解中央政府轰轰烈烈的改革运动之余声勉强能到达的偏僻省份的那个人。

> 在穿越中国西部和北部的旅行中，我通过与各地当局代表和社会各个阶层的代表的交谈得到的印象是……所有地方都缺乏社会政治生活，他们对与自己的钱袋子无关的事情都采取冷漠的态度。经验丰富的官老爷可以对任何事情不管不闻。因国家遭受屈辱所激起的民族自尊的爆发，对让帝国遭受那么多艰难时日的王朝的愤怒，中国北方居民对这一切非常陌生，他们对这一时的激

情尚未适应。某个地方官员的贪得无厌，倘若超过传统早已约定的界限，就可以渐渐突破人民的忍耐力，并且引起动乱的爆发。这是唯一可以表达人民意志的轰轰烈烈的反抗活动。不付出血的代价，事情就得不到顺利的解决，但是，未经长期酝酿突然点燃的暴乱，注定没有前途，正如它突然发生的那样，会突然熄灭。

抛开塞林格，洗钵盂去

　　—— 从西方早期禅读塞林格的中短篇小说

一

　　西方的"禅"在大众的心目中，似乎与"垮掉的一代"广结善缘，但因此也将塞林格归入到垮掉的行列，似乎就有些貌合神离的味道。这只须将凯鲁亚克里的"导师"贾菲（见《达摩流浪记》）和塞林格的"导师"西摩，以及其"弟子"雷蒙（即凯鲁亚克本人）和巴蒂（即塞林格本人）相比较，便可发现两者所理解的禅相差甚远。虽然两人都提倡静坐冥思，崇尚自然追求自由，酷爱中国古代诗歌，但有着波希米亚式疯狂的凯鲁亚克，或在路上号叫，追求享乐、放浪形骸，肆无忌惮地抨击一切，或躲进深山峻岭之中，过着彻底孤独的苦行生活，禅似乎成为他"垮掉的人生"的借口和对"美国生活之道"的反抗武器。他那过于自觉、过于刻意、过于主管的禅，显得刺耳而毫无禅意，犹如几千年前的老子所说："自见者不明，自是者不彰。"与凯鲁亚克愤怒地背着包在路上流浪，拒绝为消费而活不同的是，"脸上总是有着恰如其分的微笑的"塞林格则是在琐碎生活中寻找幸福，甚至厌恶旅行，更多的是在日常起居工作读书中，甚至是独居遁世中，冥思苦行，齐同万物，寻找心灵的自由和体验生命的幸福，解脱生死的羁绊。在他的书里，禅的声音低沉悦耳，似有还无。

这种差异同样体现在他们对诗歌的态度和审美上。凯鲁亚克的《达摩流浪记》的扉页题词是"献给寒山子"，寒山和拾得是中国唐代的两位诗僧，在小说中暗指导师贾菲和弟子雷蒙（凯鲁亚克），在书中，贾菲多次表达了对为"垮掉派"推崇的寒山的敬仰，并教雷蒙去当自己也曾做过的火山瞭望员，雷蒙整整一个夏天一个人待在万尺高山孤凉峰上，过着有点像寒山子在天台寒山峰上反躬自省的生活。塞林格在《抬高房梁，木匠们；西摩：小传》中也毫不掩饰自己对中国诗歌和日本诗歌的一往情深，但他喜欢的是中国诗歌与日本诗歌中安静的感觉与"简单"的素材，写一次雨后散步或是一朵肥嘟嘟的牡丹。西摩，被巴蒂认为是最伟大的诗人和时代的先知，他的诗歌极具私密性却又不见任何个人生活，素面朝天却又似经历过几世的沧桑起伏。这或许也是塞林格小说所追求的境界。

然而，在孤凉峰上的雷蒙，在大自然的冥思中，终于顿悟，领悟到生命的空与实，寻找到了自由；而终日冥思、习禅讲禅，过着独自隐居生活的巴蒂，却不承认自己是禅宗佛教徒，更不是禅学家。虽然"我和西摩的东方哲学的根，无论过去还是现在，都是植于《新约》和《旧约》、《吠檀多》不二论以及道教"，但"我倾向于把自己认作一个四流的羯磨瑜伽行者"。在巴蒂眼中，唯一真正得"道"的禅师西摩，却神秘地自杀了。而其他颇有禅缘的兄弟姐妹，虽与他们的两个哥哥一样有着异秉与早慧，但最后或隐居遁世，或入寺修行，或生死不明，或痛苦不堪，似乎都没有达到真正的纯净的禅的境界。这不仅与"垮掉派"的禅大相径庭，也与我们所熟悉的"中国禅"貌似而实非，多了许多异域的色彩。其中原因似乎与六祖惠能一首偈子"本来无一物，何处惹尘埃"，把印度的土产变成了中国的土产相似，从日本传入美国的"铃木禅"似乎也被美国弟子们本土化了。

二

20世纪之前，禅宗还只是东方的智慧。1927年，日本禅宗大师铃木大拙在英国伦敦出版《禅佛教文集》的第一卷，禅佛教首次面对西方进行自我表述，打破了长期以来西方人将"禅"混同于"神秘主义"（Mysticism）和"静默主义"（Quietism）的"西方想象"。

作为临济宗的传人，铃木大拙的禅与中国的禅宗思想大致一脉相承，不过他颇有见地地重释了"修心"、"见性"的传统，指出了西方思想"二元论"缺陷，将禅的基本教理寓于现代人的生活及思想中，迎合了当时西方的反理性思潮。他强调禅是一种生活的艺术，是看入自己生命本性的艺术。只要见得自性，便是一位超越芸芸众生的生活艺术家。所谓"心随万境转，转处实能幽。随流认得性，无喜也无忧"。这对于经历了经济大萧条和第二次世界大战、寻求恢复人与自然合一的西方人来说，犹如当头棒喝，也与当时出现的维特根斯坦哲学、存在主义、一般语意学、沃夫创造的玄妙语言学以及某学哲学心理治疗等一些思潮运动产生共鸣，得到了一批为数日盛的优秀知识分子、艺术家的支持，"铃木禅"由此也开始渗透到哲学、宗教、文艺、音乐、医学、心理学、社会学各个领域，美国学者亚米斯的《禅与美国思想》、杜姆林的《现代世界佛教》、卡普洛的《禅门三柱》、弗洛姆的《心理分析与宗教》、格雷厄姆的《天主教禅》等著作都是这些方面的反映。海德格尔晚年读到铃木大拙的作品后，甚至叹道："如果我对铃木大拙的作品理解不差的话，他在书中所说的，也正是我这一辈子在自己的著作中想要说的。"

同时，铃木大拙还强调禅的世界性与超越性，在《禅与日本文化》一书中，他写道："希腊教我们寻找原因，基督教让我们信仰，禅要超越彼此，原因和真理，人和神；超越逻辑进入到存在和生活的自然之中。"他在对禅进行重新诠释时，积极与西方哲学和基督教展开对话，如他以斯宾诺莎（Baruch be Spinoza）的"直觉知"来解释禅宗的般若知，又把禅的内在经验比作基督教神秘主义思想家艾卡哈特（Meister Eckhart）式的静默主义等等。基督教世界也给出了积极的回应，促成了像"基督教禅"（Christian Zen）这样的概念产生。

1950 年至 1958 年，铃木大拙在哥伦比亚大学讲授禅学，推动了美国禅学的发展，禅宗中心在美国不断涌现，禅渐渐风靡一时，进入大众的日常生活。美国学者兰丝·罗斯曾对此撰文写道："过去若干年来，有一个小小的日本字眼，开始以一种并非不当的嗡嗡之声，在美国的若干似乎不太相称的地方：学院的讲台上、鸡尾酒会和女士们的午餐会上，以及校园里面聚会之处，传播开来。这个小小的字眼就是'禅'——Zen。"这种并非不当的嗡嗡之声，我们很容易在塞林格的小说中听到，有趣的是，塞林格小说中成人后的巴蒂（常被认为是塞林格本人），也与铃木一样，也在大学讲授禅学。可以说，西方人的早期禅学书写，基本是在铃木大拙所推荐和解释的禅的观念基础上所开展的，这种影响一直持续到 70 年代。

不过，正如美国禅学者艾伦·沃茨指出，对有着自己宗教文化传统和习惯理性逻辑思维的西方人来说，要真正接受或是理解禅，就"必须十分透彻地认识他自己的文化，以致不再在不知不觉中被它的前提所动摇"，"他必须实实在在地与耶和华上帝以及他的希伯来基督教的良心彻底谈判成功，以致去取随意，而不至于有恐惧或反抗之感"。否则，"他的禅不是醛（beat）禅，就是方（square）禅，不是反抗文化和社会秩序，就是一种新的阻塞和威望"[1]。在艾伦看来，醛禅的代表

---

[1] 《西方的两种禅》，见弗洛姆等，《禅与西方世界》，徐进夫等译，北方文艺出版社，1988 年。

正是"垮掉的一代"，"假如禅不是被用作这种无奈生活的借口的话，那它也就成为别的东西"。而蹩禅那种无法无天的反抗，还严重侵犯了方禅。塞林格在《抬高房梁，木匠们；西摩：小传》中也对其表示了嘲讽："一部分也是因为对尚且做不到一视同仁的人来说，禅正迅速变成一个相当猥琐、带有邪教意味的词，而且这也无可厚非，虽然理由流于肤浅（我用了肤浅这个词，因为纯正的禅当然会比它的西方捍卫者们更长寿，这些推崇禅宗的西方人基本上是把禅宗洁身自好的基本要旨同心灵冷漠，甚至是麻木不仁混为一谈——这些人显然还不等自己的拳头变成金拳，就会毫不犹豫地一拳把菩萨打倒在地）。"

而从某种程度上看，一丝不苟遵守禅宗课程训练，强调日常经验，在日常生活中获得顿悟的塞林格的禅似乎更接近方禅。在他那里，禅不是全然的否定，而是用一种独特的肯定，用这种肯定去捕捉生活中各个方面的永恒价值，因而，禅是具体的、自由的、无限的，是"正当"心灵经验的禅。而小说中唯一真正掌握了这门艺术的只有西摩。在巴蒂看来，西摩是一个真正的艺术家，"一个正常体温为37℃的纯灵魂生命"。

三

在西方人眼中，铃木禅是哲学和三种不同文化的特殊混合物，它具有典型的日本生活方式，反映了印度的神秘主义和道家对于自然性和自发性的热爱，并贯穿了孔子思想的实用主义，其中最吸引他们的是道家的人本主义和禅的自然主义。这在塞林格倾注了最大笔墨、被视之为导师的西摩的身上，可以看到西方人对禅的理解。

若将西摩的模样按巴蒂的白描画下来，我们似乎可以看到一个西方世界中的少年"庄子"形象：眼睛看上去有些斜视、鼻子大下巴短、耳垂肥厚、皮肤黑却干净、毛发重却过早秃顶、衣服总是不合身、领带总是打不到位、其貌不扬甚至有些丑陋，整日没理由地兴致勃勃、神采飞扬，所有的楼梯都一概蹦着上去，对生活总是充满了由衷的幸福感，对万物一视同仁等。而他教巴蒂打弹子的"不瞄准的瞄准"和扔烟屁股的"无人之境"的技巧以及其他游戏运动和接人待物的才能，又让人想起当时亲到日本学禅的西方学者赫立格尔在其影响甚广的《箭艺中的禅》中所说的箭艺——随心之瞄准才能达到最高的箭艺，犹如武侠小说中剑术的最高境界"手中有剑，心中无剑"，这又是禅宗精神所在。不过，西摩那不可思议的心、无与伦比的智慧、见首不见尾的举止言行以及神秘的自杀，又让他接近于印度佛教的理想人物——一种绝对掌握了自性的瑜伽徒，这和与常人无异、毫无奇特之处中国悟道禅人形象相比，显得更加神秘，远离普通人。或许正因为这一点，巴蒂虽然深深迷恋禅宗，崇尚道家，但他却认为自己仅仅是一个四流的瑜伽行者，一个西摩的追随者，"我所能领会的那一点点禅学要义，是我追随我个人的非禅之路的附带结果。主要是因为西摩亲口恳求我这样做，而我从来没见他在这些事情上出过什么错"。

"上士闻道，勤而行之；中士闻道，若存若亡；下士闻道，大笑之。"在外人看来，西摩就像一个傻瓜，一个千真万确的"经典型的"神经病，"以任何符合逻辑的方式来定义他，他都是一个非健康的样品"。但在巴蒂看来，西摩便是那虽"牝牡骊黄"不分，却能"见其所见，不见其所不见，视其所视，而遗其所不视"的九方皋，他的一举一动、只言片语似乎都暗藏着九方皋相马的玄机。因此，他可以说是西摩最忠实的追随者和崇拜者，对其他人物有着决定影响却几乎没有出场的一个人物。

如果仔细区别格拉斯其他五位兄弟姐妹对西摩以及巴蒂的态度，便可以隐隐看到当时禅在西方社会中的接受和传播情况。祖伊是格拉斯兄弟中仅次于西摩和巴蒂具有异秉的孩子，他是格拉斯几个兄弟中，唯一一个对西摩的自杀表现出愤愤不平的人，却也是唯一一个真正原谅了西摩的人。这正是他的矛盾之处：他接受西摩和巴蒂的教育，但内心深处，却无法摆脱对自己的深深迷恋。最小的妹妹弗兰妮也与之相似，为内心的欲念痛苦不堪，"我受够了自我，自我，自我。我的自我和所有人的自我。我受够了所有想去某个地方的人，想做出点成就的人，想讨人喜欢的人"。最后，弗兰妮精神崩溃，病倒在家中。祖伊清楚地看到弗兰妮的问题所在，最终的解决办法也只能是将西摩和巴蒂的"怪胎式的教育"派上用场：逼迫自己停止欲念。这或许也是祖伊和弗兰妮两人最后选择去做演员的重要原因。

　　波波是格拉斯兄弟姐妹中异秉最少的一位，"一位生机勃勃、有偿付能力的威切斯特郡的一名主妇"，似乎是最幸福最正常的一个孩子，但在《九故事》中的《下到小船里》，隐约可以看到有着犹太血统的波波及其孩子，在世俗生活中受到的歧视和伤害。双胞胎兄弟中，沃特是格拉斯兄弟中除西摩外唯一真正快乐的孩子，在战争结束的时候，却神秘地死在日本，维克先是一名四处游走的记者修士，最后入寺修行，这很容易让人联想到 1963 年发表了《天主教禅》的黑衣教团修士格雷厄姆。《九故事》中最后一篇描写的另一个有着异秉的孩子特迪，深信前世和灵魂的升华，坚决摒弃逻辑与理性，并能进行神秘预言，最后的结局却生死不明。或许，塞林格用此来说明自己对当时出现的神秘主义的禅的态度。

　　不过，千万不要误以为塞林格的小说深奥乏味或咄咄逼人，即便抛弃他的那些玄想、思考与争辩，单从小说艺术上看，塞林格的这些中短篇小说平白如话，幽默风趣，简单而又奥秘无穷，朴素而义意趣盎然，有着孩子般的童真亲切。最令人惊叹的是他精彩的对话与细节描写，寥寥几笔，人物便跃然而出。《景德传灯录》载，僧问："如何是佛法大意？"（法常禅师）云："蒲花柳絮，竹针麻线。"又《五灯会元》载，僧问："如何是祖师西来意？"师（勤禅师）曰："一寸兔毛重七斤。"塞林格小说似乎就有点像这种没有故事、只有对话和简单场景的，只可悟不可说的禅宗语录，充满了无厘头似的禅意，让人似懂非懂，却又难以释手。若要问塞林格小说写了什么，想说什么，便犹如问"如何是佛法大意"，"如何是祖师西来意"，而最好的答案便是故事本身。实际上，塞林格本人确实也面对过这样的问题，他的回答是：都在书里。

因此，若是翻开他的《九故事》、《弗兰妮与祖伊》和《抬高房梁，木匠们；西摩：小传》三本书，看到的似乎是一个西方禅宗大师西摩与弟子们的习禅语录，记载语录的是他最忠实的弟子塞林格。而对于禅的最好阐释就是另一个禅。《五灯会元》载，（僧人）问："学人乍入丛林，乞师指示。"师（从谂）曰："吃粥了也未？"曰："吃粥了也。"师曰："洗钵盂去。"

好了，到此为止，抛开塞林格，洗钵盂去。

后记　谁能告诉他们有那么一片自由与幸福

> 如果在这里，你没有看见我的光荣与梦想，那是我的错；如果在这里，你只看见我的光荣与梦想，那就是你的错。
>
> ——题记

2006 年，何兆武的口述历史《上学记》（生活·读书·新知三联书店，2006 年）出版后，西南联大以及相关的"独立人格"、"自由思想与学术"、"大学精神"、"知识分子"等词语再度成为称羡的对象。在许渊冲的《追忆逝水年华——从西南联大到巴黎大学》（生活·读书·新知三联书店，1996 年），何柄棣的《读史阅世六十年》（广西师范大学出版社，2005 年），宗璞的《南渡记》、《东藏记》（人民文学出版社，2001 年）以及迟迟在大陆出版的鹿桥的《未央歌》（黄山书社，2007 年）等众多有关西南联大人的书之后，《上学记》中吸引我的不再是西南联大及其逸事，而是字里行间、只言片语中毫不掩饰的西南联大学生何兆武的自由与幸福。何兆武认为，幸福有两个条件："一是个人前途的光明、美好，可是这又非常模糊，非常朦胧，并不一定是个明确的目标。另一方面，整个社会的前景也必须是一天比一天更加美好，如果社会整体在腐败下去，个人是不可能真正幸福的。这两个条件在我上学的时候恰好同时都有。"然而这种自由与幸福的光芒，如此耀眼，让我忍不住挡住眼睛，习惯性地陷入黑暗。

一

十年前夏日的一个傍晚，我从虹口区一个小宾馆出来，沿着一条马路毫无目的走着。突然，我发现自己竟然到了复旦大学。多年后，我上下班坐公交时，依然能看见那个小宾馆，但我至今不知道我是如何走到复旦的。我只是麻木地走着，是围墙内篮球场上一群群打球的学生让我注意到围墙内是一所大学。于是，我停下脚步，小心翼翼地找到校门，发现竟然是复旦大学。于是，我走了进去，站在铁丝网外看着场内那些打球的学生。

此时，夕阳将最后一道金色光芒温柔地照耀在他们身上，形成一团团跳动而圣洁的光晕。我仿若看到一个不真实的世界，一个遥不可及的世界。我站在黑暗中，看着他们，一种绝望渐渐涌入心中，渗入骨髓，直至每个毛孔。我可以忍受贫穷、忍受孤独、忍受辛苦、忍受陌生、忍受嘲笑、忍受一次次从头再来，但我却被这种绝望所击倒。

于是，我离开了这个世界。我将行李打包托运到南昌，包括我自己。然后在市郊一个村子里用80元租了一家农户的小房间，里面只有两张竹床和一张桌子、一张凳子。晚上，月光可以从窗户斜射而下，在地上映射出另一扇发光的窗户。我躺在竹床上，望着地上的窗户，却望不见天空，我奇怪为什么月光依然那么亮？

我一个人住在村里，拒绝与任何人来往，白天看书，晚上在廉价的录像厅看各种烂片。父亲听闻之后，从老家跑到省城，在村里挨家挨户找到了我，央求我认命，央求我回家，我依然麻木而倔强，一个人留在那个考研村，开始自己第三次考研。

一年后，我考取北京一所高校的研究生，我终于可以上学读书了，却没有任何喜悦，只有后怕。多年来，几乎所有人，有时候甚至包括我自己，都将我的成功归结为我的个人奋斗，但多年后，我才渐渐意识到，我只是幸运而已。从一名中专毕业的乡村教师到一名研究生，有的只是幸运，是考研村中大多数人没有得到的幸运，是我的老师我的同学我的学生我的父母我的兄弟姐妹们从不知道、或许永远也不会知道的幸运。

1997 年暑假，我偶然听一位同学说起，南昌郊区有个考研村，那里有不少人在准备一种叫"考研"的考试。第二天，我跑去我任教的乡级初中，向校长请了三年长假。第三天，我便驻扎到了考研村，成了一名"考研专业户"。那时，我并不清楚什么是研究生，我只知道，如果考上，我就可以上大学，我就可以读书了，那个时候，我认为只有在大学里的读书才是读书，可大学是怎样的，我一无所知。甚至到北京读研后，我才知道大学有图书馆，还分好多系，系又分为好多闻所未闻的专业，而中文系不是只有古代文学与现代文学。

不过，那时我并不知道自己无知，因为在考研村里，我发现了一两百个与我一样不知天高地厚的家伙：大多中专毕业，在乡村中小学教书，拿着经常拖欠、饿不死人的工资，生活无望却依然心存梦想的人。当时，我们并不知道，考研对我们来说，是一场持久的、残酷的赌博，虽有成功，但更多的却是失败、麻木与心酸。

生活的艰苦自不必说，更可怕的是压力，经济与心理的双重压力。在考研村中，有许多人几乎是破釜沉舟，一旦失败，再回老家，不仅没了工作，更是成为笑柄。几年后，我曾试图回忆这段日子，可是除开背书，机械地背着考试科目要求的书外，只有一片灰色。我记起一个头秃、背偻、土黄色的影子，当时一位同学指着他那弯曲的背影，笑着问我："你猜他多大？"我摇摇头："真猜不出。"因为我觉得他有 40 多岁，可我知道超过35岁便不能报考。同学笑着告诉我，他30出头，考了七八年了。我当时可能笑了吧。其实，我知道，考研村里的村民永远不会互相嘲笑，我们只有害怕，害怕某一天，自己也会成为那个样子。之后，我只要看到这个影子，便远远避开，不是害怕，不是厌恶，只是不忍心看他的样子，也不忍心提醒自己可能要面对的失败。直到现在，我也不知道他长什么样子，叫什么名字，他最终是否考上。

我还记得莲花，她是少数几位考研女生中唯一一个妈妈级的考生。她只是想读书，想通过考研掌握自己的命运，但谁也不敢告诉她，考研是在拿青春赌命，她没有足够的资本，因为她年龄大了，而且她还有家庭、孩子。坚持两三年后，莲花带着对我们的羡慕和对自己的无奈，放弃了，消失在家乡的小镇中，把全部的希望寄托在她的儿子身上。我记得她骄傲地告诉过我，她儿子很聪明，叫博扬，博士的博。我不知道莲花以后怎样了，因为有太多这样的同学，就此失去联系。

我还记得长毛。长毛当然是绰号，长毛发誓，不考上研，不剪发，犹如当年梅兰芳蓄须明志，长毛决定蓄发明志。最后一次参加考试前十几天，他执意放弃坚持多年的考研准备南下打工，几位考友苦苦相劝他才进了考场，并打算一考完就去打工，因为在此期间，他的父亲因车祸去世，他已不好意思再接受在外打工的妹妹的经济援助。然而就是这一次，他如愿以偿考入北大，此时，他的头发已到腰间。

我还记得有在收到录取通知书那天烧毁所有书的，有舞弊被抓而被罚停考最后南下广州打工的，有千方百计找朋友住到学校附近旁听的……我还记得，食堂有落着无数只苍蝇的绿豆芽菜，宿舍中有一抽屉会飞的蟑螂……

我问过自己很多遍，也问过好几位考研成功的同学："后悔当初那么考研吗？""不后悔！""如果有机会重来，还愿那样读书吗？""不知道！"

不知道，确实不知道。因为考取研究生确实让我们得到一张入场券，但这种赌博式的读书，让我后怕不已，也庆幸不已。是的，我是幸运的。

在考研村中，比我执着比我勤奋比我艰苦的人很多，失败告终被迫放弃的人更多！而他们，只能无奈地回到从前的生活，没有了梦想的现实除了比以前更加困窘外，还多了一份心酸与嘲笑。莫以成败论英雄，只是一句连自己也骗不了的谎言。

但考研村里的村民却日盛一日。据说，在我离开考研村后，那里驻扎的村民成倍增长，房租与伙食费养活了那个叫石泉村的村庄，甚至有宿舍增加了一层。随后，我又渐渐发现，原来考研村不只是南昌的特产，北京、上海、重庆等各地都存在着考研村，我甚至曾遇见过来自内蒙古、四川考研村的村民。听说了更多有关考研村的故事之后，我才知道，自己不只是幸运，简直是侥幸。

二

很长一段时间内，我一直把我未能读高中、未能有机会上大学的原因归罪于我那目光短浅、谨小慎微、农民出身的父亲。当时，父亲给我的理由是："一个女崽，有一个铁饭碗，你还想要什么？不要身在福中不知福！"14 岁的我，不知道如何回答这个问题。

多年后，已去北京上学的我再次抱怨父亲当年为我作的粗暴选择时，父亲的回答是："我们哪懂，我们哪知道大学！"24 岁的我，仍不知如何面对父亲的回答。

其实，父亲的理由是不成立的。因为年轻时候的父亲也像我一样那么渴望上高中、考大学，但艰辛的生活已让他不敢奢求什么，吃饱穿暖就是幸福的极点，于是，他报考了当时受到过毛主席大为称赞的江西共产主义劳动大学，因为在那里读书不要钱，还有饭吃。即便当时家中负担我读高中、上大学完全不成问题，但一个铁饭碗，一个国家干部编制的铁饭碗，便已达到了父亲认为的上学目的与幸福极点。他又怎么会允许、怎么能放心我去追逐他所不知道的虚无缥缈的自由与幸福？

1994年，师范毕业后我回到陌生的老家成了一名乡村教师。那时，师范生分配工作实行从哪里来到哪里去的方针。我读师范时，父亲因工作调动从大山回到了离别近30年的老家，待我毕业时，我也因此分到父亲的老家做了一名乡村教师。这是我第一次真正接触农村，也让我开始明白为什么父亲如此轻易对幸福感到满足。

起初两年，我在乡中心小学教书，不久我发现，五年级比一年级少两个班，男生比例明显增加。其中原因，不问也明白，因为不让女孩上学是非常普遍和自然的现象。每年义务教育考察时，学校便放半天假，所有教师集中在一个教室里，为适龄上学而未上学的学生伪造学习卡，其中大部分是女孩。记得当时一年级有一个男生，他的班主任告诉我，他是乡里远近闻名的"超生游击队"修鞋匠的七个孩子中唯一的男孩，也是唯一一个上学的。

第三年，我调到乡级初中上课，又发现初三比初一少了一个班，而且每个班的人数也明显减少。寒假过后新学期开始，我发现自己班里少了两位学生，我问其他同学他们怎么不来上课？几位男生争相回答，言语中充满羡慕：他们不读了，去厦门打工了。他们堂哥带去的，一个月150元！我大惊：这怎么可以呢？初中还没毕业？！一位学生撇嘴说道：那还不是一样。初中毕业后也是打工，不如早一点挣钱，还不用在这浪费时间浪费钱。

课后，我又向一位老师提起这件事，这位年过半百的老师凄然笑道："以前还有点希望，现在你看他们有希望吗？"

我不禁一阵冷缩，第一次发现自己正如父亲所说"身在福中不知福"，第一次意识到对于我的学生来说，我已经到达了他们永远不能到达的幸福极点。因为那个时候，我就读的师范学校已经转轨成职业高中，而在此之前，这所师范学校是他们所知道的上学的最高目标和得到幸福的唯一途径，虽然录取分数比重点高中还高四五十分，但若是考取了这所师范学校，就可以一跃"农"门，取得城镇户口，还有一个铁饭碗。而读高中上大学，对于他们来说，不啻海市蜃楼。

其中，让我最唏嘘感慨的是我的一位远房堂兄的故事。这位比我大一岁的堂兄比我晚一年初中毕业，但他没有考取师范学校。因为这所师范学校只接收应届生，此后三年，我的堂兄不断改换学习卡，辗转各个乡的中学，不停地报考师范，直到师范学校转轨，他依然未考取。此时，他已成为村里的一个笑话。他的父亲发狠，不信他这位在村里唯一能读书的儿子，不能得到一个铁饭碗，不信他家祖祖辈辈都只能种田。于是，我的堂兄继续读高中，三年后他考取了师范专科学校。可毕业时，已经没有了包分配工作的概念。他只好在我曾经待过的那所乡级中学做聘用教师。庆幸的是，不久由于教师大量流失，教育局进行了一次公开的社会招聘，这次，我的堂兄考上了，终于进城做了一名有编制的小学教师，成为了"公家人"，实现了他和他父亲的幸福梦想。此时，他已过而立之年。但这时候，他已不再是村子里嘲笑的对象，而是众人艳羡的对象与可望而不可即的幸福梦想。

多年后，我在老家遇见了这位幸福的堂兄，身后是随之也进城的他的父亲，脸上是掩饰不住的骄傲。此时，我已研究生毕业，在上海工作。我的堂兄和他的父亲谦卑而又敬畏地看着我，不敢与我说话，犹如十年前的夏日傍晚，我在铁丝网外，望着篮球场内那个不真实的永远不会属于我的世界。

三

1994年，根据刘醒龙小说改编的电影《凤凰琴》在我读师范的县城上映，学校组织集体观影。当时，"四大天王"盛行，我和我的同学们都以为放的是前一场的港片，电影开始后才知道是《凤凰琴》，这是给读师范的我们放的专场，进行师德教育。因为用学校墙上的标语说，"中等师范学校，是乡村教师的摇篮"。

当时的我，并没有意识到电影的内容会与我几个月后开始的生活有多大联系。只记得刚看完电影的那些日子里，教室里每天都会响起口琴与笛子合奏的国歌，轻松欢快，夹杂着喧闹嬉笑与少年愁滋味。直到很多年后，我才渐渐体会到《凤凰琴》中，每日随着国旗升起而响起的口琴与笛子合奏的国歌的沉重与心酸。

在老家那所中心小学教书的第一年年末，全乡小学进行会考。我被派往一所村小监考。我与一位老师坐着一辆龙马车一路颠簸而去，直到我全身近乎麻木冰冷，才听到同行的老师说"到了"。我跳下车，没有看见想象中的村庄与学校。我问："学校在哪啊？"这位老师笑了，指着不远处一排孤零零的低矮破烂的土屋子说："喏，那不是嘛。"此时，我才看到土屋外，斜斜插着一面国旗。

待我低头弯腰走进土屋，看到里面坐着的学生，我才确定这确实是一所学校。学校的学生来自附近 3 个村庄，为了方便所有的孩子，学校设在 3 个村庄的中间，所以，我看不见村庄，也不知道有多远。学校的学生不到 15 位，分 3 个年级，只有一名代课老师。监考时，这位 30 来岁的女代课老师不停地向我们介绍她的情况：她一人教 3 个年级 6 门课，赶进度已经够呛，根本顾不上教学质量；她一边上课一边还得种地；她好几年忙得都没赶墟了……同来的老师会意地笑笑，而我一直担心教室后面，时不时从木板大窟窿里探出脑袋的牛，是否会跑进来捣乱；或是疑惑地看着用破旧油纸糊的窗户，不知道是否应该告诉他们，若是把那些洞糊好一下，教室可能不会像现在这样冷得彻骨。

回来路上，同行的老师告诉我，那位代课教师不停地抱怨是希望我们监考时能睁只眼闭只眼，因为如果学生成绩太差，她那份一个月 50 多元的工作也难保。那个时候，正是取缔民办教师、代课教师的高峰。但实际上，这位代课教师的担心是多余的，因为几乎没有正式教师愿意到这种村小工作，即便当时中心小学的教师已开始人满为患，也没有人愿去那里上课。

许多年后，我看到一篇报道说，也正是从那个时候开始，乡村教师开始大量流失，以打工或是考研考公务员的形式进城，成为一个不小的社会问题。这时，我才发现，原来自己还是最早最成功地逃离乡村的教师中的一位。据说，后来在我老家逃跑的乡村教师越来越多，以至于教育局两三次清理开除有名无实的教师，并不得不从社会上招聘教师来填充不足。我的堂兄就是因此而实现了他和他全家人的幸福梦想。

2009年2月5日，中央电视台"感动中国2008年度人物评选"揭晓，扎根大凉山悬崖18年，撑起"天梯学校"的李桂林、陆建芬夫妇，当选"感动中国2008年度人物"。报道称，他们"为了大山的孩子们，付出青春与热血，不求回报，感动中国人物当之无愧"。因为直到今天，"陆建芬仍是代课教师，每个月领230元的工资"。在看到这个报道后，我大吃一惊，我没想到十多年前的"凤凰琴"依然存在。我第一次感到羞愧，不是为自己的逃跑，而是为我已忘记却依然存在的"凤凰琴"，为依然需要靠"奉献"而生存的乡村教育。

在媒体网络上的报道中，李桂林、陆建芬的艰苦、贫穷、无私、奉献、理想不停传诵，不停挣得空洞而廉价的赞誉。而真正打动我，让我掉下眼泪的却是一行不起眼的话。接受采访时陆建芬说："希望上级领导考虑我的具体情况，如果我能早日转正，赡老护幼的压力就会减轻，也会感受到国家正式教师的荣耀。"在这句被许多媒体忽略的话中，我看到了最真实的李桂林与陆建芬，我想起了多年前看到的无奈与心酸。

10多年前，在老家村小遇见的那位代课老师，我不知道她后来怎样了。但当时与我一同去监考的老师，不久却离开了学校，成了一位彻彻底底的农民。因为她是民办教师，年龄大了，不可能再转正。而新分配来的师范生，已经取代了他们的岗位。这位熟悉每一位学生家庭、性格、脾气的老师，带着一丝无奈与嫉恨离开了学校。

在乡中心小学教书的第二年，一位女同事怀孕了，想吃酸的。她的丈夫为此特意骑摩托车进城，买了半斤葡萄回来。葡萄与他们的奢侈立即传诵成爱情童话，连整日不出门、听不懂老家方言的我，也在第二天就听到了这个童话。这对小夫妻是当时不少人称羡的对象，因为他们两位都是师范毕业生，都是有着正式编制的老师。当时在那里，一位男老师找到一位女裁缝或是有一门别的手艺的人，是非常般配的，若是能找到一位女老师，是非常幸运的。而能吃上丈夫买来的18元一斤的葡萄的妻子，无疑是幸福的。到乡级初中教书的那一年，学校新分配来一位男老师。这位男老师报到后对校长说：我不要上课，我要先找老婆。自此，他每日骑着摩托车在外，校长既理解也无奈。

后来，在考研村，曾在我上铺住过的"姐妹"告诉我，因为有人把乡长的儿子介绍给她而她不同意，为此备受刁难贬到更为偏僻的村小，一怒之下她来到这里。到了这里，她才知道原来可以考研。她是我们那最勤奋也是最早考走的不多的村民中的一位。而这种故事在考研村并不罕见。那时，我才知道原来这个世界真的很大很大，大到我无法想象。

我所在的乡中心小学，在我们那三十几个乡镇中算比较好的；我的老家，在我们那个地方也算比较富庶的县；我的父母不仅不需要我供养，每个月还给我贴补，我似乎没有逃跑的理由。当我听到葡萄的故事时，只是一笑而过。那时，我总是看着已在大学上学的初中同学从远方寄来的信。那年，我18岁，却感到已走到生命的尽头，无比苍老。

曾经有一位我非常尊敬的长辈，对于我不甘"奉献"的自私行为和范进中举式的考研经历评价道："你是自找的，因为你有所求！"我惊呆了。因为这与父亲平常骂我的话一模一样："别人能活，你为什么不能活！"

对此，我至今无言以对。

不过，对于我的逃跑，我从未得意过，也从未羞愧过，有的只是庆幸与感激。我总是想，若是我能早点知道有那么一种自由与幸福的存在，若是我能有选择那种幸福的自由与权利，那该多好啊。

四

2006年9月，北京因取缔了不少没有办学许可证的农民工子弟学校，引起不少争论，赞同者认为这些学校教学质量低下，不少仅仅是为了挣钱而根本不懂教育，甚至有只上过小学二年级的农民来招生办学，完全是误人子弟；反对者则认为有甚于无，学校条件再差，至少也让孩子有一个去处。当时在北京无所事事的我一时好奇，在小西天附近，找到了位于北京市大兴区的农民工子弟学校——行知学校校长黄鹤。刚过不惑之年的他，身着白色衬衫，灰色长裤，干净而朴素，鼻梁上的大黑框眼镜为温和、宽厚的他平添了几分书生之气。

"中国的农村教育根本走错了路！用陶行知的话说，就是'他教人离开乡下向城里跑，他教人吃饭不种稻，穿衣不种棉，做房子不造林'。"一坐下来，这位陶行知的追随者黄鹤便直奔主题，讲述自己的办学之路。

从学生时代开始，黄鹤便视毕生致力于乡村教育、贫民教育的陶行知为自己的先行者，而与陶行知"结识"，是一件很偶然的事情。

黄鹤出生于安徽农村，14岁那年，一本误买的《行知书信集》决定了他一生的奋斗方向。他在自己课本的扉页上写上"做一个像陶行知一样的大教育家"。然而高考那年，一场大病让黄鹤没有如愿进入大学。复读无门的他下定决心：今后一定要为那些因为穷或没有门路而不能上学的孩子办学校。此后，他开始了自己四年独特的流浪游学生活，走遍了陶行知生长、办学乃至安葬的所有地方，走遍了三分之二个安徽。之后，他开始在实践中探索真正适用于农村的教育模式，先后到河南南阳、山西临汾等地的私立学校推行自己的教育改革主张，但均告失败。1990 年，他来到武汉华中师范大学，师从教育界权威王道俊教授。学成后，他接到深圳南山区教育局邀请，到该地从事小学教育改革，这一改革只持续了几个月。

1994 年，应中国青年基金会希望工程邀请，黄鹤开始负责全国希望小学的管理和教师培训工作，并组织开展"中国希望小学调查"。1998 年，黄鹤想去农村创办学校，但碍于资金难题，这个想法只能流产。这时黄鹤接到了陶行知当年创办的最有名的学校——南京晓庄学院的邀请。欣喜若狂的黄鹤立即带着妻子来到南京，期望在他心目中的教育改革"圣地"实现自己的理想。一年后，现实再次让黄鹤感到失望，他不得不选择离开。在接下来的一年时间里，他把自己关在家中，剃了光头，足不出户，反思自己所走过的路。

2001 年的一天，黄鹤偶然从电视新闻中看到有关农民工子女上学难的报道，得知虽然有一些由打工者自己办的打工子弟学校，但教学质量普遍较差，黄鹤心中顿时豁然开朗，终于知道自己该走什么路了！他说："当时北京有十几万的农民工子女，农民工自己办了一百多所学校，但大多数都不合格。农民工自己，卖白菜的甚至捡破烂的，都办了那么多学校，我还算是一个研究陶行知的、要办学的，再没有理由坐在这里空想了。"

2001 年 7 月 14 日，黄鹤开始办学。他首先买了一辆二手自行车，开始实地考察。从朝阳到海淀，从丰台到大兴，一个多星期跑了十几所农民工子女学校，学校之多、设施之简陋、教师素质之低下让他触目惊心：办学人根本不是科班出身，学校也极其不规范，租用的民房设施简陋，完全处于地下状态。

考察结果让黄鹤更加坚定了自己的办学决心。他从朋友处借了 2000 元钱作为启动资金，同时得到北京师范大学的李庆丰、杨建、徐晓龙等三位教育硕士的支持，四人经过考察，决定将学校办在农民工子女聚集较多的地方：丰台新发地农副产品批发市场。"那个市场很大，小孩子这里一窝，那里一窝的。问他们的父母孩子在哪里上学，有的说刚从老家来，还没来得及找学校；有的说孩子早就不上学了；还有的带我们去看孩子上学的地方，那种学校和我在考察中看到的没什么两样。"

四人立即租用附近一家村民办小旅馆的七间房子作为校舍，把北京小学捐助的150套课桌椅、电视和投影仪搬过去，黄鹤还将自己家里的书全部运去，将教室装备齐全，并给学校取名棚鹏学校（行知学校前身）。黄鹤解释说：棚——陋室也，谓弱势群体，即农民工子女；鹏——世之大鸟也，谓希望，昭示了办学目的。棚鹏学校，意为"棚居何陋有真教，鹏翔万里在良师"，至今，这还是行知学校的办学宗旨。

8月6日，棚鹏学校正式对外招生。为了取得家长的信任，他们亲自跑到农民工住处做说服工作，并用三轮车把家长拉到学校实地考察。在他们的真心感动下，棚鹏学校迎来了首批5名学生。几天后，学生开始逐渐增多：7个，9个，20个，90个……

当一切逐步走上正轨之时，因为没有办学许可证，8月26日，棚鹏学校遭到当地教育主管部门的查封，学校被迫第一次搬迁，搬到丰台辖区内一所公办学校的旧址。11月27日、29日，学校又连续两次遭遇查抄，学校被彻底砸烂、彻底抄家、彻底封闭，未留下一片纸、一本书、一支粉笔。三次封校，在当时的北京引起轩然大波，被称为"棚鹏事件"。

然而，这并没有动摇黄鹤为农民工子女办学的决心。他回忆说："11月29号，最冷的那一天，到了晚上七点多，孩子们都不愿离开学校，要护校，中午没吃饭，晚上没吃饭，那么冷的天，那些抄家的联防队员，都穿着大衣，蹲在空调车里。我们学校救助的一位卖冰糖葫芦的三年级小姑娘，不知从哪里找了一个一次性的杯子，装了一杯热水，端到我身边说："校长你把这个喝下，暖和暖和，你不能倒下，如果你倒下，我们就不能再上学了。'我当时抱着这个小姑娘就哭了，我说校长不会倒下，只要校长还活着，这个学校一定办下去。"

12月1日至10日，在严冬中，棚鹏学校集体失学的197名学生，"无家可归"的全体教师，坐在临时租借的当地老乡的两间阴暗潮湿，四处漏风、漏雨、漏雪，无暖气，无用电照明，无任何家具的小屋里，凭借两块木板和老乡送给的旧棉被，仍坚持着上课。

这时，一位学生家长提供了一条线索：大兴西红门六村有个闲置的养鸡场准备出租。黄鹤连忙跑去联系，租用了8间房子作为校舍。12月10日，雨雪交加中，棚鹏学校第二次搬迁。

此后，由于经济、校舍扩建等原因，棚鹏学校又被查封一次、搬迁三次，直到目前这个校址才稳定下来。期间，2003年7月13日，棚鹏学校更名为"行知学校"，其意为"弘扬行知精神，走行知路，做现代行知人"。2004年10月12日，学校拿到了大兴区教委颁发的教学许可证，从此，行知学校逐步走上正规、持续发展的道路。

在和黄鹤交谈的两个小时里，他接了两个电话，都是学生家长打来的，要求减免学费。黄鹤几乎二话没说便同意了。

我问他："你这样是否太草率，不怕家长欺骗？"

黄鹤笑了笑，说："每每看到这样领着孩子来求学的家长，我就像看到当年我妈妈领着想进复读班的我，因为无钱无势而被关在门外的情景。所以在我们学校，没有哪一个老师敢说'没钱，你就不要来上学'这样的话。我的学校是为需要它的孩子办的，也可以说是为自己的内心办的。"

"那要是家长欺骗呢？"我追问。

"当然免不了，但相信百分之九十九的家长都是诚实的。"他淡然说道。

据介绍，本着陶行知的"来者不拒，不来者送上门"为招生原则的行知学校，对家庭困难的农民工子女施行减免费助学金制，现已减免救助失学或半失学农民工子女近千人次，救助款达二十多万元。作为老师和校长，黄鹤给自己定了一个原则，那就是到这里来上学的孩子，不管什么原因，都坚决不让他们中的任何一个失学。而他捡孩子上学的故事更是广为流传。

2002年9月，6岁的男孩靖明刚跟着安着假肢的父亲——一个靠捡垃圾维持一家六口生活的安徽来京打工者，从他们的居住地——大兴一个垃圾场临时搭建的窝棚里，来到行知学校报到。靖明刚的入学手续办得很顺利。当黄鹤将父子俩送到校门口时，发现两个胆怯的小姑娘向校园里张望。询问之后才得知，原来靖家还有三位没钱上学的超龄孩子：两个9岁的双胞胎女儿和14岁的大姐。黄鹤二话没说，立即为四位孩子免了所有费用，安排入学。如今，四位孩子在同一年级读书，成绩包揽前四名。黄鹤说，"如果不是行知学校，他们便很难再学习，只能是文盲了。尤其是姑娘们的命运，将可能很悲惨。"

也是从那年开始，每逢新学期到来，黄鹤就去西红门、新发地、西沙窝等地的垃圾场、菜地里、废品收购站、旧货市场里……像捡有用的废品一样往学校捡孩子。迄今，像这样的学生，他捡了近30个。

"陶行知曾说到最需要教育的地方去办教育，才是第一流的教育家。如今，全国大约有1000万流动儿童，他们的教育现状仍然堪忧，我就是要为他们办学！"说话中，黄鹤眼中透出一丝坚毅。

实际上，据我后来的了解，由于这所学校的经费主要来源于社会捐助（捐款、捐物），其次是学生缴纳的学杂费，财政状况一直处于非常尴尬和不稳定的境遇，甚至是举步维艰的地步。我曾再三问黄鹤，他是如何挣钱如何维持学校的发展的，毕竟这是长期的事情。这位刚刚还沉浸在自己理想中的校长顿时黯然，一再回避这个问题。

第二天在大兴，我看到了这所干净整洁、井井有条的民工子弟学校。此时，行知学校的办学条件基本达到北京市义务教育办学条件的基本标准，学校占地 30 亩，在校生一千多人，设有 11 个年级 22 个班，用上了与北京其他正规小学一样正规的教材。而他的办学模式与教育理念更是吸引了许多专家学者。在那里，我遇见了两位来自北京师范大学的研究生，他们每个星期都会自愿来这里免费给孩子上课，同时以此作为自己的研究课题。在学校会议室的墙上，我还看到了 2005 年 8 月美国波士顿教育局派出的 38 人考察团的留影照片，以及黄鹤出外考察与作报告的照片。不过，也因此有人怀疑黄鹤的办学目的，这几乎让我不寒而栗。

我只想说，在行知学校那些孩子脸上，我看到了幸福，是我的学生所没有的幸福，或许是数以千万计的流动儿童、留守儿童与农村孩子脸上所没有的幸福。当我正在为这一千多名孩子感到庆幸时，一位女孩却用求助的眼光看着我，问我她该怎么办。原来，她初中就要毕业了，按规定，她必须回河北老家参加中考，因为行知学校只是提供教学，不能参加统一中考，给孩子们提供继续上学的机会。可是她不想回老家，因为来北京很多年了，老家没有人了，她想考北京的技校留在北京，但没有报名资格。

"可是你回去可以上高中读大学啊。"我说。

"啊，大学，不可能的。"女孩几乎惊叫。

卑微而短暂的幸福瞬间溜走。我无法告诉她，世界上有那么一片自由与幸福的存在。

五

2007 年的一天，我突然接到初中班主任的电话。放下电话，我匆匆赶往提篮桥附近一个巷子里的小宾馆，见到了 16 年没有见面的班主任以及他的妻儿。一见面，班主任对我说，奇怪，你怎么没变似的。我说，你也没变。其实，我变了，他也变了。当年那位风华正茂烫着卷发引领时尚的班主任，已经变成一位重负中的男人——被工作、家庭压得满腹牢骚的中年男人。这次上海之行，是他们一家筹划多年的还愿之旅，但腐烂的梅雨和小旅店坏了的空调让他们变得有些狼狈与不愉快。当这位在课堂上让我第一次知道"国家"、"公民"、"自由"、"权利"、"平等"、"幸福"等名词的公民常识课的老师，向我抱怨工作的烦琐与工资的低廉，惊讶上海的物价与繁华，担心自己儿子是否能考上大学时，我对他说："你们来得真不巧，梅雨季节是上海最难受的时候。"

我没有告诉他，我已经近两年无所事事，现准备再去上学读书。因为我已经知道，读书与上学是两回事，但我不敢肯定，有那么一种自由与幸福的存在。

此时，父亲已对我绝望。他对仍要继续上学读书的我说："女崽子，我求求你，你就认命吧。"

一年多后，我匆匆赶回老家，跪在父亲身边，号啕大哭："我认命，我认命。"

然而，父亲无动于衷，甚至没有看我一眼。几个小时后，父亲在我怀中去世，已失明的左眼缓缓流出一颗眼泪。这是骨瘦如柴的父亲的最后一颗眼泪，这是世上最疼我的父亲留给我的最后一颗眼泪。

罗四鸽

2009 年 10 月 28 日　上海